삶의
얼룩을
스캔하다

삶의 얼룩을
스쳐하다

2024년 6월 20일 인쇄
2024년 6월 30일 발행

지은이 이애현

펴낸이 손정순

펴낸곳 열림문화
　　　　주소 제주특별자치도 제주시 청귤로 15
　　　　전화 (064)755-4856
　　　　팩스 (064)755-4855
　　　　이메일 sunjin8075@hanmail.net
　　　　인쇄 선진인쇄

ISBN 979-11-92003-44-3 03800
값 13,000원

※ 이 책은 제주특별자치도 제주문화예술재단의 2024년 문화예술지원
　 사업의 보조를 받았습니다.

삶의
얼룩을
스캔하라

2

헛꽃
순정함의
무게

3
차롱에
담긴 것들

4
문양 찾기

작가의 말

창작이란 것, 글을 쓴다는 것은
온몸의 혼을 다 갈아 넣는다 해도 늘 모자란 걸까
나름 꽤 그럴싸한 의미를 부여해가며
가벼운 마음으로 첫발을 뗐는데
보낸 시간 깊이를 더할수록 지치고 힘겹다
그렇다고 쉬 돌아서기엔 시간이 아까워
곧장 이어 갈 수밖에 없겠다는 생각으로
다시 내달린다
스스로 달게 받는 고통이란 걸
한 번 더 확인하는 계기가 될 뿐이다

깊은 밤,
밤인지 새벽인지 경계마저 모호한 시간
잠은 멀리 달아나 돌아올 기미가 없었다
애초에 올 생각조차 없었는지 모를 일이다
마냥 뜬눈으로 기다리다 지쳐
집 앞 소공원엘 나간 한 여인

새벽이슬 대면하며 어둠의 형상을 읽던 중
지나던 이가 헐렁한 인사를 보내자
얼른 바람결 붙잡아 헐값으로 같이 답례했다
어둑새벽 누군지 미안함을 섞어 궁금하던 차
무슨 일을 하냐며 또 묻는데
순간 잔별들이 떼 지어 머릿속을 헤집었다
생뚱맞다는 생각과 동시에
'글쎄요'하고 건네자
'아 작가시군요'
찰나의 침묵이 길다고 느낄 때쯤
'무늬만'하고 말하려다 뒷말은 아껴두었다

'글쎄요'를
'글 써요'로 들은 모양이다
새벽이슬이 낮은 문장 행간을 적시고
오류와 진실 사이에서
어둠이 쪼개지는 소리를 들어야 했다

세 번째 작품집을 엮는다

언제쯤이면 부끄럼 없이

당당하게 작품집에 있는 말글들과

마주할 수 있을까

그런 날이 내게 허락이나 되는 걸까

요원하겠지만 기다릴 수밖에 달리 재간이 없다

hwp 때론 hwpx 확장자를 감싸 안은

한글판을 편 채

생각들을 정리하기 위해

엎고 뒤집기를 반복해야 할까 보다

오월이 불러들인 싱그러운 한낮에.

1
관계의 거리

풍경

보
이
는

건너편, 햇살이 뿜어 대는 질펀한 열기에 주차장을 오가는 길목도 지쳤는지 포장된 아스팔트 위로 후끈하다. 앞 동 현관 입구, 추레한 모습의 한 남자가 햇살 사이 쪼개진 그늘로 비스듬히 기대앉는다. 곧이어 담배를 꺼내더니 두어 모금이나 채 빨았을까.

열기는 뱉어낸 담배 연기마저 삼키는데, 한 여인이 외출했다 들어오며 그 남자 앞에 마주 섰다. 한 사람 앞에 다른 한 사람, 나란한 자세로 서로는 정물처럼 서 있다. 잠시 머리 흔들리는 모습으로 얘기를 서로 주고받는 듯. 이어 여자는 들었던 물건을 내려놓으며 남자에게 금연을 요구하는지 밀치고 남자의 몸은 그에 저항하듯 흔들, 한다.

햇살이 불러들인 명암에 두 모습이 더 확연하여 작은 실랑이 사이로 앞뒤 위치가 바뀌었다. 좀 전 모습과는 다른 눈가의 눈곱을 떼어 주는가 싶더니, 이어 옷매무새를 바로잡아 준다. 여자는 종종걸음을 치며 잔소리를 데리고 안으로 들어가는 모양새다.

아까 빨아대던 담뱃불은 여전히 유효했던지, 더운 날씨 행간으로 남자가 뿜어 댄 연기는 멀리 못 가 대기와 섞인다. 그 남자의 여자가 한 이야기가 내 귀에 닿기 전 '했음 직한' 분위기만 남겼듯, 남자가 올린 연기도 잠시 머물다 대기로 흩어진다.

허공에 띄웠던, 담배 연기 가르던 여린 바람의 모서리 사이로 그 남자 삶의 무게도 덩달아 채이며 정물처럼 내려앉는 오후. 흩어진 담배 연기 행간으로 삶의 냄새가 가슴 언저리께로 파고들며 꿈틀한다.

관계의 거리

마
음
이

급하다. 그런다고 될 일이 아닌 줄 알
면서도 입 안에 고였던 침까지 말라 혀 놀림이 둔하다. 이 시
간대 도로라는 곳들이 막히기는 어디든 비슷할 것이다.

언제부터인지 약속 장소에 가려고 거리를 가늠하면 소요
시간이 대충 계산되었는데 이젠 그도 안 통한다. 도로마다
차가 넘쳐 몇 번의 신호대기를 받고 난 후, 그제야 차는 돌쟁
이 걸음마 떼듯 움직이니 말이다.

조급한 마음에 웬걸 막힌다 싶었는데 앞차와 차간 거리가
조금 벌어지자 잽싸게 옆 차선으로 눈치 보며 끼어들었다. 막
힘은 다를 바 없었고, 공연히 너나없이 마음만 바빠 즐비하게
서 있는 약간의 차간 거리에 양심만 헐값에 넘긴 꼴이 되어 버
렸다. 움직임이 더디다 보니 대책 없이 마음만 조급해진다.

그런데 한쪽 차선은 완전히 막히고, 앞에 서 있는 차들이 차선을 바꾸느라 옆 차선 방향으로 죄다 방향지시등을 깜빡거리고 있는 게 아닌가. 차의 행렬에 밀리듯이 간 그 지점 언저리에 차간 거리 확보가 안 되었던지, 접촉 사고가 있었다. 그곳을 피해 서로 먼저 가려고 너나없이 움직이다 보니 차들이 그만 지그재그로 엉켜버린 것이다. 행여 끼어들기라도 하나 싶은 생각에 앞차 움직이는 만큼 같이 서둘며 움직이다 보니 차간 거리를 놓쳤나 보다.

충분히 시간을 갖고 약속된 장소로 출발했다고 생각했는데 약속 시간이 빠듯하다. 서둘렀다. 마음이 불안해지기 시작했다. 시간에 맞게 간다는 것이 아무래도 어려울 것 같다. 하는 수 없이 '좀 늦을 것 같다'라고 연락을 취하고 나니 미안함의 크기만큼 마음은 한결 헐거웠다. 긴장했던 탓에 말랐던 입안도 적셨고, 호흡도 크게 한 번 내쉰 후 뒤에 오는 차를 백미러로 쳐다보는 여유도 가지며 약속 장소에 도착했다.

왁자해야 할 분위기인데 어째 공기 흐름이 싸하다. 자리를 찾아 앉고 심상찮은 분위기 흐름에 어리둥절하며 왜 그러는지 묻자, 옆자리 앉은 회원이 눈짓으로 조용히 하라는 신호를 준다. 그 모습에 궁금증은 더 증폭되었으나 누구 하나 눈 맞추는 이도 없다. 정황은 잘 모르지만 아마 말이 잘못 엉켜 누가 누구 편을 들거나 거든다고 비칠까 봐 입조심하는 낌새다.

주문한 음식이 나오면서 싸하던 분위기는 그제야 무게를 조금 덜어낼 수 있었다. 이야기 내용은 여기서 이 말, 저기서 저 말이 바람의 모서리처럼 삐죽삐죽 새어 나왔다. 그것들을 주워 꿰어보니 흐름을 대충 알 것 같았다. 무엇보다 문제의 중심에 있는 두 사람은 여기 구성원 중 제일 친하다는 사람들 아닌가.

어디서 어떻게 이야기가 꼬이며 감정이 뒤틀렸는지 몰라도 꼭 그 말을 하려 했던 것은 아닌 것 같았다. 하다 보니 굳이 안 했으면 좋았을 말을, 말 말끝에 나와 감정선을 건드린 것이었다. 말하는 이는 별것도 아닐 수 있었겠지만, 듣는 이의 입장이고 보면 충분히 거슬리거나 상처가 되었던 모양이다. 식사 후 시시비비를 가릴 입장도 아니고 분위기상 거기에 모였던 이들과 짧은 인사로 삼삼오오 헤어져 돌아왔다.

팽팽하던 아까의 분위기를 보며 관계에서 오는 거리라는 걸 생각했다. 너무 친한 탓에, 혹은 너무 가까운 터에 서로를 잘 알고, 또 상대방이 이해할 것이라고 단정해 버리는 바람에 본의 아니게 마음 상하고 만 것이었을까. 사람 관계에서 내 맘이 네 맘 같다면 얼마나 좋을까만, 네 맘이 내 맘 같지 않을 때 빚어지는 감정의 뒤틀림, 서로 간에 상처가 되는 것이다. 가까운 사이일수록 다 이해하려니 편안하게 생각하겠지만 오히려 잘 못 되었을 때, 꼬임의 굵기는 더 굵고 거칠어져 거기에 따르는 감정은 복잡하면서 더 굳어지며 옹이지는 경우를 종종 본다.

마음이든 물질이든 내 것을 타인에게 내어 줄 때는 내 맘일 수 있겠지만, 그 반대의 경우 문제는 확연히 달라지고, 그에 따라 결과도 달라진다. 아까 이동하며 본 접촉 사고나 모임 장소에서 어긋나며 엉킨 감정들이 묘하게 관계의 거리를 생각하게 했다.

사람과 사람 사이 안전거리는 얼마간의 간격과 또 어느 만큼의 정情의 크기를 유지해야 하는 걸까. 멀어서 관계가 소원함도, 너무 가까움으로 인하여 혹은, 서로에게 편안함이란 이유로 무례함을 거두어 낼 수 있는 적정 거리는 또 어느 정도일까.

원하면 마음의 곁가지를 숨고, 쳐낼 수 있는 평정심을 꺼내 쓸 수 있게, 동화 속에서 요술을 부리던 그 고운 비단 주머니 하나쯤 있으면 좋겠다. 감정도, 말도 서로의 관계에서 모자라거나 지나침이 없도록 생각의 조율과 함께 그에 따른 소통이 중요함이다.

꽃차례의
흰 꽃

집

을

나섰다. 연일 열대야에다 수은주가
35도를 넘나드는 찜통더위가 계속될 것이라며 날씬함에도
더 날씬해 보이고 싶음인가. 허리 쪽으로 다른 색감의 천으
로 배색된 옷을 입은 기상캐스터가 날씨를 예보한다. 그 말
을 검증이라도 하듯 날씨는 덥다기보다 차라리 뜨겁다고 해
야 맞겠다.

약속 장소로 갔더니 아무도 없어 잠시 두리번거리는데 버
스 한 대가 서 있었다. 혹시나 하는 생각에 기웃거리며 살폈
다. 일행 중 한 사람이 빨리 들어오라 손짓한다. 너무 더워
밖에서 기다리기도 힘들어 아예 차 안으로 들어왔다고 한다.
차 안으로 발을 들이는데 뜨거운 열기가 혹하는 기운과 함
께 나보다 먼저 발을 들인다.

면면이 반가운 얼굴들이다. 간단히 눈인사를 나누고 자리를 잡았다. 모두 날씨 이야기로 인사를 시작하며 연례행사로 하는 문학기행 목적지인 구좌읍 하도리에 있는 문주란 자생지인 토끼섬으로 이동하기 시작했다. 끼리끼리 이야기를 나누며 잠시 움직인 것 같은데 벌써 목적지 가까이 와 있다. 물색이 유난히 곱다.

지척이 천 리라던가. 제주에 살면서 여러 번 이야기를 들었던 터라, 한 번 가 봐야지 생각은 하면서도 못 왔었는데 벼르며 온 초행길이다. 첫걸음인 것에 제주 사람으로서 얼마간의 책무를 유기한 것 같기도 하고, 가까이서 말로만 듣던 곳을 찾아서 왔다는 설렘도 함께하는 자리였다.

그곳은 섬 속의 섬이긴 해도 간조인 일곱 물이나 여덟 물이라 부르는 한 달 가운데 가장 멀리까지 물이 빠져나가는 그때를 물때라 하는데, 물때가 되면 섬은 배 없이도 걸어갈 수 있다고 한다. 일행은 섬을 향하는 그곳 낚싯배의 도움으로 이동하기 위해 몸을 실었다.

뱃길 따라 찰랑거리는 물빛이 맑고 곱다. 십 분도 채 안 된 것 같은데 투명한 물빛에 눈 주다 보니 문주란 자생지인 토끼섬에 도착했다. 머리 위에선 햇볕이 강하게 내리쬐었으나 바다 가운데라 그런지 살갗에 닿는 바람결은 오히려 시원했다.

온통 하얀 모래밭에 화산섬의 특징인 현무암으로 이룬 검고 뾰족뾰족하게 튀어나온 바위 위를 걷는데 몸도 마음도 조심스럽다. 약간이라도 중심을 잃어 갸우뚱하면 그냥 넘어지면서 온통 몸이 부서질 것 같이 바위는 모난 제 성질을 있는 대로 보이며 위험을 알리고 있었다. 잠시 야트막한 오르막을 올랐더니 꽃들은 하얗게 봉오리를 이고 있거나, 더러 우산처럼 흰 꽃을 쓰고 앉아 있다. 꽃차례를 가만히 보는데 개화한 흰 꽃은 제멋에 겨워 바닷바람에 갈래를 이룬 듯 가느다란 꽃잎은 파르르 떨고, 꽃대는 한들거리느라 바빴다.

문주란은 모래언덕 경사진 곳에서가 가장 잘 자란다고 한다. 우리나라에선 유일하게 이곳에서만 잘 자라 토끼섬인 이 섬 전체를 천연기념물 제19호로 지정하여 보호하고 있다고 설명했다. 반그늘에 물 빠짐이 좋아야 하는 것은 물론이고, 바람이 잘 통하는 곳에서 잘 자란다고 했다. 생육하는데 이곳은 천혜의 조건을 갖춘 셈이다.

둘러보는데 온통 하얀 꽃 중에 바닥을 기어가듯이 모래밭 위로 보랏빛 꽃을 곱게 피운 줄기식물이 있어 궁금하던 차였다. 마침 우리와 동행했던 이 동네에 사는 분이 그 꽃을 가리키자 '해녀콩'이라 부른다고 설명해 주셨다. 완두콩 모양에 꽃잎은 진보라인데 아직은 덜 여문 파란 꼬투리를 안은 해녀콩. 고운 색감이나 생김새하고는 다르게 옛날 병원도 별로 없고 의술도 일상에 닿기 어렵던 시절, 원치 않은 임신을 하게 되면 유산시킬 목적으로 이 콩을 달여 먹었다고 한다.

얼마나 독성이 강한지 양을 제대로 조절하지 못하여 조

금만 많이 먹으면 산모 목숨이 위태롭고, 정량보다 모자라면 그 독성으로 태어난 아기는 장애를 갖고 태어난다는 설명이었다. 꽃잎 매단 작은 줄기 하나를 떼어 책갈피에라도 끼워 놓고 싶게 고운 꽃 속에 이런 독성을 품고 있다니 믿기지 않았다.

문주란 자생지인 섬을 한 바퀴 빙 둘러보고 나오는데 한 어귀에 하얀 문주란과는 어울리지 않게 해양쓰레기가 한쪽 모퉁이에 방치되어 있었다. 전에는 관리하는 부서가 있어서 관리가 잘 되었다는데, 부서가 달라지면서 서로 미루는 바람에 이렇게 흉물스러운 모습으로 나앉게 되었다고 한다. 이렇게 천연기념물인 귀한 식물이 자라는 곳에 쓰레기가 너저분하게 방치되고 있는 것을 보며 부끄럽고 안타까웠다.

아까는 저만치 물이 나가 있더니 물때가 되어서일까. 찰싹대는 소리와 함께 바닷물은 이쪽과 저쪽 모래톱 2미터 정도를 남기고 나란한 모습으로 가까워지고 있었다. 서둘렀다. 그곳을 돌아서 나오는 길 언저리로 '할미당'이라 불리는 바위가 커다란 암벽처럼 서 있었다. 원래 두 개의 큰 바위였다고 한다. 한쪽 바위가 오랜 세월 풍상에 떨어져 나가면서 옆 바위에 걸쳐져 마치 하나인 듯이, 바라보는 형상은 커다란 산 하나를 옮긴 듯 삼각형 모양을 하고 있었다. 일행은 그곳을 배경 삼아 다시 못 볼 곳인 양, 이쪽저쪽으로 몸을 돌리며 추억할 시간을 새기고 있었다.

통통거리는 뱃소리 따라 문주란 자생지인 토끼섬은 심드 렁하고 무던한 얼굴로 섬을 지키고 있다. 멀어져 가는 모습 속으로 하얀 꽃은 온통 하얀빛인 채 섬에 남아 오가는 이를 한들거림으로 배웅하고 있다.

눈맞은 배추

겨
울
부
터

　이른 봄, 추운 날씨 언저리로 헐벗은 바람살에 눈발마저 퍼뜩퍼뜩 날리는 계절의 어간. 텃밭에서 녹색을 띤 배추가 유난히 눈길을 끌었다.

　날씨가 차 땅이 얼어붙을 때면 그도 본능적으로 덜 추운 곳을 찾느라 애쓴 흔적일까. 위로 자라지 못하고 더는 아래로 들어가지도 못해 방석 모양으로 퍼진 채 넓게 자리를 잡았다.

　집에서 먹는 거의 모든 채소를 울타리 안, 텃밭에서 해결하던 어린 시절. 서너 걸음 정도의 간격으로 갖가지 채소를 심고 철 따라 밥상에 올렸다. 풋고추, 오이, 파, 가지, 깻잎, 감자 등. 상추는 갓 뜯어내면 허연 진액이 뜯은 자국에서 흐른다. 그걸 얼른 씻고 반원을 그리듯 크게 팔을 돌려 물기를 털어낸 후, 커다란 양푼에 담아놓으면 텃밭을 그대로 옮긴 듯 싱싱함이 한 상 그득했다.

여러 가지 채소들이 계절에 이울고 나면 텃밭엔 오롯이 한겨울 눈 속에서도 추위를 마주한 채, 제 몫을 다하느라 자리를 지키고 앉은 푸른 배추. 그래서 눈 맞은 배추라 불렀을까. 잎맥은 두텁고 거칠어 보이나 겉절이를 해도, 데쳐 놓아도 여간 맛이 달고 부드러운 게 아니다. 짭짤한 젓갈에 쌈으로 내어놓으면 씹을 때 번지는 아삭한 식감이 그야말로 일품이다. 넓게 자리를 차지해 있으면서 속이 노랗고 자잘한 어린 잎들은 마치 노란 꽃방석처럼 보여 난 늘 그것을 방석배추라 불렀다.

지금이야 다양한 분야에 재배 기술도 많이 좋아져 한겨울에도 주먹만큼 큰 것이 맛과 향이 그만인 딸기며 온갖 과일, 채소 등 계절을 잊은 듯 쉽게 대한다. 하지만 어릴 적에는 봄이면 봄, 겨울이면 겨울인 대로 푸성귀들은 절기에 순응하며 나고 지는 게 얼마나 정직한 순환을 했던가.

먹는 것이 지상 최대의 과제인 듯 어렵던 시절, 힘든 삶이 계속되고 먹거리가 늘 부족하여 배곯던 유년, 당신의 입으로 들어간 양만큼 아이들이 배가 비어야 함을 셈하며 '먹고 싶지 않다'라는 말로 끼니를 대신했던 어머니. 오래된 기억은 아직도 자식이라는 자리를 꿰차고 앉아 덜 여문 마음자리로 스며든다.

추운 겨울이면 추위와 영양을 한꺼번에 해결할 수 있게 콩국을 끓여 자주 상에 올렸다. 그해 수확한 콩으로 노랗게 빻아온 콩가루에 눈 맞은 배추를 듬뿍 넣고 국 끓여 상에 올렸었다. 콩국에선 영양이란 말의 무게만큼 다른 말이 정성일까. 솥 안에선 콩가루 개어놓은 콩물이 익어 풍선처럼 부풀어 오르기 시작하면, 넘치는 것을 막기 위해 듬성듬성 채 썬 무와 함께 눈 맞은 배추를 손으로 박박 자른 후, 양푼에 담아 옆에 준비해 둬야 한다. 어린아이가 보채면 과자 하나 쥐어 줄 준비하듯 만반의 준비를 해야만 한다. 아궁이에선 채 마르지 않은 생솔가지로 불을 지피는데, 그게 타면서 토해내는 매운 연기로 눈은 이내 화기와 섞여서 벌건 채 눈물범벅이 된다.

솥뚜껑을 열어 놓고 끓이면 구수함이 김과 함께 다 날아갈 뿐 아니라, 콩 비린내가 난다고 했었다. 또 솥뚜껑을 닫은 채 불 지피면서 넘치기 직전에 불을 빼고 넣기를 몇 차례. 이때부터 기다란 나무 주걱으로 쉬지 않고 저어줘야 한다. 불 조절을 잘못하거나 잠시 한눈이라도 팔면 금방 끓어 넘치기 일쑤다. 계속 젓다 보면 팔은 아프지, 아궁이에서 뿜어내는 화기와 연기로 눈물까지 닦으려면 무슨 대단한 보양식이라도 만드는 것처럼 여간 분주한 게 아니다.

그뿐이랴. 강, 중, 약으로 불의 세기를 조절하며 서서히 줄여가야 하는데 말이 쉽지, 아궁이 불을 조절하기란 여간 까

다로운 게 아니다. 넘침도 모자람도 없다는 중용이 여기서도 적용됨일까. 조금만 게을리 저으면 다 끓기도 전에 콩국의 구수한 냄새보다 탄내가 먼저 코를 자극한다. 탄내가 나면 글렀다. 애쓰고 제맛 찾기 어렵다.

넘치지 않도록 적기에 솥뚜껑 여닫음을 반복하며 저어야 콩 비린내를 걷을 수 있다고 했다. 넘치기 직전에 무채 썬 것을 넣고 끓이다 콩물이 익어가면서 또 넘칠 것 같으면 배추를 한 움큼씩 넣기를 여러 번 반복한다. 이때부터 불 조절에 여간 공이 드는 게 아니다.

강하게 굴 것은 강하게 하고 약하게 할 것은 약하게, 마지막엔 잉걸로 뜸 들이며 익히는데 이때부터 젓는 일도 끝이 난다. 콩국은 그릇에 뜰 때까지 방심하면 안 된다. 잉걸불이 세거나 온도조절이 잘 안되면 넘쳐서 다 끓인 후 그릇에 뜨려고 보면 멀건 국물뿐일 때가 있기 때문이다.

이미 뜨거워진 솥 안이라 뜸이라고 안심하면 안 되고 넘치지 않게 지켜보는 것을 게을리해서도 안 된다. 훈김에 생각지 않게 넘칠 수 있기 때문이다. 끝나도 끝난 것이 아니라는 말은 운동경기에서만 적용되는 게 아니라는 것을 확인시켜 준다. 제대로 끓인 콩국을 그릇에 떠 놓고 보면 눈 맞은 배추의 푸른 색깔과 노란 콩가루가 잘 어우러져 있다. 우윳빛 콩국물이 주는 맛과 콩가루가 잘 버무려져서 투발 투발한 멋이 살아 있어야 한다. 콩국은 그래야 제격이다. 이제 한참 동안 뚜껑 덮고 뜸 들일 차례다.

밥상 내어 갈 준비는 다 되었는데, 뜸이 덜 들어 재촉하는 바람에 동동거리며 솥 앞에 쪼그려 앉아 안절부절 기다리던 어머니의 모습이 어제 일인 듯 새삼스럽다. 바쁘다고 바늘허리에 실 꿰어 쓰지 못한다는 말처럼 딱 그 짝이다. 급한 마음에 그냥 뜨면 공든 게 허사다. 기다려야 한다. 기다림이다. 시간과 정성을 버무려 이렇게 끓인 콩국을 양푼에 푼다. 국그릇 하나하나에 떠 놓을 때 더운 김과 함께 올라오던 그 콩국 특유의 냄새가 어찌나 좋은지, 더운 김 따라 사방으로 구수함이 번진다.

오래된 추억에 배었던 일들이 마냥 그리워 두어 번 콩국을 끓여 봤다. 어디서 잘못된 것일까. 애써 끓인 콩국은 맛도, 국그릇에 떠 놓은 모양도 그때의 맛이나 멋이 아니다. 입맛일까, 한겨울 무쇠솥 아궁이에 생솔가지로 땐 불기운이 아니라 그럴까. 아니 고방에서 퍼온 콩이 아니라고, 앙다문 싸락눈 내리던 텃밭에서 자란 눈 맞은 배추가 아니라 그렇다고 우겨 볼까. 배곯던, 그러면서도 배고프지 않다고 하시던 그때 어머니의 부재로 그렇다고나 해 둘까.

추억은 오래도록 그때 콩국의 맛을 기억하는데, 정작 입으로 들어온 그 맛을 가슴이 절레절레 흔들며 아니라고 한다. 먹고 싶은 것이 콩국인지 그때의 콩국에 녹아든 아련한 기억의 흔적들인지 헷갈렸다.

눈이 온다. 베란다 앞에서 어렸을 때처럼 입을 '아'하고 벌려 보았다. 펄펄 날리던 눈꽃 송이가 콧등을 밟으며 아득한 시간 앞으로 떠미는데 짧은 해 물리며 이내 두꺼운 어둠이 내려앉으려는지 시간을 재촉한다.

뒷모습 읽다

걱
정
이
다.

　따뜻하다는 남쪽 섬에 며칠씩이나 연이은 폭설이라니. 엊저녁부터 싸락눈에 이어 솜사탕처럼 함박눈이 부드럽게 나풀대는가 싶었는데 어느새 날씨는 마음 바꾸는지 변덕이다. 쏟아지는 눈은 모습만 부드러웠을까. 꼼짝없이 갇힐 정도로 쌓여갔다. 그 위로 모난 바람은 제 성질처럼 눈과 같이 엉겨 붙으며 도로는 이내 결빙이다.

　한라산자락을 붙잡고 있는 높은 지대인 우리 동네는 그야말로 꽁꽁 얼어 까딱 못하겠다. 휴일에 날씨 탓인가. 어쩌다 움직이는 차량은 바퀴 따라 얼어버린 주차장 노면 위로 다다다다 거리는 소리가 빙판에 맞닿으며 구들장을 끼고 누워 있는 베갯머리까지 흔들리듯 전해온다.

　잠시, 반짝 햇살 다가오는 소리에 날이 풀리려나 싶어 얼른 베란다 문을 열어 보았다. '이런, 날씨가 장난을 치네?' 열린 창 너머엔 언뜻언뜻 보이는 햇살 사이로 방향 잃은 함박눈이 내린다. 휴일이지만 야간근무로 나가봐야 해서 걱정하는 모습에 아들도 덩달아 걱정되었나 보다. 결빙된 도로를 바라보며 '날이 안 풀릴 것 같은데 근무를 바꾸겠다.'라고 말하란다. 괜찮다고, 이런 날씨에 산행도 하는데 좀 걸어가면 된다고 말했다.

바짝 움츠린 날씨로 얼어붙은 도로 위를 운행해야 한다는 부담이 연신 걱정인 게다. '하고 싶다고 하고, 말고 싶다고 말면 그게 놀이지 일이겠어?'라고 속으로 말했다. 너무 당연한 대답에 그 말을 들었다면 머쓱한 표정이었을 게다. 걸어가야겠다. 방한복을 껴입으며 한라산 등반이라도 할 것 같은 차림새에 방한화를 신었다. 모자에 달린 풍성한 라쿤털이 바람에 저항하며 반대 방향으로 꼿꼿이 서보려고 안간힘을 쓰지만, 속수무책인지 바람 따라 정신없이 달음질친다. 혹시 몰라 미끄러운 도로에서 낙상사고라도 당할까 싶은 생각에 스틱까지 준비해 두었다.

다녀온다며 뒤돌아서는데 아들이 불러 세운다. 작은 보온병에 따뜻한 물을 담아 주겠다 한다. 괜찮기도 하지만 걸어가며 눈길, 어디서 먹을까 싶기도 하고, 무엇보다 '등산도 하는데 눈길이라지만 두어 시간 평지를 걷는 것 정도야….'하는 생각에 괜찮다고 덧붙였다. '엄마 잠깐!'하며 물을 끓이더니 "커피는 약하게 넣었어."라는 말을 보태며 보온병을 짊어진 배낭 속으로 담아 준다. "괜찮은데…" 암튼 다녀온다고 말하고 저벅저벅 눈길을 걸었다. 길을 걷는 행인도, 몇 번의 신호를 받고서야 겨우 건널 수 있었던 신호대기 정지선에도 대기한 차가 아예 없다.

거리는 온통 내 차지다. 눈발은 바람 따라 쉼 없이 빗금 그어대느라 바쁘다. 이내 수채화처럼 고요히 흩날리기도 하고, 수시로 얼굴 바꾸며 내리는 눈발은 매몰차게 얼굴을 때리며 휘몰아치는 게 맵짜다. 눈이 수북하게 쌓인 왕복 6차선의 중앙선을 밟으며 걸었다. 가장자리로 걷자니 쌓인 눈의 높이 가늠이 어렵고 미끄러질 것 같아 위험했다.

다니는 차량도 통행인도 없지만 평상시에는 절대 꿈도 꾸지 못할 일들을 궂은 날씨가 이 모든 행동들을 허용하고 있다. 맞바람에 얼굴을 냅다 후려치는 눈을 피하려 역방향으로 등 돌려 걸었다. 눈밭 위로, 미끄럼방지인 올록볼록한 방한화 문양만이 딛는 자리마다 뽀드득 소리로 따라온다. 뒷걸음치며 눈을 피한다고 몇 걸음을 걷는데 순간 쏟아지는 눈으로 방향감각마저 둔해졌다. 안개 낀 날씨처럼 대책 없이 휘몰아치는 눈으로 앞이 안 보이고 한 치 가늠도 어렵게 시야가 부옇다.

이어지는 곧게 뻗은 대로를 걸으며 무료함을 덜어 보려고 동요에서부터 대중가요를 죄 불렀다. 이어 얼마 전 카페를

휘젓다가 들었던 루치아노 파바로티가 부른 '사랑의 묘약'이란 곡 중 '남몰래 흘리는 눈물'의 고운 선율까지 동원했다. 마치 내가 그 유명인이나 된 듯 흥얼거렸는데도 도착은 당당 멀었다. 오랜만에 저만치서 요란한 자동차 스노체인 소리를 내며 기어 오는 차를 보고 피하려고 하는데 웬걸 차가 나를 비켜 간다.

앞으로도 사오십 분은 족히 더 걸어야 하는데 눈길이라 딛는 걸음이 무뎌지면서 지루해졌다. 다시 노래들을 끄집어내어 부르기 시작했다. 지루한 시간도 덜어내려는 것이지만 그 사이로 쓸데없는 잡생각들이 진을 칠까 가끔은 의식적으로 큰 소리로 노래 부를 때가 있다. 오늘이 그런 날이다. 부르는 이도, 듣는 이도 혼자다. 아는 노래를 거의 동원했을 때쯤 사무실에 도착되었다. 날은 추워도 계속 빠른 속도로 걷느라 땀에 젖은 옷을 벗어 놓고 아까 아들이 건네준 보온병을 얼른 꺼내 들었다.

오랜만에 걷기도 했지만 맞바람에 넥워머를 눈 아래까지 올린 터라 갑갑하여 입 벌리고 숨 쉬다 보니 목도 건조했는지 입이 말랐다. 한 잔을 따랐는데 코끝으로 그윽하게 향이 올라온다. 차 한 잔을 앞에 두고 한 모금, 한 모금 끊으며 마셨다. 따뜻하다. 몇 모금 마시고 나서 얼른 휴대폰을 집어 아들한테 '네가 있어 참 좋다. 차 맛나게 잘 마시마.'하고 톡을 보냈다.

몇 분 후 까맣던 액정이 빛을 토했다.

'막 섞은 건데!'라고.

막 섞은 맛이 왜 이리 좋을까. 어미 뒷모습에 마음이 시렸나 보다. 오늘 그 마음 위로 영혼의 따뜻함과 정이 가미 된 절대 비율의 이 맛은 아마 오래도록 기억되겠다. 스치며 읽었던 글귀가 생각난다. 사람의 앞모습은 눈으로 읽는 것이고, 뒷모습은 마음으로 읽는 것이라고. 마음 밭에 일구어 둔 감정의 온도가 그지없이 따뜻하다. 좋다.

나오려고 현관에서 뒤돌아서는 모습에서 아들 마음 한구석도 휘돌며 방향 잃은 눈발처럼 시렸을까. 내내 따뜻함이 전해오는 밤이다.

말의 빛깔

살
다
보
면

　큰 덩치에서부터 일상의 자잘한 갈래까지 많은 이들이 어려움을 겪으며 살아가게 된다. 어려움이 크면 큰 대로, 작으면 작은 대로 감당해야 하는 것은 오로지, 그 일을 해결해야 할 사람의 몫이다. 그중 하나가 말하는 것이 아닌가 생각한다.

　태어나서 옹알이부터 시작하여 매일, 먹는 일보다 훨씬 많은 시간을 할애해야 하는 것이 말하는 것이다. 이렇게 오랜 시간 배우며 익히는 게 말이건만 막상, 말하려면 어려우면서 쉬운 것 같고 또, 쉬운 것 같으면서 어렵다.

　말은 그 대상과 나와의 소통을 위한 하나의 수단이다. 관계에서 오는 소통은 단순히 입을 통해서만 해체되는 것이 아니다. 상대에게 내가 전달하고자 하는 뜻을 제대로 이해시키려 노력해야 하는 수단 중 하나이다. 거기엔 눈빛 때로는 표정으로, 혹은 몸짓 등 보조 수단까지 동원해도 어려운 게 말이다.

말을 업으로 삼는 유튜브 한 스타강사가 강의 중에 이해를 돕고자 예를 들어 설명한 말이 얼마 전 SNS를 통해 알려지면서 시끌시끌한 적이 있었다. 물론 말의 내용에 대하여 본인이 전달하고자 했던 뜻은 그게 아니었다며 바로 사과했다. 그러나 이미 그 인터넷강의를 들었거나, 이 내용을 전해 들은 이들은 너도나도 내용을 확인하고자 접속하는 바람에 실검 1위에 올랐던 적이 있다. 이미 부정적으로 내비쳤던 내용에 대한 강사의 즉각적인 사과도 있었지 않은가. 그렇게 했음에도 불구하고 빵빵하게 부풀어 버린 소문은 쉬 가라앉을 줄 몰라 이 입 저 입으로 바람 업고 둥둥 떠다녔다.

아무려면 유명 강사가 그렇게 특정 직업을 끌어내리려는 의도로 그런 예를 들어 부정적인 내용을 전달하고자 했을까. 하지만 듣는 사람이 그렇게 들었다면 그것은 전달 과정이 잘못되었거나, 예시를 잘못 선택하는 바람에 생긴 일인 것은 맞다. 이해를 시키려던 것이 되레 오해를 불러일으키게 만든 꼴이 돼 버린 것이다.

말이란 것이 잠깐 실수로 엄청난 파장을 일으키기도 하고 그것을 해명하고 이해시키려다 보면, 쉬 설명도 어렵고 과정이 복잡하게 길어질 때도 있다. 그러다 보면 생각지 않게 엇나가기도 한다. 더러 내 뜻과 달리 내용마저 꼬일 때가 있다. 그뿐인가. 하고자 하는 말의 의미가 얽혀 말하는 사람도 듣는 사람도 본질이 왜곡되기 쉽다. 내용 전달만 하면 될 일에 감정까지 꼬이게 될 때도 종종 본다. 쉽게 하려던 것이 오히려 혼란스러워지고 복잡해지는 것처럼 말이다.

말이란 것이 얼마나 어려운 것인지 말에 대한 속담이나 격언을 검색하면 관계된 글이 숱하게 올라온다. 오죽했으면, 말할 때 '아' 다르고 '어' 다르다고 할까. 그만큼 말은 일상에서 늘 사용하지만, 거기에는 말하고자 하는 사람이 입으로 해체되어 표현하는 것 외에, 행간의 함의까지 읽어 내야 하는 조심스러움이 있음을 지적하고 있다. 듣는 쪽도, 말하는 쪽도 주의해야 함은 매한가지다.

몇 해 전 일이다. 잘 다니던 직장을 그만두고 가게를 하나 꾸려 보겠노라고 아들 녀석이 뜻을 전해 왔다. 사업이라는 게 규모가 크든 작든 경험도 없는 터라 힘들 것이라는 생각에 은근히 걱정되었다. 속으로는 그냥 다녔으면 좋으련만 하고 생각은 했으나 순전히 그건 내 생각일 뿐, 잘 생각해서 하라고만 대답했었다. 대답은 쉽게 했으나 속은 겉으로 쉽게 대답한 몫까지 더 보태져 무거웠다.

일 년쯤 지나자, 걱정은 되면서도 딱히 도와 줄 여건도 못 되어 어미 된 마음에 어떻게 잘 운영하고 있는지 궁금할 뿐, 대놓고 묻는 것조차도 염치없어 보여 속앓이만 하던 터였다.

어정쩡한 감정으로 말만 아꼈지, 신경은 온통 하는 일이 잘 되고 있나 하는 생각에 늘 아들이 마음 움직이는 방향으로만 걱정과 조바심도 덩달아 내닫고 있었다.

그날도 같이 저녁 먹고 나서 가까운 찻집에서 이런저런 이야기를 나누게 되었다. 시작한 일은 잘되어 가는지, 돈은 좀 벌고 있는지 궁금해서 물어볼까 말까 몇 번을 눈치만 살피며 말을 아끼고 있었다. 타이밍이라는 게 이 분위기에 맞춰가며 궁금증을 펼치기에 바로 지금이 괜찮은 건지, 아닌지 혼자 밀고 당기기를 수없이 반복했다.

이야기나 감정이 조금만 어두워지거나 틀어져도 물어볼까, 하던 생각을 얼른 삼킨 게 몇 번이었는지 모른다. 그럴 때마다 마시려고 기울이며 본 찻잔 속 깊이만 생뚱맞게 재고 있었다. 어떻게 운을 떼야 편안하게 대답을 들을까 거듭 생각하며 표면적으로는 서로 이러저러한 말이 오가는 듯했지만, 내용은 전혀 다른 방향을 고집하고 있었다.

사실 돈은 좀 벌고 있는지가 제일 궁금했다. 단도직입적으로 물어보고 싶었으나 그 말을 듣고 어떤 반응을 보일지 몰라 말을 아끼던 참이었다. 소기의 목적도 얻고 기분도 상하지 않을 그런 적정 범위, 적당한 때와 적확한 표현을 찾다가 용기 내어 물어보았다. '돈은 좀 벌고 있느냐'고 물을까 하다 에둘러 '빚은 좀 갚아가고 있느냐'고 조심스럽게 물었다.

타이밍이 맞았던지, 질문 선택이 탁월했음인지 거부감 없이 술술 풀어놓았고 기대 이상의 말을 듣게 되었다. 듣고 나니 애타던 시간에 기대어 큰 숨 한 번 내쉼과 동시에 시름을 덜 수 있었다. 업고 치나 메어치나 치는 것은 매한가지임에도 말에는 날것의 주는 힘이 있다. 편안한 감정일 때 자연스럽게 오가는 말의 맥을 느낌으로 짚어낼 수 있어서다. 말이란 것은 묻는 사람의 진정성에, 대답하는 사람이 그 호흡을 읽어 낼 때 편안하게 소통이 되는 걸까.

시시때때로 변하는 내 기분도 문제고, 상대방의 오르내리는 감정적 조화에 따라 그에 맞는, 혹은 때에 맞는 갖가지 조건들을 짚어야 한다. 그런 후 최상을 선택하여 주고받을 말의 색을 찾아야 제대로 말의 빛깔을 찾을 수 있다. 내 감정도 제어하기 힘든데 눈에 보이지 않는 상대의 감정까지 어떻게 확인하고, 그 최적의 기회를 찾아 말해야 한다는 것인가. 그래도 그렇게 해야 하고, 그렇게라도 들어야 하니 문제다. 어렵다.

그대들을
응원합니다

 곧

신학기가 시작된다. 지금도 야간학교
라는 게 있나 하고 의아해하는 사람들은 최소한 정규 교육의
일정 부분만은 큰 문제없이 해결된 행복한 사람들이다. 우리
몸 어딘가 불편하고, 또 그 불편이 아픔으로 이어지다 보면
아픈 곳에 관심을 두고 살피게 된다. 그런 시간이 반복되면
몸 어디에 어떤 장기가 위치해 있는지, 혹은 아픈 원인이 무
엇인지 찾으려고 애도 쓴다.

어떻게 하면 예전처럼 편안하게 지낼까에 이어서, 불편함
을 없애고 통증을 없앨 수 있을지에 대한 방법을 찾을 것이
다. 의료기관을 찾거나, 아는 사람들을 상대로 입소문을 수
집도 하고 더러 민간요법이라 말하는 것에 의지하기도 한다.

그런 불편이나 수고를 모르는 사람은 알아봐야 할 일이 없

는 건강한 사람이듯, 불편하지 않으니 알아봐야 할 일이 없는 것이다. 내 몸이 편안할 때는 장기가 어디 붙었건 말았건 전혀 신경도 안 간다. 비슷하겠지만 배움도 갖지 못함으로 인하여 누리지 못할 때의 그 불편은 크게 작용할 수밖에 없다.

야간학교도 시대의 흐름에 따라 평생 학교라는 이름으로 바꾸어 불리고도 있다. 자원 교사로 한 과목을 맡아 10년째 이어오고 있다. 학습대상자 대부분이 배움에 목마른 연세 많이 든 어르신들이다. 저녁 식사 후 가족들과 오붓이 휴식을 취할 시간에 공부하러 학교로 향하는 것이 대다수가 주부라는, 혹은 노인이라는 이름표를 달고 보면 생각처럼 쉬운 게 아니다.

공부하기 위해 저녁 시간을 할애하여 학교에 나온다는 것 자체가 교육자나 피교육자 모두에게 힘든 일인 것이다. 하루 이틀도 아니고 장시간 책상 앞에 앉아 열심인 모습을 지켜볼 때면 가르치는 위치인 사람이 그 열기에 되레 강한 에너지를 받기도 한다. 그럴 때마다 저렇게 할 수 있는 힘의 원천은 무엇이고, 또 어디서 저런 열정이 솟는지 생각해 본다.

늦은 나이에, 그것도 나이 들어 뭔가를 생각하고 실천한다는 것 자체가, 상당한 용기를 요구한다. 여태 살아왔듯, 큰 문제없이 살 수 있겠지만 나이를 벗고 배움터로 향한다는 것이 생각처럼 쉬운 일이 아니다. 어느 해 신학기, 첫인사와 함께 학교에 오게 된 동기를 간단히 발표하는 시간을 가진 적이 있었다.

사연 없는 삶이 없다고 했던가. 어렸을 때부터 소소한 집안일을 도맡아 하던 중, 공부하겠다고 말했다가 '지지빠이가 무슨 공부냐'며 야단하는 부모님 앞에서 숨죽이고 말았다는 어른. 또 한 분은 젊고 윤나던 시절 동네 총각이 몰래 전해 준 쪽지를 받고도 글을 몰라 읽을 수 없었다고 한다. 글 깨친 남동생에게 읽어 달라고 할까, 몇 번을 망설였으나 혹시 부모님이 아실까 두려워 그냥 묻었는데 할머니가 된 지금, 그때 글을 알았더라면 삶이 달라졌을지도 모른다며 옛 기억 안으로 입 모양은 웃고 있는데 눈가론 이슬이 걸렸었다.

새롭게 대하는 한 사람 한 사람 얼굴에 팬 생의 깊이처럼 어려운 시대를 건너온 만큼씩 사연도 가지가지다. 은행에서 돈 인출 할 때 남의 손 안 빌리고 찾을 수만 있어도 좋겠다며 공부를 시작했다는 분, 또 초등교육을 마치고 중등으로, 검정을 거쳐 고등을 넘고 이어 대학을 꿈꾸는 한 어른의 눈물겨운 분투기.

교실 문만 나서면 다 잊어버린다는 볼멘소리 안으로 주름살 가득한 입매엔 절로 환한 웃음꽃이 피고 목소리 가득 힘이 넘친다. 떨리는 손끝 따라 글씨도 같이 떨리고 세월의 무게에 다리가 휘청할지라도 꿈을 잃지 않는 그대들. 문자만 아니라 세상 읽기에도 먼저 다가서는 그대들. 생의 길목에서 늦었다고 생각하는 그때가 가장 빠른 때임을 알며 포기하지 않고 도전하는 그대, 그대들을 응원합니다.

오일장 풍경
너머엔

장

구

경

도

　　오랜만이다. 긴 입구로 커다란 현대식 건물이 우뚝 서 있어 궁금하던 차, 가까이에 가니 공영주차장이었다. 늘 주차하기 힘들어 오일장을 꺼렸는데 큰 주차장이 자리해 있고, 우연히 만난 지인한테서 이용료가 공짜라는 말을 들었다. 반가워 그 말이 사실인지 되묻자 그렇다는 말에 언제 다시 올지 모르지만 뭔가 횡재한 기분이다.

　　사람들로 복작대는 입구로 몸을 틀자 길게 열린 초입에서부터 오일장 모습이 확 다가온다. 오가는 사람들과의 어깨 부딪힘, 물건을 양손에 들고 오가는 사람과의 나란한 보행, 트럭 앞에 진열된 물건에 팔기만 하면 될 것이라는 듯 상자 한 면을 아무렇게나 잘라 만든 가격표가 길게 붙은 채 손님을 기다리고 있다.

누가 필요할지 모르나 문수대로 길바닥에 진열해 놓은 검정 고무신과 운동화, 엄마 따라나선 걸음에서 제 얼굴보다 더 큰 솜사탕을 먹느라 바쁜 꼬마의 크게 벌린 입 안으로 고운 하늘도 따라 들어간다, 비닐 주머니에 담아 '오천 원'이라고 써 붙여 놓은 가격표 앞에서 걸걸한 목소리로 '한 보따리에 만원, 오천 원'이라며 호객하느라 치는 손뼉 사이사이로 물건 가격이 절묘하게 튀어나와 그도 재주인 듯하다.

초입에 있는 꽃시장은 갖가지 계절 꽃들로 북적이고 있었다. 거기다 꽃구경하는 사람들도 제 취향대로 이 꽃 저 꽃의 향기에, 모양에, 크기에, 색깔에, 꽃 지고 난 후 열매까지 생각하며 흥정하고 또 포장하느라 와자하다. 자잘한 별 모양의 앙증맞은 꽃에서부터 모종까지 푸른 잎을 가진 것들은 죄 모인 것 같다.

딱히 물건을 살 요량으로 온 것이 아니라 발길 가는 대로, 마음 흐르는 대로 여기저기 주억거리는데, 눈에 닿는 장바닥에서 파는 모든 게 하나하나가 꿈틀거렸다. 흥정하는 모습, 뭔가를 사 들고 먹는 모습, 물건을 고르는 모습, 파는 모습 나름의 팽팽한 모습들이 생동감을 부른다.

양품부에 들러 데일리 룩 하나쯤 사볼까 뒤적이기도 하고, 인견 소재라는 속바지를 들었다 놓기도 했다. 어느 어류가 맨 스카프가 너무 예뻐 보였던 나머지 나도 매면 덩달아 예뻐질 것 같아 하늘하늘한 스카프를 하나 매어 보기도 했다.

옆 잡화 코너에는 손톱 크기 정도의 머리핀이 어찌나 앙증맞고 예쁜지 꽂아 보려 거울 앞에서 머리를 쓸어 올리는데 아뿔싸! 염색이 벗어진 곳으로 온통 흰머리라 핀을 꽂으면 핀보다는 흰머리가 더 강조될 같아 슬며시 놓고 나왔다.

이리저리 흔들리다 고소한 냄새에 끌려 바라보는데 오호 호떡집에 불났다. 이 불더위에 호떡 맛을 보려 길게 줄 서 있는 것이다. 그 줄의 끝점 한자리에 서서 기다리는데 차례가 왔다. 호떡을 받아 들고 돈을 줘야 하는데 호떡 먹을 생각에, 눈에 안 들어왔던 신선한 풍경이 온통 시선을 강탈한다.

세숫대야처럼 커다란 양푼에 호떡값으로 받은 돈을 아무렇게나 담아 넣고 있는 게 아닌가. 그것도 받아서 넣는 것도 아니고 기름이 묻어 그런지 손님이 직접 넣고 있었다. 어떤 글을 읽다 우연히 만난 글귀가 생각났다. '부를 얻는 데는 일정한 직업이 없고, 재물에는 일정한 주인이 없다.'라는.

잠시 본 생경함에 역시 돈을 벌려면 장사를 해야 한다는 말에 절대 공감하며 내 돈인 양 즐거웠다. '돈을 양푼에 넣다니…' 그 모습에 취하여 늘 모자라 하던 스스로에 대리만족했던 시간, 즐거운 생각이 채 끝나지도 않았는데 기다리는 다음 순번을 위해 비켜서야 했다.

먹을 때 설탕물이 녹아 줄줄거릴 것에 대비해, 센스 있게 종이컵에 넣어 준 것을 들고 걸음마다 한 입씩 베어 먹는데 맞은편에서 오던 동창과 우연히 만났다. 그도 크게 한 입 뭔가를 먹고 있었다. 서로는 마주 보며 같은 생각, 같은 모습에 누가 먼저랄 것도 없이 반가움보다 웃음의 자리가 더 컸다.

사람 구경도 구경이거니와 먹거리가 풍기는 냄새는 늘 오가는 사람을 유혹한다. 아까 먹은 것이 채 소화되기도 전에 붕어 빵집 빵틀 앞에 발길이 머물렀다. 어렸을 때도 그랬는데 이 붕어빵 냄새는 언제나 고소해 코를 킁킁대며 생각을 유년의 기억으로 소환한다. 어찌나 맛났던지 어느 한때는 내가 돈 많이 벌면 원 없이 풀빵을 사 먹겠노라 생각한 적도 있었지 않은가.

장터엔 돈으로 살 수 있는 많은 것과 돈으로 살 수 없는 많은 사람의 추억과 기억들이 좌판만큼이나 널려 있어 좋다. 그 숱하게 널려 있는 것 중 감성 하나만 건드려도 생각들은 포도송이처럼 알알이 톡톡 터지며 상큼함이 배어 나와 생각들을 만진다. 그 만지작거림은 뭔가 딱히 살 것이 없다 하더라도, 부디 거기까지 가지 않더라도 해결할 수 있음에도 생각은 발을 잡아끈다.

복작대는 그곳엔 내 삶의 일부도 그곳에서 복작대고 있을 것 같은 생각들로 걸음을 유혹하고 마음을 가볍게 띄워 놓는 것인지 모른다.

적벽의 물빛

길

을

　　나서는 일은 언제든 마음을 먼저 부풀
게 한다. 그것이 여행일 때는 더 그렇다. 버스는 화순을 향해
한낮의 햇살을 가르며 이동하고 있었다. 계절의 초입, 냉방
장치가 아니라면 오늘 어지간히 더울 날씨다. 눈이 닿는 곳
곳 초록은 온통 짙음을 불러들이느라 바쁘다.

　　계절 안으로 들어온 초록의 색감은 깊이를 더해 싱그럽기
그지없다. 우리가 탄 버스는 화순 출신 배드민턴 이용대 선
수를 기념하기 위해 지었다는 이용대체육관 옆에 자리한 화
순 8경 중 제1경이라는 화순적벽으로 이동하고 있었다.

　　지방마다 문화재나 특징되는 장소가 있겠지만 화순에 8경
이 있고 그중 화순적벽이 제1경인 것은 타고 있는 버스에서
듣고서야 처음 알았다. 이곳은 상수도 보호구역이라 식수 이

외의 먹는 것은 어떠한 것도 들고 갈 수 없다는 설명을 먼저 한다. 또 승용차도, 걸어가는 것도 허용이 안 되어 오로지 투어용 버스로만 가능하다고 했다.

일행은 사전 예약한 다른 이들과 섞이며 순서대로 자연스레 각각 다른 차에 나누어 타게 되었다. 입장권을 받을 때 들은 이야기로는 한 시간가량 소요된다고 했다. 잠시 승차 시간이 남아 주변을 둘러보는데 하마 커다란 바위를 뚫고 나온 것 같은 생김새의 나무가 온통 계절을 탐하고 있는 품새다.

저렇게 큰 뿌리를 갖고 있으면서도 야리야리한 이파리마다 햇빛에 반사되어 싱그럽고 곱게 보이는 것이 부조화 속 조화였다. 들여다보는데 수령이 얼추 400년 되어가는 보호수라는 설명이 나무 앞에 붙어있었다. 우람하게 자라며 노출된 뿌리가 바위처럼 보인 것은 모두 세월의 깊이고 무게였다. 이 보호수가 살며 마주한 풍상의 흔적이었는지도 모른다.

버스로 가파른 오르막을 한참 오르는 중간중간 잠깐씩 전망 좋은 곳에 정차하여 주위를 둘러보게 하였다. 상수도 보호구역이라 적혀 있었고 그래서인지 보호하느라 상당히 신경 쓰는 모양새다. 비포장 길을 달리는데 덜컹댈 때마다 몸은 도로의 높낮이에 따라 같이 오르내렸으나, 경사진 그 길 밖으로 내다보이는 풍광은 초록의 산세와 더불어 물색은 그지없이 맑았다.

적벽이라 하면 중국의 적벽대전으로 영화며 다른 매체를

통하여 유명하다는 것을 알고 있는 것이 전부였다. 한국에도 적벽이라는 이름의 장소가 있다는 것을 알고 관심이 급상승했다. 화순적벽은 조선 전기 때까지만 하더라도 그냥 석벽石壁이라 불렀다고 한다. 석벽이 적벽으로 바뀌게 된 것은 기묘사화 때 동복에 유배된 한 선비가 화순 동복천과 옹성산 절벽이 어우러진 풍광이, 중국의 적벽과 같다고 하여 그렇게 부른 데서 연유되었다고 설명하고 있었다.

도착하여 깨끗하게 잘 다듬어진 잔디밭 건너 위치한 적벽. 온통 푸른데 커다란 바위의 웅장함만을 드러낸 산세는 수려하고, 그 수려함이 그대로 투영된 물그림자도 그지없이 곱다. '이런 고움이 있어 여기를 찾는구나.'라고 생각했다. 그 모습은 옛 선비들이 고서들을 차곡차곡 올린 듯도 하고, 넓고 납작한 돌들을 켜켜이 쌓은 듯도 한 적벽, 그래서 많은 시인 묵객이 이곳을 아꼈을까.

내리쬐는 햇살에 손차양했다가 더워 옆 정자가 있는 그늘로 발을 옮겼다. 동행한 해설사가 좋은 정자라고 부르는 데는 몇 가지의 기준이 있다고 설명한다. 위치는 배산임수의 지리적 요건이 충족되는지, 정자를 세운 이가 누구인지, 그 사람이 어떤 이들과 교류하는지 등. 그런 것들이 바탕이 되어 정자에도 호불호와 유명세를 연관 짓게 된다는 말이었다. 그러고 보면 우리나라는 혈연은 당연하고 학연, 지연은 오래전부터 중요하게 이어져 오는 인간관계의 연결고리가 맞다.

적벽을 바라볼 수 있게 망미정과 망향정 두 개의 정자가 자리하고 있었다. 그중 조금 높은 곳으로 가 보니 망미정이라는 정자에는 한 곳에 두 개의 현판이 걸려 있었다. 해설사는 그 정자 이름을 짓게 된 배경 설명과 함께 원래의 모습은 수몰되는 바람에 유실되었다는 설명을 덧붙였다. 지금의 현판은 김대중 전 대통령과 우리 제주 출신인 소암 현중화 선생님의 쓰신 휘호라고 알려주었다. 소암 선생님께서 쓰셨다는 설명에 같은 지역 출신이라서일까. 왠지 반갑기도 하고 어깨가 절로 으쓱했다.

계절 딛고 짙어진 산세 사이로 초록을 베개 삼아 햇살이 길게 드러눕고 있는 시간. 돌아오는 길 따라 산 그림자 길게 누운 모습을 밟으며 적벽에서 이동하게 되었다. 그 옛날 중국 북방 평정을 완성한 조조에게 천하 통일 대업을 위해 시작되었던 적벽대전. 소수 병력이 정확한 상황 판단과 치밀한 전략 등으로 다수 병력을 이긴 전투로 재미있게 보았던 영화가 오버랩 되었다. 적벽이란 이름만 같았던 게다. 이어지며 윤슬에 부딪히는 고운 물줄기는 나그네의 눈길을 온통 붙잡았다. 뒤돌아보는데 지는 해가 나그네 발을 밟으며 따라오고 화순의 적벽은 아득히 멀어져 갔다.

득궤기 ᄒᆞᆫ 점 소곱이

삭
삭

더
운

ᄋᆞ ᄒᆞ루기, 벳도 더우 먹어신디사 제풀에 지천 독ᄒᆞᆫ 아구리를 크게 벌려냉 떠불라 ᄒᆞᆫ 내를 궤와내고 이섯다. 떠불라 ᄒᆞᆫ 낸 질게 난 아스팔트라도 곧 녹여 불것추룩 독ᄒᆞ다. 하간디가 더우에 지천했다. ᄀᆞ만이 앚아이서도 슬갖의 ᄯᆞᆷ고망이랜 헌 ᄯᆞᆷ고망이선 늘숨과 들숨 펜착더레 홀터냄직이 ᄯᆞᆷ이 잘잘이다.

앚아도 덥곡, 사도 덥곡 입만 촉허민 덥댄허는 말이 확ᄒᆞ게 튀어나왔다. 꼬물락을 족게 허여보젠 애씨없주마는 애씨없젠 ᄯᆞᆷ만 더 나주 달라지는건 ᄒᆞ나도 엇다. 메틀전이만 ᄒᆞ여도 어떵사 왈락 더와신디사 꼬물락도 안허영 집이 이딴에 더우를 피행 사려니 숲 소곱에 댕겨왔다. 높은딜로 가민 더우가 ᄒᆞ꼼 덜허카허는 셍각이 들언에 둘싹헌 일이엇다. 가입

헌 등산동호회에서 가는 공일 산행에 느렁테질 허단 가켄 확허게 댓글을 돌앗다. 아맹헤도 더울거민 이열치열이랜 헌 말 긑이 나 무심냥 더우를 상대해 보켄 허는 무음이엇다.

나사길 잘헌거 닮다. 흔낮이 벳살은 대맹이 우티로 질게 내리꼬지멍 무소운디, 낭강알 소곱에 질이 난 이선 경혜도 벳살 피허멍 걷게 돼난 스망일엇다. 그늘친디 브롬 흔 줄레만 손짓허여도 흐영 난 낭섶덜이 그걸 심엉 믄딱 부채질을 허염시신디 하간디가 다 씨원헷다. 미싱것 보단 긑이 가는 질, 혼차만 처지는 것도 놈부치러운 일이난에 폐적은 안허영 꿋꿋헌 책, 앞서곡 뒷서곡 브지란이 갓다. 뚬이 흘르당 믈르길으라번 허는 산행에, 몸에서는 인칙부떠 쉰내가 낫다.

오래 걸음도 헷주마는 덥기도 어뗭사 더워신디 딱 버치곡 뚬 흘치멍 헌 것에 보상이나 허는 것추룩 오널 징심으로 절 기다웁게 둑백숙을 먹으레 간댄 헷다. 둑백숙보담 더 맛 좋은 음식이 한한 홀테주마는 그걸 먹는 날은 어뗭사 지꺼진 중 몰른다. 무산고 흐난 먹엉 살기 심들곡 뱃가죽이 등뗑이에 딱 흐게 부떠난 엿날, 오래돼여분 생각 따문이다. 인칙부떠 막 코삿 흐여졋다.

둑백숙, 족은 오라방과 난 세 살 무지다. 고등흑교 댕길 때랏다. 그날은 인칙 흑교에서 집이 돌아오게 돼엇다. 그때도 오널추룩 벳이 과랑과랑허게 더운 날이엇다. 이상허게 대흑 댕기던 오라방이 아무것도 엇인 상방에 앚앙 벵도글락 흔

상을 받안 앚안 이섯다. 이제나저제나 놀메 탄 난 벗네 집이 놀래 가신디 벗이 웃어부난 확허게 돌아왓다.

겐디 미신 일인디사. 이문간이 와가난 맛존 내음살이 슬 슬 풍겨오랏다. 그 내음살이 하도 좋안 흔 번 더 맡아보젱 킁킁 거리멍 상방에 올라가단 금착헷다. 나갓단 들어온 그 소시 에 큰 낭푼에 귀흔 둑 흔ㅁ무리를 오라방 혼차 음치웃이 틀어 먹고 이서시난게 금착 헐 수뿎이. 나도 먹어보젱 와려데기멍 확 상방에 올라앚안 오라방 즈꼿디 조지레기 앚안 막 궤기 를 흔 입 틀어먹는디 그때랏다. 어느 트멍에 정지에서 나와 신디사 어멍이 나 등땡일 와작착 두드렷다. 추물락 놀레연 난 입소곱이 물엇던 궤기가 입 베껏디로 튀어 나와불엇다. 우리 어멍이 경 심 씬 사름인중 츠마가라 생전 처음 알앗다. 셍각 웃이 일어난 일이란에 오라방은 어떵헐 줄 몰랑 조침조침 허 멍도 둑다릴 ᄒᆞ나 확허게 칮언 나 손에 줴와줫다. 경혜도 난 베설뒈와젼 둑다릴 낭푼이에 확 데껴젼 쳉상에 엎더젼 막 설 룹게 앙작ᄒᆞ엿다.

그 귀한 둑을 오라방만 곱져놔둠서 온체로 큰큰흔 낭푼에 주곡, 나가 흔 입 틀어 먹은 건 용서 못헐 큰 죄인이나 뒈어 분거 추룩 그놈이 아들만 아들만 허는 것에 속이 넘이 상ᄒᆞ 연 을큰ᄒᆞ엿다. 먹지 말랜 헤시민 안 먹을 걸, 나 등땡일 와 작착 ᄄᆞ린 것에 야속허곡 나 ᄆᆞ심이 막 무에여젓다. ᄄᆞᆯ로 테 어난 게 무신 죄산디사 넘이 설루완 눈물ᄌᆞ베기 찰찰 흘치멍 막 크게 울엇다. “아이고, 저 지지빠이 어떵허민 좋으코?” 어멍이 허던 말, 슬쩩이 아덜 몸보신 시키젱 헤신디 어이침사리 웃이 나가 들어완 일을 멘든 것에 속상허연 숨을 몰아쉬멍 ‘호이’ᄒᆞ던 소리, 트멍트멍 밴밴ᄒᆞᆫ 침묵이 아사 온 고요가 울음 ᄌᆞ끗딜로 출락출락헷다.

뒷녁날 동세벡이, 오라방은 가야호산디, 도라지호산디 듣도보도 못ᄒᆞᆫ 배를 탄 군대에 갓다. 오라방이 가불엇다. 축항꼬장 ᄀᆞᇀ이 나산 어멍은 배가 먼먼ᄒᆞᆫ 물ᄆᆞ르를 넘젱 출랑거리멍 ᄒᆞᆫ 점이 텔 때 ᄁᆞ지 흰수건을 끗도 읏이 흔들엇다. 낭중엔 올 때 썬 온 양산을 나신디 잘 쉐영 이시랜 ᄒᆞ여뒨, 흰수건을 노피 올련 흔들단 배가 ᄎᆞᄎᆞ 멀어져 가난 그 밸 어떵 잡아두젠 헤신디사 뒷발 들렁 배를 봐가멍 흔들엇다.

오라방은 그런 어멍이 보이지도 안헴신디. 난 받아 쉐엿던 양산도 오래 잡안이시난 넘이 베연 이손, 저손에 ᄀᆞᆯ메들어가멍 쉐여신디 우리 어멍은 심 좋은게 맞인 셍이다. 돌아오는 질에서 그 좋은 심을 떠나는 배에 다 실러분거 닮앗다. 조짝 벳이 머리 우티론 과랑과랑ᄒᆞᆫ디 눈물 곱지젠 양지만 가리완에 집에 올때꼬장 양산 소곱이서 울고 이섯다.

ᄒᆞᆫ 오십 년 세월을 보내멍도 ᄃᆞᆨ백숙만 보민 그때가 생각난다. 경헌디 미안한 ᄆᆞ음에 어떵헐 줄 몰랑헌 그때 오라방에 대한 기억과 잘도잘도 심 씨던 어멍에 대ᄒᆞᆫ 기억, 이젠 온마리가 아니라 ᄒᆞᆫ꺼번에 백 ᄆᆞ리도 더 사 먹을거 닮은 여유

도, 그날 아픈 기억 흔 토막을 온전히 덮을 수가 엇인 엿말이 되어 불엇다. 둑백숙에 대흔 기억의 끗댕이는 가심을 흠파내멍 오래도록 짚은 화인으로 남안 싯다.

　이루후제 둑백숙을 먹으레 갈 일이 이서도 아멩헤도 나 기억의 공간엔 또시 그날이 스물스물허멍 페와질거다. 아팟던 시간들에 대허영 ᄆ음은 또시 못 올 시간으로 바꽈지멍, 물그리듯 감정의 수채화를 셍각의 끗댕이마다 곱닥흔 색감으로 그리멍 덧칠ᄒ곡 이신 거다. 경헌디 아픈 기억 소곱에 추억이 미신 것산디, 메와불어도 좋을 꺼주마는 미안흔 셍각 소곱으로, 시간은 눈물자리에 또시 못 올 연민거추룩 웃을 일을 ᄒ나썩 맨들암싱게. 눈망둥이 읍더레 물기가 세흘멍도 입주둥이엔 또 ᄄ난 웃임자리가 마련뒌 이신디사 기억의 끗댕이에서 슬쩍이 퍼지는 웃임 색깔이 경 나쁘진 안허다.

　어미라는 일름패를 돌안 보난, 나 나으 오십을 베리단 그 스시에서 아덜을 키완 군대 보내언 보난, 이제사 그때 어멍 ᄆ음을 ᄒ꼼은 헤아려 짐작허다. 갈라먹으민 족을거난 딴 식구들 몰르게 ᄒ꼼이라도 멕영 군대에 보내젠 애써신디 오꼿 둑궤기에 두린 ᄄᆞᆯ은 눈치웃이 앗앙 ᄀᆞᆺ이 먹젠 헤시난 얼메나 속이 뒈싸져시코.

　그때 둑 못 먹은걸 설룹게 울멍시르멍 가심 아프게 헌 죗깝을 '어멍'이랜 헌 두 글제 앞이서 눈물로 속죄헤 밨주마는 진진헌 세월 앞이서도 벳겨지지 안헸다. 비 브름, 벳살에 땡

땡 몰라분 거죽긑이 원 용서받지 못헐 웨로운 아픔을 허영 오랜 시간 울음 우는 어른으로 맨들아 놓앗다.

저녁상 앞에서 줄레가 시원치 안 헌건지, 기냥 치킨이 먹고 픈 건지 몰르주마는 아이덜이 안주웨기손꼬락으로 휴대폰을 멧 번 톡톡 천게마는 치킨을 시켯다. 배달의 민족답게 뻘르기도 넘이 뻘르다. 싼 종일 뱃기난 코시룽 흔 내음살이 낫다. 흔 입 먹는디 연구도 허고, 상술도 싯주마는 아이덜이 취향을 저격헴신디사 아이덜은 맛 좋댄 허는 말을 으라번 헷다. 어느 헤 산디 말복에 득을 숢아주난 아이덜은 손도 안대연 치킨을 주문헌 기억이 잇다.

축항에서 오라방 탄 배가 떠나불 때 뷔러 본 흔 점이영, 못 숢킨 득궤기 흔 점이 셍각만으로도 느량 목울대를 울린다. 치킨이 맛조앙 입에 돌아졎주마는 두릴 적이, 흔 입 먹엉 밧아낸 그 흔 점의 궤기 맛은 어디에도 웃다. 먹고픈 것이 두릴 적이 기억 소곱이 맛인지, 그날 어멍 신디 속죄 받지 못 흔 벤벤흠이 용서받아사 헐 감정의 무겐지 헷갈린다.

아파도 그때 일이 흔 번만, 딱 흔 번만 또시 허락 뒈어시민, 아니 아니여. 어멍 신디 막 미안헷댄 그 흔곡지만 글을 시간만이라도 줘시민 좋으켜, 경헐 수만 있땐 허민 춤말 좋으켜.

닭고기 한 점 속에

녹

음

이

    하늘을 가릴 만큼 짙고 무덥던 날. 볕도 더위에 헐떡거리다 제풀에 지쳤는지 사나운 아가리를 벌린 채 열기를 토해내고 있다. 그 열기는 길게 뻗은 아스팔트라도 금방 녹여낼 듯 거칠다. 사방이 더위에 지쳐 뜨겁다. 가만히 앉아 있어도 날숨과 들숨 사이사이로 훑어낼 듯 땀이 흐른다. 요 며칠, 꼼짝하지 않고 집에만 있다가 '높은 곳으로 가면, 더위도 덜하겠지'하는 생각이 들어 오름 동호회원들과 움직이기로 했다.

    나오길 잘했다. 한낮의 햇살은 정수리 위로 길게 내리꽂히며 맹렬한데 나무들 우거진 숲길은 그늘인 데다가 바람 한 줄기만 손짓해도 숱한 나뭇잎들은 그걸 붙잡고 모두 부채질해 대는지 사방이 시원했다. 무엇보다 같이 걷는 길, 대열에서 혼자 처지는 것도 웃기는 일이라 내색하지 않고 꿋꿋한 척 앞서거니, 뒤서거니 하며 열심히 걸었다. 땀이 흐르고 마르기를 거듭하는 여름 산행에, 몸에서는 이미 쉰내가 났다.

오래 걷기도 했거니와 더위 탓에 지친 피로와 땀 흘림에 대한 보상처럼 오늘 점심으로 계절답게 닭백숙을 먹으러 간단다. 닭백숙보다 훨씬 맛있는 음식이 많겠지만 그것을 먹는 날은 최소한 횡재한 날처럼 느껴진다. 먹고살기 힘들어 배곯던 어려운 시절의 오래된 기억 때문이다. 벌써 구미가 당기고 기분까지 좋아진다.

닭백숙. 작은오빠와 난 세 살 터울이다. 고등학교 다닐 때였다. 그때도 이렇게 햇살이 쨍하고 소리 날 것처럼 더운 날이었다. 웬걸 대학 다니던 오빠가 마침 그 시간, 마루에 아무것도 놓이지 않은 둥그런 상을 받은 채 혼자 앉아 있었다. 이제나저제나 노는 일에 열중이던 나는 친구네 집에 놀러 갔는데 친구가 없어서 그냥 돌아오게 되었다.

그런데 웬일일까. 마루에 들어서다 깜짝 놀랐다. 나갔다 온 그사이에 큰 양푼에 귀한 닭 온마리를 오빠 혼자 뜯고 있는 게 아닌가. 후다닥 올라가 나란히 앉아 막 고기를 한 입 넣는 순간이었다. 언제 부엌에서 나오셨는지 어머니가 내 등짝을 사정없이 후려쳤다. 그 바람에, 입에 물고 있던 닭고기 한 점이 튀어나왔다.

깜짝 놀랐다. 우리 어머니가 그렇게 힘이 센 사람인 것을 처음 알았다. 생각지 않게 일어난 상황에 오빠는 어쩔 줄 몰라 엉거주춤하면서도 닭 다리 하나를 얼른 떼어 내 손에 쥐어 줬다. 하지만 그것을 양푼에 내팽개치듯 놓고 눈물 바람을 하며 책상에 엎디어 한참을 울었다.

그 귀한 닭을 오빠한테만 몰래 숨기듯 통째로 큼지막한 양푼에 주고 한 입 뜯어 먹은 것에 대하여 용서 못 할 대역 죄인 취급을 한 것이 속상하고 분했다. 한 입 뜯어 넣은 고기 한 점 때문에 거칠게 내 등짝을 후려친 것에 야속함과 섭섭함이 뒤범벅되었다. 맞은 자리 아픈 것보다 난 더 크게 울어댔다. 아무도 없는 틈을 타 얼른 몸보신이라도 좀 시켜 보려고 했는데, 어이없는 황당한 일을 두고 속상해 깊이 숨을 몰아쉬다가 내뱉던 '호이'라며 내뱉던 어머니의 한숨 섞인 소리, 잠깐잠깐 내던져진 무거운 침묵이 주는 고요가 울음 사이사이로 출렁거렸다.

이튿날 아침, 오빠는 가야호인지, 도라지 호인지 요런 배를 타고 군대에 갔다. 오빠가 떠났다. 부두까지 같이 따라나선 길에서 어머니는 배가 멀리 물마루를 깔딱거리며 넘느라 한 점이 될 때까지 하얀 수건을 끝없이 흔들었다. 배가 멀어질수록 붙잡아두기라도 할 듯 까치발로 배를 향해 계속 흰 수건을 흔들어 댔다. 오빠는 그런 어머니가 보이지도 않을 텐데 말이다.

돌아오는 길, 어머니의 그 좋은 힘을 떠나는 배가 다 싣고

가버렸던 걸까. 쨍하게 내리쬐는 햇살의 사나움을 이기기보다, 눈물 가리느라 고개를 숙인 채 집에 도착할 때까지 양산 속에서 울고 있었다.

근 오십 년 세월을 보냈으면서도 닭백숙을 보면 그 일이 물물이 피어나 아련하다. 다만, 미안한 마음에 어쩔 줄 몰라 하던 그때 오빠에 대한 기억과 무지무지 힘 좋던 어머니에 대한 기억, 지금은 온마리가 아닌 한꺼번에 백 마리라도 더 사먹을 수 있는 여유로움도, 그날 아팠던 기억의 한 페이지를 온전히 덮을 수 없는 옛이야기가 되어 버렸다. 닭백숙에 대한 그날의 뾰족한 기억의 끝은 아프게 파고들며 오래도록 내 삶의 깊은 화인으로 남겨졌다.

아팠던 시간은 다시 못 올 시간으로 바뀌면서 은근한 감정의 수채화를 생각의 말미마다 고운 색감으로 덧칠하는 것이다. 그런데 아픈 기억 속에 웃음이라니 이 무슨 조화 속일까. 이제 지워내도 좋으련만 죄송했던 기억 안으로, 시간은 그때의 눈물자리에 다시 못 올 시간에 대한, 오랜 기억이 연민처럼 웃음 자리를 하나하나 새겨 놓고 있다. 눈가로 물기가 번지면서도 기억의 끝자락에서 슬며시 퍼지는 웃음이 싫지 않다.

어미라는 이름을 달고 그 자리를 꿰찬, 내 나이 오십을 바라보던 언저리에서 아들을 키워 군대 보내고 보니, 이제야 그때의 어머니 마음을 헤아릴 수 있다. 어려운 시절, 다른 식구들 없을 때 조금이나마 몸보신시켜 군대에 보내려 애써 준비한 음식 앞에, 눈치 없이 덜렁 들앉아 먹으려 했으니 순간 얼마나 괘씸하고 속상하셨을까.

그뿐인가. 가당찮게 제 분을 다스리지 못해 대책 없이 어머니를 상대로 건방 떨며 당돌하게 벼르듯 했던 설익은 감정을 거두어 내지 못한 게 아닌가. 그때 못 먹은 닭고기에 대하여 서럽게 울며 가슴 아프게 했던 죗값을 살아오는 내내 '어머니'란 세 음절 앞에서 눈물로 아프게 속죄해 보지만, 세월의 무게 앞에서도 벗겨지지 않는다. 비바람, 햇살에 켜켜이 쌓인 세월의 깊이인 이끼처럼 영영 용서받지 못할 외로운 아픔으로 오랜 시간은 울음 우는 어른으로 만들어 놓았다.

저녁상 앞에서 반찬이 시원치 않았던지, 그냥 치킨이 먹고픈 건지 모르지만 아이들이 휴대폰을 들고 몇 번 자판을 톡톡 누르더니 치킨을 시켰다. 배달의 민족답게 빠름, 빠름이다. 포장을 벗기니 고소한 냄새가 난다. 한 입 먹는데 연구도 하고, 상술도 있겠지만 아이들의 취향을 저격하고 있는지 맛좋다는 말을 여러 번 반복한다. 어느 해던가. 말복에 닭을 삶았는데 손도 안 댄 채 치킨을 시켜 먹었던 기억이 난다.

부두에서 오빠가 탄 배가 떠날 때 본 멀어지던 한 점이랑, 영영 못 삼킨 닭고기 한 점이 생각만으로도 목울대를 울린다. 아이들이 맛있다며 먹는 치킨 맛도 좋지만, 어릴 적, 한입 물었다가 뱉어내야만 했던 그 닭고기 맛은 어디에도 없다,

먹고픈 게, 어릴 때 기억 속의 맛인지, 그날 어머니에 대한 속죄 받지 못하고 무겁게 받아내야 했던 감정의 무게인지 헷갈린다.

아픈 기억 속에 자리한 그날이 한 번만 더 허락되었으면, 아니, 아니다. 어머니께 그때 너무 죄송했었다고 한마디만이라도 건넬 수 있는 시간이 허락되었으면 좋겠다. 그랬으면 정말 좋겠다.

삶의 얼룩을
스캔하다

모
처
럼

　　나선 길에서의 마지막 일정, 며칠 쨍
하던 날씨가 무색하게 일기는 사나웠다. 도랑이라도 만들
것처럼 비는 두텁고 질기게 내렸다. 짧은 거리임에도 뛰는
동안 비에 젖어 얼굴을 닦고 나서야 건물 안으로 들어갈 수
있었다. 국립현대미술관 이곳저곳을 둘러보다가 한 전시실
앞에 멈춰 섰다. 어느 여류 설치미술가의 영상작품이 오래된
시간, 깊이로 잠재웠던 생각의 꽁무니를 잡아끈다. 생각은
녹슨 소리를 내며 재생된다. 끊임없이 돌아가는 런닝머신 위
로 쥐 한 마리가 기계의 움직임 따라 쉴 새 없이 달리고 있었
다. 그것은 멈추고 싶어도 멈출 수 없어 달린다는 표현이 더
어울리겠다.

　반복되며 돌아가는 기계 위로 음식이 쥐 앞에 놓이면 짧은

시간, 아주 잠깐 그것을 핥아먹는 동작이 쉬는 시간이 전부였다. 어찌 보면 그것은 쉰다는 것보다 먹기 위한, 먹으려는 본능적 욕구에 따른 처절한 노동인 셈이다.

기계는 제 할 일에 충실 하느라 한 치 오차 없이 같은 시간, 같은 속도로 반복하며 돌고 돈다. 그 위를 달리는 쥐. 먹이에 대한 강한 유혹과 기계의 흐름 따라 잠시도 머물지 못하고 속도에 몸을 실었다. 힘겹다. 한참을 보고 있노라니 옅은 현기증마저 일었다. 끊임없이 돌고 도는 기계의 속도감이 그랬고, 쥐의 작은 혓바닥에 먹이가 닿는 순간, 먹이를 취하기 위해 모든 생을 걸어야 하는 지친 모습의 영상 또한 그랬다. 그걸 보는데 피로감이 엄습했다. 순간 멀리하려고 애쓰던 의식 하나가 핏발 선 모습으로 청하지 않은 객이 되어 바쁘게 소환된다.

운명은 순순히 따라가지 않으면 끌고라도 간다는 말이 있다. 깊고 긴 불면의 시간으로 육체는 물론, 정신세계를 옥죄며 삶을 엎어놓았던 지난한 시간. 젊은 날, 삶에 한 획을 그으며 의지와 상관없이 감당하기 힘든 시간과 마주해야 했다. 상실의 아픔은 몸과 마음 어느 한 곳 온전하게 놔두질 않았다.

불면과 무기력을 앞세워 육신을 패대기치듯 짓누르더니 시시껄렁하게 생각했던 운명이란 이름은 운명처럼 다가와 운명의 존재를 적나라하게 확인시켰다. 맹렬했다. 그것은 한 치

인정도 없이 시간을 담보 삼으며 고통이란 이름 속으로 거칠게 삶을 몰아세웠다. 온통 나락으로 밀어내는 바람에 더는 버틸 힘도, 가눌 정신도 없었다. 그런 날이면 달도 빛을 잃고 밤새 지치게 울어댔다.

그렇게 시간이 더딘 걸음을 뗄 때다. 몸 안에 있던 모든 에너지는 다 소진되고 방전되어 꼼짝달싹하기가 어려웠다. 세상에서 가장 무거운 게 무엇이냐고 누가 묻는다면 주저 없이 말할 수 있겠다. 눈꺼풀이라고. 잠을 못 이룬 탓에 육신의 무게감은 바윗돌에 눌린 것처럼 버거웠고, 먹는다는 본능마저도 덩달아 힘겨웠다. 그런 시간 사이사이로 이 무슨 대책 없는 감정의 행패란 말인가. 물물이 그립다는, 순간순간 보고 싶다는 곡진함이 마음 한구석에 저항할 수도, 부정할 수도 없는 힘으로 심신을 후비며 파고들었다.

마음이 힘드니 몸도 따라 지쳐갔다. 그렇게 시간을 밟던 날, 사람이 얼마나 자기중심적이고 이기적인 동물인지 초등생과 중학생이던 아이들마저 눈과 의식의 밖에서 방치되고 있음을 알았다. 새끼에 대한 동물적 본능마저도 작동이 힘든 상태였다.

그때 이것저것 재고 말고 할 것도 없이 할 수만 있다면 다 포기하고 싶었다. '죽음이 이런 걸까, 다 비워낼 수는 있는 걸까'하는 의문을 품고 있던 현실적 망상은 생각이라는 공간에서 가지치기를 끊임없이 하고 있었다. 노랫말의 한 소절처럼

'내가 죽고서 네가 산다면…'하는 간절한 마음으로 신과 밀당도 해 보았으나 미미한 인간의 항변은 하늘에 닿기도 전에 산화되었다.

시시때때로 울음 우는 이 붉은 감정이 슬픔의 발로인지, 살을 부대끼며 살았던 연민에 의한 몸부림인지, 아니면 앞으로 전개될 앞날에 대한 불안인지조차 구분이 모호했다. 어쩌면 그것은 대책 없이 장바닥에 펼쳐놓은 싸구려 물건 같은 칠정 중 하나인 감정의 부스러기였는지도 모른다.

먹이를 향해 러닝머신 위에서 쉼 없이 달리는 쥐의 모습은 절체절명의 시간 앞에서 생존을 위한 몸부림으로 보여 강한 동질감으로 다가왔다. 벼랑 끝에서 삶을 어렵사리 건져 지탱하고 있다는 자기 위안에 불과한 꼿꼿함도, 방 안의 공기 흐름마저도 힘겹다는 생각에 다 포기하고 싶었다. 엎고 뒤집히며 여물지 못한 생각들은 모서리마다 색깔 다른 통증만을 두텁게 덧칠해 내고 있었다. 살아있다는 것이 다 부질없다는 생각으로 온통 의식을 지배할 때였다.

문득 그리스 신화에 등장하는 시지프스가 한 줄기 빛처럼 생각을 강렬하게 당겼다. 끝도 없이 바윗돌을 굴려야 하는 삶이 이런 것일까. 시지프스는 신에 굴복하지 않고 그에 도전했던 인간이라 하지 않던가. 제우스의 노여움을 산 시지프스는 커다란 바윗돌을 높은 산꼭대기로 올리고, 이내 굴러떨어지면 또 올려놓는 영원한 노동의 형벌을 받는다고 했다. 쥐가 움직이는 모습이 그렇게 보였고, 긴 밤을 온통 표백해 놓을 듯 뜬 눈으로 시간을 밟아가던 불면의 밤이 또한 그랬다.

요즘 신세대들 표현으로 독박 교육, 독박 훈육, 독박 경제 등. 두 아이를 껴안고 어떠한 것도 준비 안 된 상황에서 삶을 꾸려야 된다는 무게감이 그 바윗돌을 굴리는 형벌과 무엇이 다를까. 아무나 다 꾸려나가는 줄 알았던 일상이라는 이름을 허투루 보았는데 먹는 것에서부터 교육비까지 모든 게 힘듦의 연속이었다.

지치고 힘겨운 생각의 끄트머리에서 만난 내 의식의 또 다른, 이면에서의 섬뜩하고 아찔한 생각과의 조우. 신화 속 생각하나가 절대적 힘으로 본능과 연이 닿았다. '살아야 한다'라는 절대적 명제는 수척해 가던 생각 속에서 긍정의 힘으로 다가와 본능에 탄력을 주며 스스로 일으켜 세웠다. 알베르 까뮈는 '우리네 삶도 고된 일상의 반복만 있다면 살아갈 가치가 없지만, 그 안에 의미 있는 시간이 분명히 있기에 살아야 할 가치가 있다'라는 내용의 말을 풀어내고 있지 않은가.

그뿐일까. 그는 '눈물 나도록 살라.'는 말도 했다고도 한다. 세상 모든 사람에게 공정한 것이 시간이란 말이 맞았다. 살아남기 위한 세상 모진 일은 다 만나 본 것 같다. 그랬다. 아이들도 눈비에 젖고, 거센 바람에 휘둘리나 했는데 휘둘림 속에서 삶을 붙잡고 제 몸피만큼씩 생각을 키우고 여물어 갔던 것이다. 세월의 햇살은 누구에게나 너그럽다. 더는 물러

설 수 없는 곳에서 빛줄기를 당겨와 버겁던 삶을 벅참이란 단어로 환치해 내고 있었다.

슬픔조차도 사치였던 지난한 시간. 힘들었던 삶도 운명이라는 이름으로 각주 하나 달아 놓았을 뿐, 그 어떠한 것도 소중한 것이었다. 삶이란 얼개에 눅눅하고 얼룩진 시간이었을망정 소중히 스캔해 둔다.

힐링

힐
링
'

언제부터인가 일상에서 우리말처럼 익숙하게 다가오는 말이다.

이런 프로그램에 참여하는 것은 처음 하는 일이라 궁금해하며 서둘렀다. 며칠 전 지인의 권유로 별도봉 근처의 한 선원에서 정기적으로 행하는 참선 프로그램에 처음 참여하기로 약속했었다. 1박 2일 일정으로 진행한다는 말에 미리 선약하고 참석하는 것이다.

나지막하니 산기슭 아늑한 곳, 사찰에 도착하자 산사의 고즈넉하고 차분한 분위기가 반긴다. 허리 굵은 나무 아래 간이탁자와 의자가 마련된 곳에 안내받았다. 풀 먹여 잘 손질한 차림을 한 여인이 과일과 함께 다기에 차를 내왔다. 옷차림에서 풍기는 분위기가 참 정갈하다. 찻상에 흰색 다기와 시골 어느 농장에서 유기농으로 재배한 차라며 유리 주전자에 담아서 내 왔다. 잘 우러난 차의 색깔은 계절색과 어우러지며 눈 닿는 곳 여기저기가 싱그러움, 그것들의 모습과 많이 닮았다.

정해진 시간이 가까워지자, 프로그램에 참여하기 위하여 사람들이 속속 모여들었다. 그들과 담소를 나누며 준비해 내어 준 차를 내려다보았다. 앙증맞게 생긴 찻잔은 목에 기별도 안 갈 것처럼 작아 이런 찻잔도 있구나 싶었다. 벌컥거리며 목울대 울릴 듯 마실 것도 아닌 바에야 담긴 차를 찻잔과 함께 음미하는 것도 오히려 낯설면서도 한껏 분위기 있었다. 차 마실 때는 혀는 맛을, 코로는 향, 눈으론 색을 음미한다던가. 아까 내온 차에서 우러나오며 동동 뜬 찻잎이 녹색에서 갈색으로 변해 갔다. 그 모양이 머리 위에 한껏 그늘을 드리운 아름드리나무의 나무초리와 닮았다.

'고땡, 행복 시작'이라는 캐치프레이즈로 정해진 시간이 되자 간단한 의식과 함께 프로그램이 시작되었다. 처음 그 글을 읽으며 의아했는데 요즘은 말을 줄여 표현하는 것이 젊은 층에서 대세인데 '고통 끝, 행복 시작'을 그렇게 표현한 것이라 설명한다. 전에도 이런 프로그램을 준비했었는지 참여했던 이들끼리 몇몇은 친분이 있었고, 처음인 이들도 섞여 있었다.

간단한 개회 인사와 함께 짧은 시간이지만 한 공간에서 1박 2일 생활을 같이할 이들 간의 자기소개 시간을 가진 후 이어질 순서를 설명하였다. 행복이라는 게 늘 내 주변에, 내 생각 안에 있지만 욕심에 가려 그것을 알지 못한 채 지내고 있다는 내용으로 시작되었다. 평범한 것 같으나 깊은 울림이 있는 법문이다. 경내의 정갈함만큼이나 시내 외진 곳에 자리한 사찰은 새소리 외엔 모두 고요다.

저녁 공양 시간이 되었다. 사찰안은 어느 것 하나 흐트러짐 없이 정연하다. 한 분이 보자기에 싸여 있는 뭔가를 하나씩 나눠 줘 풀었더니 큰 그릇 속에 작은 그릇들이 순서대로 들어 있었다. 네 개의 그릇을 포개어 놓고 있었는데 발우라는 이름의 공양 그릇이라는 게다. 그릇을 순서에 맞게 앞에 나란히 배열했다. 몇몇이 나와서 음식을 '발우'라는 그릇에 먹을 양만큼씩 배분하기 시작했다. 생경한 모습에 찬찬히 살피며 순서대로 배분하는 것을 받느라 배가 고픈데도 불구하고 오랜 시간 기다려야 했다.

집에서 시간 되면 훅훅 먹었던 것이 버릇되어서인지 익숙지 않은 모습에 지루함마저 느꼈다. 그래도 그 지루함에서 평온함을 찾고자 하는 것도 이 프로그램이 갖는 작은 의미일지도 모른다고 **생각**하며 기다렸다. 제일 작은 그릇이 반찬 그릇이라는 설명이 있었다. 반찬은 한 번 뜨고 나서 모자라면 더 갖다 먹을 수 있지만 남겨서는 안 된다고 덧붙인다.

또 밥은 나눠주는 사람이 제대로 배분하지 못해 모자라거나 하면, 행여 못 먹는 사람이 있을 수 있다고 했다. 물론 배고픈 시절 이야기겠지만 그럴 때는 나눠 준 것을 한 수저씩이라도 또 거두어들여 서로 똑같이 먹을 수 있도록 공평하게 나눠줘야 한다는 설명도 덧붙였다. 하기야 그런 뜻으로 '십시일반'이란 말도 여기 불가에서 유래되었다고 하지 않는가. 참 공정한 방법이다. 아는 사람이라고 한 수저 더 주는 것도, 힘없는 사람이라고 덜 주는 법 없는 공평한 나눔에서 오는 마음 따뜻한 공정함을 그 프로그램에 참여함으로써 푸근하게 맛보았다.

마지막 배분까지 마치고 나서야 먹어도 좋다는 죽비 소리를 신호로 먹기 시작했다. 맛있다. '사분율'이라 하여 사찰에서는 '때에 맞는 음식을, 제철의 재료로, 골고루 섭생하되 과식은 금하고, 육식은 절제하라'라는 뜻으로 쓰이는 말이라 했다. 입맛 들여 익숙한 고기가 없는 저녁 공양이긴 하나 배고파서 먹는 음식이라서 그런지, 사찰음식이라 그런 것이지 모호했으나 이렇게 맛나다니, 제공된 모든 음식이 맛있었다.

참 이건 아까 배운 사분율에 속하지 않아서일까. 교육받는 시간 내내 그러고 보니 간식이란 것이 하나도 없었다. 아침때, 점심때, 저녁때라 말하는 때가 아니고 간식은 참이란 말을 쓰기에 제외되나 하고 내 멋대로 편하게 생각을 해봤다.

'나고 죽음은 다름이 아니라 하나이고 고통도 내 마음에 있고, 행복도 내 마음 안에 있다'라는 스님의 법문을 안고 숙소로 향하게 되었다. 내일 새벽엔 행선을 한다는 설명을 덧붙였다. 행선이 뭔지 미루어 짐작할 뿐 어느 말도, 뜻도 쉬운 게 없어 한나절을 귀 기울였건만, 들을 때도, 듣고 난 후도 모호하긴 매한가지다. 정해진 커다란 방 안으로 들어가 일렬로 질서 정연하게 마련된 침구를 쓰도록 안내받았다. 쉬 잠이 오지 않았던 그 새벽. 몇 번의 목탁 소리가 잠자리 바꾸어 설친 끝에 간신히 든 잠을 깨웠다. 네 시 반. 법당으로 함께 가 간단히 예불을 올리고 가까이에 있는 해안선으로 이어지는 소로길 따라 사라봉공원을 돌아 절까지 오는 일정에 맞춰 길을 나섰다.

특별히 빨리 가는 걸음도, 더디 가는 걸음도 없이 다양한 연령층임에도 일정한 간격과 속도를 유지하고 있었다. 건천을 가로지르며 걷는 걸음 따라 산산이 흩어지는 바람은 쉼 없이 그들이 취할 몫인 양, 대지 위를 사뿐사뿐 널뛰고 있었다. 흔들리는 옷깃 따라 펄럭이던 마음도 주위의 한적을 담아낸 듯 이내 고요다.

돌아오는 길 산사에서의 아침은 맑은 공기 따라 길섶 풀꽃 향도 따라온 것일까. 풀꽃 향이 마음 밭 가득 내려앉았는지 몸도 마음도 은은한 향내를 앞세워 덩달아 산뜻하다. 경내의 공기는 흐르는 듯, 멈춘 듯 나 자신마저 잊은 듯이 정갈함이 묻어나 말가니 고요가 찾아들어 아침을 마중하고 있다.

체험장에서의
하루

약

속

된

날이다. 적당히 강요된 자원봉사라 사실 망설였다. 그래도 '약속된'이라는 말의 무게가 더 크게 작용하여 몸을 일으켜 세웠다. 약속 장소에 도착하자 일행들이 탄 차는 눈에 쉬 띌 수 있도록 도로 옆 공터에 비상등을 켠 채 시간보다 일찍 도착했는데도 먼저 와 기다리는 중이었다. 코로나19로 얼마 만에 만나는 얼굴들인가. 마스크를 쓰고 있어 입 모양은 안보였지만 빼꼼 나온 눈가의 눈주름이 반가움에 서로 웃고 있음을 말하고 있었다.

누구도 그곳을 다녀온 적이 없어 내비게이션에 의지하여 찾아 나섰다. 차창으로 들어오는 바람은 여지없이 계절을 확인시키느라 선선했고, 눈에 닿는 들판의 초록 기운은 계절에 쇠해감인지 빛도 어제 내린 비에 눅눅하게 흐리다. 대로에서 휘어지는 초입, 교차로 모퉁이를 돌자 넓게 펼쳐진 목초지 위로도 계절의 막바지에 접어든 햇살은 들판을 희롱하느라 바빴다.

주차하고 제주 안전 체험관 안으로 들어섰다. 인사 후, 그곳 직원은 주의 사항이며 기본적인 것들을 안내해 주셨다. 이곳은 재난 시 안전하게 대처하는 방법을 배울 수 있도록 다양한 형태의 안전 체험 프로그램을 갖추어 누구나 쉽게 이용 가능하다고 했다. 자연 재난뿐만 아니라 '섬'이라는 지역적 특성을 고려하여 선박, 항공기 안전 체험 등 여러 가지 체험 종목을 갖추고 있었다. 생활 속 사고 예방과 위기 상황 시 행동 방법, 위험 요인에 대해 알아보는 프로그램이다. 특히 자연 재난의 위험에 노출되었을 때 안전하게 행동하는 방법 등을 체험할 수 있는 특별한 체험 공간이었다.

2인 1조가 되어 자연 재난 발생 시 행동 요령 및 지진, 수해 안전 체험장이 있는 곳으로 배치되었다. 그날 체험활동 교육 신청자는 초등학교 저학년 학생과 그 부모들이 대상이었다. 해일이며 화산, 지진 안전 체험, 수해 안전이란 재난 안전교육 차 행동 방법을 중점적으로 교육 및 체험을 하는 곳이었다.

그곳에서 우리 자원봉사팀은 체험교육을 하는 동안 어질러진 물건이며, 체험 후 사용했던 물건들을 정리하여 원래의 상태로 정리해 두는 일이었다. 다음 교육생이 바로 쓸 수 있게 정리 정돈 및 준비하는 일이다. 우리는 교육생들 사이에 끼어 그들이 교육받는 동안 곁가지로 뒤쪽에서 같이 받은 셈이다.

교육장 입구에는 10여 년 전에 일본 쓰나미로 엉망이 된 해안지대의 모습이며 해일의 위력을 보여주는 영상자료들이 준비되어 있었다. 자연재해가 우리의 삶에 끼치는 영향과 그 피해가 어떤 것인지 알려주는 섬뜩한 영상이었다. 이어 실제 지진 체험장으로 이동했다. 그 체험관은 우리 일상 속의 한 공간처럼 만들어져 있었고 지진이 일어났을 때의 행동 요령을 체험하고 훈련하는 공간이었다. 그곳에서 진도가 7.0 정도를 가상하여 체험한다고 했다.

공간은 실제 지진의 강도에 따라 흔들리다가 장식장에 진열되었던 물건들이 바닥으로 떨어지고, 흔들림이 심해지면서 식탁이나 책상 아래로 우선 대피하는 동작까지였다. 교육 중 교관이 큰 소리로 지진임을 주변에 알려야 한다고 하자 어린 학생들이 목청껏 따라 외쳤다. 몇 명 안 되는 인원이지만 큰 소리로 '지진이야'하고 소리치자, 뭔가 그 외침 안에서 신선하고 파릇파릇한 기운도 같이 터져 나와 우리의 미래를 보는 것 같은 느낌으로 뿌듯했다. 흔들림이 조금 진정되면 가스와 전기를 잠그거나 소화기를 확인해 두어야 한다고 했다. 재난 시 엘리베이터 사용은 무조건 금물이란 말도 놓치지 않는다.

몇 년 전 경주에서 지진이 발생했을 때 초등학생과 유치원생들은 머리에 가방을 얹고 넓은 공간을 향하여 뛰는데, 어른들은 건물 안으로 들어갔다 나왔다 우왕좌왕하는 모습을 보였더란다. 초등학생과 유치원생은 이미 안전교육을 받은 터라 배운 대로 움직이고 있는데, 그런 안전교육을 접하지 못한 어른들의 모습은 정반대였다는 것이다. 교육과 학습이 얼마나 중요한 것인지 보여주는 실제의 예라고 설명했다. 가상공간에서 지진 체험교육 후 엎어지고 뒤집힌 물건들이며 탁자나 의자 등을 제자리에 잘 정리해 놓고 다음 코스로 이동했다.

수재 시 모래주머니 쌓는 방법을 알려준다. 바로 옆으로 로프를 길게 이어 놓은 체험 공간이 있었다. '티롤리안 트래버스'라 하여 오스트리아 산악마을인 티롤 지방의 사람들에 의해 시작된 산악기술의 하나라고 설명했다. 주로 작은 바위 침봉끼리 로프를 연결하여 폭우로 계곡이나 하천에 물이 범람하면 고립된 조난자를 안전하게 구조하는 기술로부터 시작되었다고 한다. 험봉이 많은 티롤 지역의 이동 수단이었는데 그 기술을 응용하여 고립된 사람이나 물건을 구조하는 방법을 체험교육에 적용한 사례였다.

봉우리와 봉우리에 로프를 연결하여 물건이나 사람을 집중호우나 태풍으로 계곡과 하천의 범람과 산사태 등 재난 시의 구조 방법으로 많이 쓰인다고 했다. 로프는 체험교육을 받을 사람이 이동하기 전, 후에 잠금형 비너로 몸을 단단히 고정해야 한다. 이동 전 잠그고, 도착하면 풀어줘 안전하게 제자리로 갈 수 있게 도와주는 일이다. 비너가 생각보다 육중한 무게에도 잘 버텼다. 크기에 따라 견디는 힘도 다르겠지만 풀고 조이는 동작이 반복되다 보니 손가락이 아팠다. 이동 후에 안전하게 제자리로 돌아가는 것을 돕고 다른 사람이 쓸 수 있도록 정리해 놓는 것까지가 우리 봉사 팀이 할 몫이다.

봉사가 마무리되자 교관께서 한 번 해보겠느냐고 하여 우린 아이들처럼 좋아하며 체험했다. 백문이불여일견百聞以不如一見 이고 경험처럼 중요한 학습은 없다는 말이 맞았다. 몸을 모두 비너에 연결한 다음 다시 로프에 매달린 채 이동해야 하는 체험인데 아까 우리가 풀고 다시 조이기를 반복하였던 비너가 얼마나 중요한 역할을 했던 것인지 새삼 느끼는 계기가 되었다.

적당히 강요된 자원봉사라 처음엔 썩 내키지 않아 가야 하나 고민했으나 막상 오길 잘했다고 생각했다. 이런 기회가 아니면 안전 체험 공간이 있는 줄도 모르고 또 커다란 비너의 쓰임이나 중요성도 모르고 지날 뻔했지 않은가. 아울러 위험은 늘 우리 일상 곳곳에 존재하고 또 위협한다는 것도 알았다.

봉사를 마치고 돌아오는 길, 한라산 언저리 멀리 눈을 주었는데 무심코 들어온 산의 정상. 골과 골 사이 음영이 어찌나 곱던지 '참 곱다'라는 말이 절로 나오고 계절은 우리 일행 사이사이를 빙빙 에돌며 서서히 익어갔다.

2
헛꽃 순정함의 무게

돌, 쿰다[1]

지
천
이

돌이다. '제주 밭이 예전에는 경계가 없어 강하고 사나운 집에서 날마다 차츰차츰 먹어 들어가 백성들이 괴롭게 여겼다. 김구라는 이가 판관이 되어 주민의 고통을 물어서 돌을 모아 담을 쌓고 경계를 삼으니, 주민이 편하게 여기는 게 많았다.'라고 '동문감東文鑑'에 기록돼 있다고 한다.

오랜만에 밭 주변도 둘러보고 또 작년 이맘때쯤 저쪽으로 고사리 장마 이후, 앉아서 꺾어도 될 만큼 주위로 고사리가 널려 있었던 터다. 은근히 꺾을 욕심에 밭 가운데에 서서 눈이 닿는 곳만 대충 살피고 얼른 고사리로 눈을 주었다. 모도

---

1) 제주어로 '품다'

록 하게 난 것을 꺾고 난 후, 주객이 전도된 것 같은 미안함에 밭을 한 바퀴 휘돌며 멀리 바라보는데 경계로 두른 밭담이 어째 좀 낮아진 느낌이다.

눈썰미가 약해 그런 것인가 생각해 보았다가 다시, 반대쪽으로 바라보는데 암만 봐도 이상해 그쪽으로 걸음을 옮겼다. 한 층 정도의 높이가 낮아 보였다. 밭을 아름으로 안고 있었던 돌들이다. 여기까지 누가 이런 것을 갖고 장난하랴 싶었다. 내 눈썰미가 흐린 것이겠거니 하고 찜찜해도 딱히 손탄 것이라 단정하기도 애매하여 그냥 돌아왔었다. 밭의 경계는 분명한데 높이가 문제인 듯했다.

화산섬의 특징을 그대로 품고 있는 돌은 검은색에 구멍이 숭숭 나 있다. 제각각의 크기와 얼굴로 넓은 밭을 감싸 안으며 차곡차곡 쌓아 올린 밭담이 아닌가. 밭작물이 건네는 진녹색과 둥그렇게 휘어지며 어우러지는 밭담의 현무암 검은색은 멀리서 바라만 봐도 넉넉한 게 아늑함마저 든다.

밭담은 깎고 다듬어 각을 세워 올린 것들이 아닌, 있는 그대로, 생긴 모양 그대로 쌓아 올린 것들은 큰바람이 불 때 쓰러지는 것을 막기 위해 크고 작은 돌을 사이사이 괴어 놓았다. 때론 작은 돌은 큰 돌 사이에 끼워 넣어 바람 타는 섬에 바람의 길을 터주기도 하고, 흔들거리다가 거친 바람에 넘어나는 것을 막아 주기도 한다. 아무렇게나 널려 있는 이 돌은 크기별로 쓰임이나 역할도 다르다.

제주는 곳곳이 돌 천지다. 그래서일까. 오죽 많으면 삼다도라 하여 돌, 바람, 여자라고 전해질까. 이처럼 그것들은 많기도 하거니와 일상생활 여기저기 쓰임도 많다. 바다로 둘러싸여 있어서 섬이라는 지리적 특성상 그 옛날, 배를 타고 쳐들어오는 외적의 침입을 막기 위해 해안선을 따라 성을 쌓았다. 이를 환해장성이라 부른다. 김상헌이 지은 『남사록』에 환해장성을 일러 '탐라의 만리장성'이라 부르고 있다는 말도 있다.

또한 섬에 사는 사람들 특징이 그렇듯, 바다를 앞마당처럼 드나들며 자연 속에서 먹거리를 해결해야 했었다. 생계를 위하여 먼바다에 나갈 때도 있지만 해안의 지형과 간, 만조의 물때를 이용해 얻은 수산물로 소소하게 찬거리도 하지만 생계의 수단이 아니던가. 집과 가까운 바다에 둥그렇고 얕게 돌을 쌓아 만든 원담이라 부르는 곳이 있다. 밀물 때면 바닷물과 같이 고기가 안으로 들어왔다가, 썰물 때 미처 빠져나가지 못하여 그곳에 가두어지는 것이다. 원담은 물때를 이용해 고기를 쉽게 잡을 수 있게 돌로 만들어 놓은 그물인 셈이다. 지금도 해안을 끼고 있는 마을에서 쉽게 볼 수 있다.

널려 있는 돌은 집을 지을 때 흙과 같이 올려 짓는 집담 등 쓰임에 따라 같은 돌이라도 이름이 제각각이다. 추운 겨울 구들돌이라 하여 납작하고 평평한 것을 구해다 방 놓을 때 깔아서 불을 지피면 그 돌이 데워지며 난방 효과를 내는데 그것을 방 돌, 혹은 구들돌이라 한다. 외부의 침입을 막기 위해 해안이나 산간마을에는 높게 쌓아 올린 성담도 있다. 외부로부터 성안에 있는 사람들을 보호하기 위해서다.

또, 네 것과 내 것의 경계로서 나란한 이웃 간에도 울타리 삼아 경계 역할을 담당하는 울담이 있다. 울담은 이웃한 집들끼리 친하게 지내면서도, 바람 타는 섬에 태풍 같은 큰바람이 불어닥치면 울담이 무너질 때가 있다, 이럴 때 우리 집 방향으로 담이 허물어지면 우리가, 저쪽 집 방향으로 무너지면 또 그쪽 사람이 가지런히 담을 쌓아서 원래의 모습처럼 경계를 구분해 놔야 한다. 자연의 힘이라 어찌할 수 없는 것처럼 보여도 사람과의 관계에서 이웃 간의 불편함을 덜기 위해 이런 원칙이 적용됨이다.

마을 청년들이 힘겨루기를 위한 듬돌도 있다. 크기에 비해 무겁기가 상당하여 상대를 제압, 힘의 기울기를 판가름한다는 용도로 쓰였다고 한다. 큼지막하고 넓은 데다 편편한 돌을 이용하여 일상의 소소한 것들의 쓰임이 편리하게 만들어 놓은 것을 팡이라 불렀다. 물이 귀했던 이곳은 여인네들이 용천수를 길어 생활용수로 쓰기 위해 물을 길어 왔다. 물을 긷고 난 후 등에 짊어질 때 질빵이라 부르는 끈을 체구에 맞게 조절하고, 물 허벅을 잠시 부려 놓을 때 크고 넓적한 돌을 이용하는데 그것을, 물팡이라 부른다. 또 먼 곳을 등짐 지고 오갈 때 마을 어귀 곳곳에 팽나무 그늘을 드리우면 잠시 땀을 씻기도 하고 숨 돌려 쉬어 가는 곳이라 하여 쉼팡이라 부른다.

그뿐인가. 하수시설이란 말 자체가 없던 시절. 비가 오면 마당에 빗물이 고여 발이 젖거나 빠질 우려에서 납작납작한 돌들을 보폭만큼씩 마당에서 툇마루며 헛간, 외양간, 장독대 앞 등 필요한 곳까지 이어 놓았다. 그곳을 딛고 다닐 수 있도록 만들어 놓았다고 하여 디딜팡이라 부르거나, 혹은 이어 놓았다고 하여 잇돌이라 부르기도 했다. 그뿐일까. 돌의 쓰임이 많다 보니 등짐으로 돌을 져 나르는데 돌을 올려놓고 짊어지는 곳은 돌팡이라 불렀다. 일상의 요소요소에 돌은 흔한 만큼 쓰임도 가지가지였다. 흔하기에 그 쓰임을 요긴하게 찾았는지도 모를 일이다.

부엌살림에도 돌은 깊숙하게 자리했다. 장아찌나 김치, 젓갈류를 항아리에 저장해 두거나 날씨가 따뜻해지면서 부풀어 올라 공기가 닿으면 맛이 변한다. 원래의 맛이 변함을 최소화하고 곰팡이가 스는 걸 막기 위해 둥글고 납작한 돌을 깨끗하게 씻어 말린다. 그런 후, 내용물을 눌러주는 역할을 하는 누름돌, 마늘이나 고추를 빻을 때 쓰는 요즘으로 말하면 절구처럼 쓰이던 돌확이 있다.

또, 장독대에 항아리들을 크기 별로 놓은 다음 누가 실수로 건드린다거나, 거친 바람에 휘둘리다 쓰러지기라도 하면 어쩌나 하는 생각에 흔들리지 않도록 받혀놓는 받침돌이란 것도 있다. 돌이 많다지만 작은 돌마저도 하찮아 보여도 나란히 놓아두었다가 가까이에서 쓰임에 따라 혹은 필요에 따라 쉽게 꺼내 쓰기도 했다.

곡식을 장만할 때 쓰는 돌ㄱ래[2]. 많은 양의 곡식은 사람이 다 손질하기가 어려우므로 말이 움직이며 커다란 돌로 만든 방아를 돌려 곡식을 찧어 장만했다. 그것은 방앗돌인 물ㄱ래 혹은 물방애[3]라 부르기도 했다. 그 물방애는 크기만큼이나 값이 비쌌다고 한다. 그것은 주문 제작하는 물건이라 계군들끼리 돈을 모아 공동제작 후, 일정한 장소에 두면서 쓰는 물방애는 계군이 아닌 다른 이는 쓰지 못했다는 이야기도 있다.

병원은 물론 약이 귀하던 시절 '어머니 손은 약손'이라며 아픈 배를 문지르노라면 정말 나았던 기억이 있다. 때론 갑자기 배가 아프거나, 뭔가 속이 부글거리며 답답하게 아프면 돌을 구워 피부가 상하지 않도록 수건이나 옷가지에 싼 후 아픈 배 위에 따뜻하게 올려놓기도 했다. 구운 돌에 대한 기억은 가물거리면서도 신기하게 나았던 일이 어제인 듯 새로워 아직도 불가해하다.

그뿐일까. 특별히 장난감이라 말하는 것이 변변치 않던 어린 시절, 자잘한 돌멩이를 주워 치맛자락에 싸 모은 후, 쌓아 놓고 고만고만한 여자애들 삼삼오오 머리 맞대어 둥그렇

---

2) 제주에서 쓰던 민구류의 하나로 곡식을 빻아 장만할 때 쓰는 맷돌의 일종
3) 말을 이용하여 곡식을 찧거나 장만할 때 쓰는 돌로 만들어진 연자방아의 제주어

게 둘러앉아 시간 가는 줄 모르게 갖고 놀던 공깃돌 놀이. 마치면 누가 땄든, 잃었든 그 공깃돌은 내일이란 시간으로 서로를 이으며 즐기는 유용하고 귀한 놀잇감이었다.

지천이 돌이라 그런지 돌로 이룬 생활 문화는 우리 일상에 참 많다. 대문이며 중문에 쓰이던 돌쩌귀, 산소에 산담, 예부터 전해 내려오는 고인돌이며 석상 등. 바닷가에 숱하게 널려 있어 바닷물이 밀려오면 파도 소리가 밀려난 후 들리는 소리가 있다. 물살에 씻기듯 더 고운 소리로 떼 지어 노래하는 알작지의 몽돌들. 돌들이 파도에 의해 씻기며 구르느라 내는 고운 운율이다.

이제 그 숱하게 널려 있어 발 걸리던 돌들이 귀해지고 있다. 흑룡만리라 하여 검은 용이 트림할 때의 형상처럼 구불구불 이어지는 제주의 밭담이 아름다움을 농업 문화유산이란 이름으로 올렸다. 밭담의 높이를 눈대중으로 가늠해 본다. 느낌이긴 하지만 이상하게 그 높이가 조금씩 낮아지는 것만 같다.

곳곳에 용천수가 있어 물도 사 먹어야 한다는 말을 처음 들었을 때 '별 쓸데없는 말'이라고 했었다. 대중가요의 노랫말처럼 돌이라는 글자에 받침 하나 바꾸어 돌이 돈이 되지 말라는 법이 있을까. 이러다 최영 장군께서 하신 돌에 대한 말씀인 '황금을 보기를 돌같이 하라'는 청렴의 기준도 손 봐야 하고, 문화유산이라며 우리 제주의 돌의 가치를 재평가받는 날이 머지않은 것 같다.

개밥바라기별이
맞는 추석처럼

몇

년

전이던가. 한 방송사 뉴스 시간, 추석 연휴를 맞아 인천 국제공항을 빠져나가는 여행객을 취재하여 방영해 준 적이 있다. 출국하느라 발 디딜 틈 없이 인파로 꽉 메운 공항 모습을 보던 아들 녀석이 기다린 듯 '대세'란 말을 보태며 말했다.

까짓것, 우리도 여행이나 가자고 말이다. 명절은 어떻게 하고 가느냐며 생각지도 않던 어이없는 말에 실없이 응수했다. 아들은 준비해 둔 모범답안 내밀듯 인터넷에 떠도는 글도 못 읽어 봤냐고 운을 떼며 말했다. "요즘엔 조상 덕 있는 사람은 해외여행 가고, 조상 덕 없는 사람은 남아서 명절이나 지낸다고 한다."더란다. 순간 '명절이나'라는 말에 방점을 두며 도끼눈을 뜨자, 말해 놓고도 미안했음인지 자기 말이 아니고 떠도는 말이라고 계면쩍게 해명하느라 바빴던 기억이 난다.

떠도는 말이라는 두 어절에 잠시 생각이 멈추었다. 그 말에 은근슬쩍 편승하고픈 아들의 내심과 그 일에 대한 어미의 반응을 떠보자는 의중 사이, 불분명한 감정이 생각의 말미로 잦아들어 혼란스러웠다. 심드렁하게 흘렸지만, 말의 의미를 하나하나 해체하여 곱씹어 보니 말이 영 안 되는 것도 아닌 듯했다.

빛의 속도로 세상이 바뀌고 있다는 얼추 40여 년 전 언저리에서 태어나 다음 세대를 잇는 아이들이다. 이곳 소도시에 살며 내 몸 뉠 집 하나 마련하는 것이 어느 날부터인지 버거워지다 보니, 조상 덕과 아닌 경우로 확연히 구분 짓게 되어 버린 걸까. 우리 세대엔 집 하나 마련하는 것이 성실하게만 산다면 큰 문제는 아니었던 세대다. 그런데 어느 날부터 집을 장만하는 것이 삶의 큰 목표가 되다시피 하는 상황이다 보니 일정 부분 불안함과 조급한 생각에 잘 꿰어맞춰 두었던 이성도 헐거워졌던 것일까.

부모를 잘 만나거나 말거나 큰 의미도, 비중도 없이 내 노력의 결과치만 가져도 충분했던 우리 세대와는 생각이 천양지차다. 요즘 들어서야 이러저러한 말들을 주워듣다 보니 부모를 잘 만나는 일도 '운이 될 수 있겠구나'라고 생각하지, 그런 생각이 든다는 것 자체만으로도 불경스러워 얼른 아닌 척 감정을 숨겨야 옳았던 세대다. 최소한 우리 세대는 그랬다.

애써 노력해 봐도 집 한 채 장만도 힘들 것 같은 막막함은 능력의 한계로 이어지고 '운칠기삼運七技三'이란 말처럼 조상 덕도 덩달아 능력으로 간주되는 모양이다. 노력만 가지고는 힘들고 어려워, 운과 자기 노력의 경계가 모호해서 그럴까. 명절이 조상 덕을 보는 쪽과 조상 덕 없는 쪽으로 양분하려는 사고와 함께 대세라는 말이 영 거슬리면서도 완강히 아니라 부인하기도 힘들어 씁쓸했다.

변명처럼 복은 짓는 것이고 덕은 누리는 것이라고 말한 뒤, 복을 지은 후 누리지 못하는 것을 탓해야 한다며 도덕책 읽듯이 말하곤 어정쩡한 시간을 밀어내었다. 명절도 전에 비해 많은 부분 간소화되었고, 바쁘다는 구실을 들이대며 편리성이 더욱 강조되고 있다.

정성을 더 하여 자손들이 조상님께 예를 올리는 큰 명절 추석. 못났다고 내 자식이 내 자식 아닐 수 없듯, 역으로 덕을 못 본다고 내 조상 또한 내 조상이 아닐 수 없는 것이다. 새로 수확한 햇과일과 햅쌀로 음식을 장만하고 가족들이 한데 어우러져 차례를 지내며 즐거운 시간, 함께 할 수 있는 것만도 얼마나 다행스러움인가 하고 편안하게 생각한다면 지나친 현실 안주일까.

처마 밑 낙숫물도 떨어져 고이는 자리에 고인다는 말도 있지 않은가. 내가 하는 일들이 알게 모르게, 후손에도 스며들기에, 매사 조심하고 행동해야 한다는 뜻이다. 배고프고 힘든 삶을 살아야 했던 시절, 더도 덜도 아닌, 한가위 같았으면 했던 바람이 부족함에서 풍족함으로 바뀌면서 그 의미마저 변질하는 것은 아닌가 하고 생각해 봤다.

올 한가위는 날씨가 아주 좋아 슈퍼문이 뜰 것이라는 예보가 있던데 맞아떨어졌다. 높은 한라산 허리께로 올라온 빌딩 사이, 둥그렇게 떠오르는 달을 보며 마음 모아 소원하는 것을 빌어 봐야겠다. 집 앞 한라수목원 한쪽 능선을 마주하여 바라보니 보름밤, 크고 환한 보름달이 여물대로 여물어 하늘가 한 언저리가 기울 것처럼 밝다.

둥실 뜬 팔월 대보름달. 초저녁 하늘에 걸린 개밥바라기별도 한가위엔 포만감으로 달빛에 긴 밤 기대어 쉬었으면 좋겠다. '더도 덜도, 말고 한가위만 같아라.'라며 소망하던 그 명절처럼 저 아이들이 소망함도 같이 이루어지면 좋겠다. 그리고 새벽, 여전히 동녘 하늘 샛별로 반짝이면 좋겠고 여러 사람이 소원하는 일들도 덩달아 이루어졌으면 하고 마음 모아 본다.

기본과
원칙이라구요

온
나
라
가

코로나19로 난리다. 아니 세계가 들
썩인다. 수시 안전 문자로 외출을 자제하라는 주문과 함께
마스크 및 개인위생에 신경 쓰기를 당부하고 있다.

자고 나면 여기저기서 확진자가 몇 명 나왔다, 혹은 유증
상자가 몇 명 더 추가되었다는 말이 뉴스를 타고 돌며 긴장
감을 떠안긴다. 목숨을 잃는 경우도 점점 늘어 국란이란 말
도 쓴다. 대형마트나 음식점은 물론, 거리도 텅 빈 느낌이다.

모임이나 행사도 미루거나 취소하고, 우연히 만난 지인은
어수선한 때 감기마저 들어 만나는 사람들에게 갑자기 죄인
된 느낌이라며 몸 아픈 것보다 더 걱정한다. 공공시설이나
다중시설 등 사람 많이 모이는 곳에선 서로 접촉을 자제하라
며 더러 휴관하거나 휴업한다는 말도 나온다.

학교는 개학을 미루고, 어린이집은 문을 닫아 맞벌이하는 부모들이 발을 동동 구른다는 소식도 들린다. 노인들이 이용하는 동네 경로당이나 복지관도 당분간 이용 못 하게 폐쇄하는 바람에 쬔 종일 집 안에만 있자니 몸이 쑤신다고 걱정이다. 이러저러한 일이나 업무차 사람을 만나려 해도 만나는 것도 걱정, 안 만나는 것도 걱정인 세상이 되어버렸다.

평상시에 못 느꼈던 일들이 속속 일상에서 불편함이 되고 있다. 곳곳에서 코로나19로 인한 손해며 불편이 봇물이 쏟아지듯 한다. 필수품인 마스크를 사기 위해 몇 시간씩 줄 서야 하고, 우리나라를 대상으로 입국 제한을 하거나 거부한 나라가 오늘 발표로 110개국이 넘었다고 한다. 어디서부터 뒤틀렸을까.

오래전 한 회사에 적을 두었던 때의 일이다. 그해 회사가 지향해야 할 가치를 담은 짧은 글을 공모한 적이 있었다. 물론 회사의 덩치만큼이나 상당한 부상이 걸렸다. 그때부터 뭘써서 내어야 할지 막막하면서도 당장은 '염불보다 잿밥'이더라고 크게 걸린 부상에 관심이 더 집중됐다.

이러자, 저러자 의견이 분분하게 오가는 동안 마감 시간이 가까워졌다. 서로는 알고 있는 글 중, 가장 멋져 보이거나 좋다는 글귀들을 생각나는 대로 긁어모은 뒤 퍼즐 끼워서 맞추듯 조합하여 본사로 보내었다. 그때까지만 해도 직원들은 우리 지사가 1등일 거라는 야무진 착각에 부풀었다.

발표하던 날, 기대와 설렘으로 회사 홈페이지에 접속 후 등그렇게 모니터 앞을 지켜 섰던 직원들은 뜨악한 채, 갑자기 서늘한 분위기로 눈만 멀뚱거렸다. '이렇게 쉬운 글이 저 큰 상을 낚아채다니….'그랬다. 그 큰 상을 거머쥔 글은 '기본과 원칙에 충실 하자'는 많지도 않은 이 열 글자였다. 이런 글이 어떻게 장원이냐고 덤비던 이들도, 선정된 글을 곱씹을 수록 받을만하다는 쪽으로 차츰 기울며 높였던 목소리도 잦아들었다.

기본과 원칙. 그것은 어려운 것을 요구하는 것이 아니다. 이런 일에 이렇게 하자는 가장 쉬운 것을 합의하여 요구함이고 또, 거기에 따르자는 것이다. 너무 쉬워서일까. 꾸준히 지속되지 못하는 맹점이 거기엔 숨었나 보다.

처음엔 코로나19도 수그러드는 것 같았다. 그런데 웬일일까. 이젠 온 나라가 코로나19에 매달려 싸우는 중이다. 그렇게 함에도 우리나라에 대한 대외적 이미지는 실추되고, 고꾸라지고 있다는 경제, 제한된 공간이동, 커져만 가는 불안감 등 나열하기 불편한 진실들을 연일 마주하고 있다.

사람 사는 세상에서 원칙을 지키려면 더러 변수라는 게 생길 수는 있다. 하지만 생각지 않던 돌출변수에 적당히 이러저러한 이유로 타협하다 보면 지켜야 하는 근본 원칙이 무너지기 쉽다. '호미로 막을 일을 가래로도 못 막는다.'라는 말처럼, 결국은 지켜내야 할 주체가 흔들릴 수밖에 없는 것이다.

각자의 위치에서 할 일은 해야 하고, 아니해야 할 일은 안 해야 하는 것이 맞는 것이다. 늦었다고 생각할 때가 가장 빠른 때라는 말도 있다. 사람 사는 세상에 사람 만나기가 두렵게 되어 버렸다. 그래도 다수의 안전을 위해 지킬 것은 지켜야 맞는 것이다.

회복이 더딜 뿐, 힘들다고 해도 그 끝은 분명히 있다. 어려운 때일수록 서로는 자기 위치에서 기본과 원칙에 충실 하려는 각자의 노력이 절실히 요구됨이다.

낙선동
담벼락에는

우
직
한

계절 스러지자, 봄볕은 곳곳에 함초롬히 얼굴을 내민다. 겨우내 움츠리고 있던 홍매화, 볕살에 붉은 기운 더는 못 견뎠는지 고운 자태가 바람의 방향 따라 출렁인다. 가지마다 붉게 뻗은 기운은, 이내 높은 담벼락을 기웃대며 주위를 엿보고 있다. 붉게 타든 절기의 끝은 온통 홍등, 홍등 일색이라 계절의 마디가 다 휘어진다.

날이 하도 좋아 근교로 친구랑 나란히 걷다가 멈춘 곳의 봄은 이렇게 고왔다. 돌담 따라 즐비하게 늘어선 채 뽐내는 홍매화 몇 그루가 발길을 붙잡더니 이내 눈 닿은 곳, 저 모퉁이 우뚝 선 팽나무의 수령은 얼마나 된 걸까. 가끔 오가는 구름 사이로 아름드리 몸체부터 꺾이듯 굽어 휘어진 가지는 실핏줄처럼 하늘가로 세를 키우며 내뻗었다.

높게 쌓은 성담으로 눈이 닿았다. 축성이 높이도 높이거니와 폭도 그렇고, 길이도 저쪽 멀리까지 이어졌다. 쌓아 놓은 모양도 예사롭지 않다고 느끼는데 초입에 '낙선동 4·3 성'이라 입간판이 있다. 이 4·3성은 1949년 당시 마을 주민을 지키기 위해 곳곳에 밭담이나 산담을 가져다가 축성했다고 한다. 70여 년 전, 지형이 높아 당시 무장대의 근거지였던 선흘곶 등 주변의 마을 여러 곳을 관찰할 수 있었다고 한다. 그 당시 축성된 곳이 그렇듯 주민들과 무장대 간의 연계를 차단하고 주민들을 감시 및 통제하기 위하여 쌓게 되었다는 것이다.

통행 제한이 풀린 1954년을 기점으로 대부분 마을엔 산담과 밭담을 가져다 쓴 것이라 돌들을 원위치하는 바람에 다른 곳의 성은 거의 사라졌다고 한다. 낙선동 이곳 성담은 지형이 높아 사나운 섬의 바람에 마을을 지키는 방풍 역할로도 그 쓰임이 커 그대로 둔 것이라고 한다. 가장 원형이 잘 남아 있어서 4·3 유적지로 정비 복원되어 현재에 이르고 있다는 것이다.

성담의 둘레를 살피며 걷는데 성인의 키 높이보다 훨씬 높은 위치에 돌담 하나 크기 정도의 네모난 구멍이 군데군데 나 있었다. 쌓은 성담이 세월에 더러 빠졌나 싶어 가까이 가 보았다. 빠진 것이 아니라 돌을 겹겹이 쌓아 올릴 때부터 아예 네모지게 공간을 두고 쌓기를 이어간 것이었다.

나중에 안 사실이지만 이 공간은 총안이라 하여 4·3 때 성벽의 2미터 정도의 높이 지점에 경비를 설 때면, 바깥쪽을 내다보거나 무기를 겨눌 때 사용되던 곳이라 한다. 돌계단에 올라서서 이용하도록 만든 곳으로 성안의 각 면에 두 곳씩 만들었다는 설명이었다. 짙은 현무암을 이용하여 만들어진 성벽 사이, 발을 옮길 때마다 그 작은 공간으로 하늘이 언뜻 언뜻 스쳤다. 아픈 역사의 흔적을 바라보는 동안 호흡도 순간 정지되는 것처럼 먹먹했다.

축성 작업은 선흘 주민과 조천면 관내 타 지역주민들, 부녀자는 물론이고 그 당시 국민 학생들도 동원되어 등짐으로 돌을 져 날라 쌓은 것이라고 했다. 고된 노동으로 등과 어깨가 벗겨지는 일이 다반사였고, 장비가 있었던 것도 아니고 등짐으로 밭담이나 산담을 하나하나 가져다 쌓았다니 높이와 길이, 혹은 성담의 폭을 보면서 그 수고와 힘듦을 가히 짐작이나 할까.

성 모서리마다 경비 망루를 지어 남녀노소 구분 없이 보초를 서는데 낮에 힘겨운 노동 끝에 다시 밤에는 그 몫까지 하게 돼, 쏟아지는 잠을 쫓는 게 가장 힘들었다고 한다. 그러함에도, 더러 무장대 동조 세력, 혹은 도피자 가족으로 몰려 많은 희생을 치른 후의 일이고, 남은 젊은이들은 1950년 한국전쟁 때 대부분 자원입대하는 바람에 그도 여의치가 않아 성을 지키는 일은 16세 이상의 여성과 노약자의 몫이었다고 한다.

그것만이 아니라 무장대 습격에 대비해 경찰 파견소에 주둔한 경찰들한테 폭행당하는 일은 다반사고, 모든 물자가 어렵던 시절 그 파견 경찰들의 부식 마련에도 엄청난 고통을 당했다는 이야기다. 먹을 것도, 입을 것도 없는 상황에서 이래저래 치대야 했던 어두운 역사 속 그 지친 삶의 힘겨움이 오죽했을까. 죽고 죽이고, 어찌 보면 이곳 제주 섬에서는 이미 민족상잔의 아픔이 시작된 것인지도 모른다.

성담 안으로 들어서자, 당시 주민들이 살았던 환경을 실제에 가깝게 재현해 놓았다는 곳을 조심스레 문 열고 살펴보았다. 함바집이라 불리는 그곳은 방이나 마루, 부엌 구분 없이 바닥에 짚이 깔려 있었고, 이 좁은 공간에서 다섯 세대씩 모여 같이 지냈다니 몸과 몸이 포개진 채 누워야 했으리라. 잠이나 잘 수 있었을까 싶게 좁은 공간은 수용소나 별 다를 바 없었다고 한다.

각 성벽에는 통시라 하여 지금의 화장실을 그렇게 불렀는데 둥그스름한 모양으로 낮게 돌을 쌓아 만들어 놓은 곳으로, 겨우 들어가서 앉을 수 있는 공간에 두 개의 디딤돌을 놓은 게 전부였다. 그런 데다, 비가 많이 내리면 빗물에 오물이 넘쳐나 심한 악취가 계속되었다는 얘기다. 그런 와중에도 여유 있는 집에서는 이곳에 우리 어릴 적 돗통시[1]라 했던 것처

---

1) 돼지를 키우던 변소를 이르는 제주어

럼 그 안에 돼지를 키우기도 했다는 설명이었다.

이곳 주민들은 1954년 통행 제한이 풀리면서 고향마을로 떠나는 이도 있고 그냥 정착해 사는 이들이 있었는데 그들이 지금의 낙선동을 이루고 있다고 한다. 70년 세월을 거스르며 동백이 붉게 제 몫으로 삶을 잇는 동안 고운 섬에 화사해야 할 봄은 그렇게 억눌린 채 숨죽여 있어야만 했다.

출구 쪽으로 걸음을 옮기며 본 마을 어귀로 빽빽이 들어찬 동백은 붉은 꽃은 붉음 그대로, 녹색 잎은 녹색인 대로 너무 선명한 색감이 아픈 세월을 오롯이 품어내고 있었다. 눈앞에서 톡톡 소리로 금방이라도 떨어진 듯 동백꽃 진자리도 같이 붉어 와, 이 고움, 안으로 고운 것을 곱게만 보았는데 너무 붉어 아프다.

그때의 역사가 묻어난 성담 하나하나가 힘들고 아픈 세월을 오롯이 품어냈다. 아니 품어낼 수밖에 없었던 그때를 살아온 모든 이의 상흔이 성담마다 새겨 전해진다. 아픔이 엉긴 많은 곳 중 이곳도 그 한 곳일 뿐이리라. 고운 것은 고운 대로 곱게만 볼 수 있는 삶을 오래도록 이어가길 바라는 마음으로 낙선동 성담의 한 모퉁이 담벼락 앞에서 물끄러미 바라보았다.

온통 홍등을 켜 놓은 홍매화 가지가 봄기운에 자지러지고 하늘가로 휘적거리던 구름, 심술 난 잎 샘 바람 뾰족한 모서리에 못 이겨 자리를 털며 떠난다.

힘의 균형

빌
딩
숲

　　도심의 오후는 후텁지근했다. 우리 동
네 시원한 바람 몇 줄기를 잠시 빌려왔으면 했다. 대형버스
가 다니기엔 도로가 좁아 불편한 것을 넘어 갑갑하다는 생
각까지 들었다. 맞은편에서 승용차가 다가오자 비켜서며 오
가느라 마치, 곡예라도 하듯 운행하는 모습을 차창으로 바
라보는데, 보는 마음이 조마조마하여 새가슴이 되었다.

　가다 서기를 반복하며 아슬아슬하게나마 운행한 덕에 일
행들과 함께 서울 한남동에 자리한 미술관엘 도착했다. 파
란 하늘과 마당의 잔디가 어우러지며 미술관 전경이 눈으로
들어온다. 오느라 답답했던 마음이 차에서 내려 잔디를 밟
는 순간, 삽시에 뻥 뚫리는 느낌이다.

　미술관 건물 자체가 하늘을 이고 꼿꼿이 서 있는 모습이라

더 그랬을까. 미술관 건물마저도 마치 전시품처럼 보였다. 들어오면서 본 야외에 전시 작품들을 보며 휴대폰을 얼른 꺼내 들고 연신 눌러 댔다. 작품을 중심으로 하늘을, 하늘을 바탕 삼아 작품을, 하늘을 배경으로 미술관의 한 벽을, 그리고 전시 조형물과 나도 배경이 되어 웃는 모습을 덧대어 보았다. 미술관이라는 공간이 주는 문화적 눈높이 탓인지 어느 것 하나 예사롭지 않다.

마침 미술관 한 코너에서는 알렉산더 칼더의 작품이 전시되고 있었다. 얼른 작품 앞에 서 보았다. 빨강, 파랑, 노랑 등 원색의 금속판을 얇게 두드려 만든 커다란 모빌이다. 길고 가늘게, 크고 작게, 넓고 좁음을 적절하게 대비시키며 철사와 금속판을 높게 걸린 몸체 하나하나 이어 붙였다. 얇은 금속판이 다각형이면 다각형인 대로 제각각이 모양들의 조합이다.

약간의 무게중심을 잃는다거나 미세한 움직임이라도 있으면 틀어져 전체의 균형이 무너져 내릴 것만 같았다. 그런데 이 견고하게 균형을 이루고 있는 작품이 보는 이의 눈과 마음을 온통 끌어안는다. 지나는 새 한 마리의 움직임에도 같이 따라 날아갈 듯이 정교하다. 얇게 두드린 후 다시 펴 놓은 모빌 작품은 이곳 전시장 공기의 흐름에도 팔랑거릴 것만 같다.

건물 안으로 들어가 보았다. 멀찍이서 바라볼 땐 그냥 커다란 모빌처럼 보였는데 가까이 갔더니 움직이는 모양은 보는 각도에 따라 각각의 모습으로 보였다. 방향에 따라 얇은 조각들은 넓게 혹은 실처럼 가늘게 보이기도 하였고, 때론 빛의 반사 각도에 따라 그림자를 모습만큼씩 크고 작게 드리웠다. 작품의 원래 모습은 드리운 그림자의 모습이 대비되면서 본디 모습은 사라지고 전혀 다른 형상을 만들어 내고 있었다.

모빌 속 크고 작은 원형 모양이 부속품들은 빛의 각도에 따라 잠시, 일직선으로 놓이더니 때론 크고 작은 점을 이루기도 한다. 이어지며 다시 초승달에서 둥근달 모양으로 형상화되어 그림자는 이내 실처럼 가는 곡선 모양을 이룬다. 빙 둘러보며 다른 전시 공간으로 발을 옮겼는데 작가의 얼굴인 흑백 사진이 커다랗게 조명을 받으며 벽면을 장식하고 있었다.

"자네! 이리 좀 오게." 갓 결혼하던 해, 형님께서 가족들과 함께한 자리에서 무슨 얘기인지 오가다 나지막하게 말하곤 부엌 쪽으로 향했다. 두리번거리다 얼른 따라 나갔다. 지금이야 TV에서도 그렇고 이웃에, 외지에서 온 사람들이 많이 섞여 사니 그런 말들이 별 이상하게 생각할 것도 없다.

얼추 사십 년, 그때만 해도 '자네 이리 좀 오게' 하는 말은 대갓집 마님이 등장하는 사극에서나 쓰는 대사인 줄만 알았다. 몇 음절에 풍기는 형님의 그 한 말씀에 새색시였던 나는 순간, 거슬리기 힘든 강한 힘을 느껴야 했고 얼른 '아 - 예' 하고 읊조리듯 대답하고 따라나섰던 기억이 지금도 새롭다.

안방 문을 열어 대청마루를 끼고, 찻방이라 부르는 부엌과 이어진 공간까지 불과 몇걸음 이동하는데 위엄 있는 어투에 위압감마저 느꼈다. '왜 날 부를까, 내가 무슨 잘못을 했지? 조카들을 안을 때 조심하지 않았나?' 내 말과 행동을 되새김하며 몇 걸음 옮기는 짧은 시간 얼마나 많은 생각들이 오갔는지 스스로가 놀라웠다. 별것 아니라는 생각에 한 말은 아주버님께서 민감하게 생각하는 부분이라는 귀띔으로 주의 주었던 때의 아주버님과 형님이라는 가족관계에서 오는 무게로 팽팽했던 긴장감. 바로 그것이었다. 얼마나 어려웠던가. 또 얼마나 떨리던가.

미술관에서 본 그 모빌 작품이 표현하는 그 팽팽함, 작가의 작품은 중심에서 한 치의 흔들림 없는 균형이다. 잠시 둘러보는데 작가가 작업 과정에서 가장 중요하다고 생각되었던 부분들이 벽면 가운데 흰 바탕에 커다랗게 쓰여 있었다.

'나는 작은 끝부분부터 시작한다.

그리고 무게중심을 찾았다는 생각이 들 때까지 균형을 잡아간다.

무게중심은 단 한 군데만 존재하기 때문에 이 과정은 매우 중요하다.

작품이 자유롭게 매달려 있거나 회전하려면, 이 지점이 정확해야 한다.

보통 나는 철사를 구부려 매달기 전에 끈으로 이 무게중심을 시험해서 찾아낸다.'라며 중심이 얼마나 중요한지를 작가는 말하고 있었다.

무게중심. 얼마나 무게 있는 말이던가. 사람 관계에서의 무게, 나와 관계된, 사물에서의 무게, 소통을 위한 언어의 무게, 너나 구분조차 아리송한 부부간 감정에도 무게의 중심이 있지 않은가. 소소한 것에도, 또한 가깝고 편안한 사이인 가족과의 관계 등. 움직이는 동작과 마음의 움직임 모든 게 무게중심이 있다.

모든 관계에서 오는 힘이 갖는 균형의 조화가 이런 아름다움을 창조하고 있다. 미술관에서 올려다보는 하늘색도 알렉산더 칼더의 빨간색 조형물과 한남동 미술관 야외의 푸른 잔디가 어우러져 눈에 들어오는 모든 게 조화롭다. 조화로움은 자연스러움의 또 다른 말인가 보다.

미술관 하늘 위 덩실하게 띄운 한 덩이 구름에도 조화로움이 자리한 편안한 오후다.

하루
또 다른 하루

노

인

      생활시설의 식사 시간. 하루 세 번 이루어지는 같은 시간, 같은 동선, 같은 어른들과 늘 고정된 공간에서, 정해진 식사지만 대상이 사람이기에 대상자별 케어를 한다. 제공하는 서비스가 얼핏 보면 그 일이 그일 같아 보여도 매번 같은 날이 없다. 산을 오를 때 절기에 따라, 오르는 날에 따라, 하다못해 바람 부는 방향에도 나뭇잎 흔들림이 다르듯, 보는 이 눈높이에 따라 보이는 현상이 제각각인 것처럼 말이다. 하물며 바라보는 것에 대한 느낌까지야 어디 같을 수가 있을까.

    요양원의 넓은 거실 안, 정해진 자리에 스스로 앉는 어르신들은 그나마 지팡이를 이용하거나, 보행 보조기에 의지하여 이동하는 어른이다. 다리가 불편하여 보행 능력은 없으나 혼자 침상에서 내려와 휠체어를 탄 후 스스로 조작하여 식탁 앞까지 이동이 가능한 어른은 그래도 괜찮다. 한 걸음 내딛는 것도 다리에 힘을 주어 발을 바닥과 띄우며 걸어야 하는데, 끓으로 걸음이 불안정하여 낙상 위험이 있으면 직원이 부축 보행을 한다. 하기야 당신도 스스로 걷고 싶지만 노화로 점점 퇴화로 굳어가는 다리로 가능한 일이랴.

침상에서 식탁까지 이동하는 것도 움직임에 따른 대부분을 타인의 손에 의지하여 이루어지는 이동은 차례를 기다려야 한다. 그래서 노인시설에서는 그나마 쓸 수 있는 작은 동작 하나라도 쓸 수 있도록 유도하며 잔존능력의 중요성을 강조한다.

관절이 구축되다 보니 다리를 접고 펴는 동작이 어렵다. 뻣뻣한 다리를 세우거나 아니면 두 다리를 한 쪽씩 침상 아래로 내리고 나서 직원의 몸에 의지하여 침대에서 안아 일으킨 후 휠체어에 앉힌다. 이어 낙상 위험에 대비하여 안전벨트를 맨다. 5~10미터 정도의 짧은 이동에도 반드시 매어야 한다. 노인에게 낙상은 치명적일 때가 많다. 거실에 나와서도 식탁에 앉지 못하는 어른들은 휠체어에 앉은 채 그것에 맞게 만들어진 1인용 식판을 고정하고 또 안전벨트를 맨다. 이중 안전장치를 하는 셈이다.

이어서 식사 준비 차 먼저 식수며, 수저, 물수건을 준비해 둔 것을 확인 후 앞치마를 하나씩 개개인에 맞추어 배분한다. 앞치마는 목뒤로 찍찍이를 붙이는 아주 간단한 동작이다. 이 정도야 하는 생각에 가능한 줄 알고 나름 한다지만 대다수가 손가락에 힘도 빠지고 관절이 굳어져 그 간단한 것을 붙이는 것도 힘들다. 팔을 올려 목뒤로 넘기는 일 자체가 어려워서다. 직원이 일일이 확인하며 매어 드려야 한다. 식사 시 손 떨림으로 입으로 가져가는 것도 힘들고 입안으로 음식을 넣는다 해도 이가 부실한 탓에 흘림이 많아서다.

노화로 인하여 근육이 줄어 씹는 동작도 어렵고, 엉성하게나마 치아가 있다고 해도 모양만이지 제 기능 못하는 경우가 허다하다. 감각이 무뎌짐으로 인하여 음식물이 질질 밖으로 흐르는 것도 감지가 잘 안 된다. 차려 놓은 음식에 한 끼 먹는 것도 힘들어 입은 옷에 죄다 흘려 턱받이처럼 만든 식사용 앞치마가 어르신들께는 꼭 필요한 이유다.

언젠가 매스컴을 통해 어느 한 대선주자가 착한 일을 한다는 것을 홍보하려고 했음인지 노인시설을 방문하였다. 식사 도움을 주려고 대상자 앞에 놓인 앞치마를 매어 주어야 하는데 대선주자 당신 목에 걸어 수발하는 모습을 찍은 모습이 포털사이트에 공개되었다. 그 바람에 기사를 접한 많은 사람에게 '쇼'임을 확인하는 빌미를 제공해 웃음거리가 되었던 기억이 있다. 문제의 그 턱받이처럼 생긴 물건이 바로 식사할 때만 쓰는 식사용 앞치마다.

배정된 앞치마 위에 수저를 각각 놓는다. 수저를 온전히 사용하는 어른은 불과 스물 남짓 중에 너덧 정도고, 나머지는 거의 숟가락만 사용한다. 손가락 관절이 굳거나 무뎌져 젓가락이 자꾸 손가락 사이로 빠지기 일쑤다. 가끔 옆자리에 앉은 사람이 사용하는 것을 보고, 당신도 가능했었기에 될 것처럼 생각되는지 달라고 할 때도 있다.

몇 번을 시도하지만, 안 되는 것을 알고 스스로가 포기하면서도 굳이 옆에라도 놓겠다며 달라고 한다. 몇 번 반복해 보지만 어렵다는 것을 스스로 체득하면 그제부터는 달라는 말도, 주지 말라는 의사 표현도 없다. 온전히 못 쓰겠다며 포기해 버리기엔 스스로가 인정하기 힘든지 그 사소한 동작도 내려놓기 싫음이다.

식수를 개인용 식탁 앞에 갖다 놓는다. 손아귀에 힘이 모두 빠져 있어서 컵도, 용기도 아주 가벼운 재질로 만들어져 있다. 움직임도 없고 또 온도와 습도가 노인이 생활하기에 최적화되어 특별한 경우가 아니면 갈증이 생기는 예도 거의 없다. 가끔 소변 배출이 어렵거나 수분 섭취량이 현저히 적어서 일부러 마시도록 유도할 때가 있지만, 그것은 특별한 경우이고 마시고 싶어 하는 예는 드물다.

물컵을 나눠 주는 그 어간에도 물을 쏟아 엎거나, 무뎌 버린 동작과 감각 때문에 건드려져 줄줄 쏟는 일이 허다하다. 또 치매로 물을 식탁 위에 쏟은 후 손바닥으로 착착 두드리며 물을 튕기며 놀기도 하고, 물컵 안에 손가락을 집어넣어

물 장난할 때도 있다. 예사로 있는 일이고 반복되는 일이라 그러려니 하고 다시 갖다 놓는다. 인지가 안 되는 어른한테 인지시키려 애쓰는 것이 공염불임을 알고 있기 때문이다.

하얗게 삶아 빤 물수건을 하나씩 수저 옆에 갖다 놓았다. 더러 인지가 안 되는 어른들은 직원이 음식물을 흘렸을 때 입 언저리와 손을 닦아 주기도 한다. 배식 전에 일을 챙기느라 하나씩 배분하여 놓으면 그것으로 얼굴을 닦는 이도 있고, 코를 휑하고 푸는 이도 있다. 어쩌다 한 번인 경우야 그렇다지만 반복되면 일회용 물휴지를 제공한다. 삶아 빤 물수건은 공동으로 쓰는 물건이기 때문이다.

무엇보다 공동생활에서 공동의 위생과 개인위생에 신경을 써야 한다. 면역력이 극히 떨어진 사람들의 집합인 생활시설이라 특히 그렇다. 준비를 마치고 식사가 나오기를 기다리는 시간이다.

간호팀에서 식전, 후 투약 대상자에게 약을 가지고 왔다. 약을 나누기도 전에 한 할머니, 크고 작은 동그란 무늬인 앞치마에 무뎌진 시신경 때문일까. 알약으로 보였던 모양이다. 앞치마의 무늬 중에 동그란 무늬들을 손으로 잡으려 자꾸 헛손질이다.

식사 준비 시간이 짧은데도 길게 느껴지는 낮, 커다란 출입문 안으로 들어온 정원 앞 배롱나무에 핀 꽃이 유난히 붉다. 붉게 자잘하게 달린 꽃잎들. 아까 앞치마에 동그란 무늬를 엄지와 검지로 반복하며 줍고자 해도 줍지 못한 할머니의 엉성한 손가락의 빈 손짓처럼 쓸쓸한 모습으로 시야에서 흩어지며 멀어진다.

흩어진 자리로 핀 꽃잎들은 간간이 이는 바람에 얼핏 아까 앞치마의 동그라미들과 함께 잔영처럼 보이다가 흩어진다. 하루가 지나 또 내일이라는 다른 하루의 시간 들도 배롱나무 꽃잎처럼 배롱배롱 피었다가 또 흩어짐이 연속일까. 속절없이 흐르는 시간이 야속할 뿐이다.

헛꽃
순정함의 무게

오
락
가
락
하
는

장맛비 날씨 행간으로 살아온 세월의 깊이를 몸이 먼저 알고 반응한다. 찌뿌둥하던 차에 쏟아지던 빗줄기 감춘 구름 사이로, 얼굴 내민 햇살이 반가워 가까이 있는 올레길을 가벼운 마음으로 걸었다. 기암과 괴석으로 이루어진 집 근처 건천은, 요 며칠 새 내린 비로 괴석과 괴석 사이 여기저기에 물이 고였다.

물 고인 쪽으로 잠시 햇살 기대자 하늘빛이 반사되어 물빛마저 파랗게 곱다. 오랜만에 건천에 든 물이 하도 반가워 아이처럼 손으로 저어보았다. 흔들림마다 하늘도 같이 출렁거렸다. 하천 따라 잘 단장된 올레길 야자수 매트를 밟을 때마다 느끼는 것이지만 발에 닿는 촉감도 좋은 데다, 비 오고 난 후 차작차작 물 튈 염려 없어 걷기엔 그만이다.

적당한 경사도가 주는 긴장감과 하천 따라 길게 이어지며 어우러진 나무들이 건네는 시원한 그늘이 참 좋다. 게다가 그늘 저편으로 바람 한 줄기 내달리다 잠시 피부에 와 닿을 때의 청량감은 행복함마저 갖게 한다. 그 에움길에 제철로 핀 산수국이 두세 군데 모도록 하게 핀 모습과도 눈인사했다. 그런데, 요 수국이 행인의 눈을 온통 잡아끈다.

가장자리 여린 꽃잎 곱게 펼친 헛꽃을 중심으로 참꽃들, 그 촘촘한 자리는 내린 비에 온몸을 씻었는지 말갛다. 빗물 떨군 곳엔 녹색 잎은 녹색인 대로, 파란 꽃잎은 파란색인 대로 그지없이 싱그럽다. 화사한 꽃잎들 곱게 펼친 헛꽃과 자잘한 게 하찮고 볼품없는 저 참꽃. 초라한 참꽃을 몰라보고 곤충들이 그냥 스쳐 지날까 봐, 벌 나비들을 유인하여 참꽃을 수정시키기 위해 크고 예쁜 꽃잎을 헛꽃이란 이름으로 더 짙고 화려하게 피웠다.

헛꽃의 도움에 벌들이 찾아들어 참꽃 수정이 끝나면 제 역할을 다했음을 알고 있음일까. 헛꽃은 하늘 향했던 싱싱함을 하나하나 거두며 아래로 뒤집히더니 서서히 이울며 시들어 갔다. 가장 화려했던 모습 안으로 헛꽃의 삶처럼 종족의 번식과 안녕을 찾고자 함은 우주를 안고 사는 모든 생명체의 고귀한 이치인가.

얼마 전 매스컴은 한 아동이 목숨을 걸고 집에서 탈출했다는 보도로 온통 뉴스를 도배했었다. 도망 다니다 숨어 살더라도 들어오는 곳이 집인데, 집에서 탈출이란 가당찮은 말에 적이 놀랐다. 집에 있는 동안 못 견딜 만큼 힘들어 목숨을 건 행동이란다.

누구든지 사노라면 크든 작든 나름의 근심과 일상의 무게를 안고 살아가는 게 삶이다. 그 무게를 이유로 어른들의 잘못된 판단과 행동으로 말미암아 힘없고 나약한 아이에게 지울 수 없는 상처를 떠안겼다. 이유야 어떻든 목숨을 건 탈출이라는 말을 듣고 보면 어떠한 것으로도 그 행위에 대한 정당성이나 당위성을 찾긴 글렀다. 부모라는 이름을 가진 사람들이기에 더 그렇다.

처지가 어렵고 힘겨워도 그것은, 상황에 따른 선택을 한 이들이 책임져야 할 부분이고, 감내할 일인 것이다. 부모들이 잘못 선택한 것에 따른 피해를 아무것도 모른 채 고스란히 받을 수밖에 없는 위치, 아이라는 약자들이 힘겨운 고통을 떠안게 내버려 두는 것은 파렴치한 일이다. 어느 위치에 있건, 그게 무엇이든 어른이면 어른답게 행동하고 책임질 부분은 책임을 지며 살아가고자 노력하는 모습들이 곳곳에 모자란 듯하여 안타깝다.

사소하고 하찮다 하더라도 그것을 갖거나 그것을 지키는 데도, 그에 따른 누군가의 희생이 담보됨과 아울러, 노력과 책임이 요구된다. 노력이나 희생 없이 거저 얻어지는 것은 어디에도 없다는 것쯤은 우린 익히 알고 있다. 꽃으로 나서 참

꽃을 도와 수정시킨 후 이울고 마는 헛꽃, 그래서 헛꽃이지만 그 역할의 중요성을 인정받는 것이다. 힘들고 지친다고, 감당하기 싫은 것이라고 모두 손을 놓는다면 늘 빈손이다. 심은 것이 없으니 거둘 것 또한 없는 것이다. 그 삶인들 어디 편하고 바라는 삶일까.

희생에 따른 가치를 인정받을 때 그 결과는 더 값진 것이다. 그 자체만으로도 고귀하고 숭고하여 높이 평가되는 것이 희생이다. 불편하고 더러 손해 봐도 선택한 것에 대한 책임을 인정하고 받아들이려는 자세가 절실히 필요하다. 오늘 소소하고 하찮게 생각되던 그 헛꽃의 순정한 삶의 무게가 왜 이렇게 부러운 것인가.

아름다운 구속

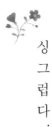

싱
그
럽
다
.

자극적인 햇살은 이파리마다 신록의 기운을 더욱 깊이로 적시고 있다. 화창한 날씨가 외출을 유혹하는 바람에 팽나무 군락이 이어지는 길을 걸었다. 세월이긴 크고 듬직한 나무가 오랜 풍상에 휜 채 동네를 온통 초록으로 지켜내고 있었다. 그 모습을 바라보노라니 마음도 든든하다. 하늘을 다 가릴 만큼 우람한 저 자태면 대체 이들 나무의 수령은 얼마나 될까.

계절 매단 가지 끝, 저마다 얼기설기 잇고 얽히며 숱하게 엮인 모습들 사이로 올려다보이는 하늘은 성근 그물망이라도 넓게 쳐 놓은 것 같다. 아름드리 펼친 나무의 가지들이 마치 사람과 사람 사이 관계망처럼 보였다. 에돌며 간 곳으로 검고 구멍 숭숭 난 현무암들이 고만고만한 높이로 어깨 겯고, 저들끼리 키재기를 하고 있다. 편안한 높이로 쌓아 올린 밭담은 들고 날 바람의 길을 친절하게 터 주며 각자의 영역을 지키느라 수문장처럼 하늘을 이고 있었다. 밭담과 밭담의 경계를 밟으며 길고 구불구불한 길 따라 잰걸음을 떼었다. 거리로는 얼마 안 되지만 오르막이 가팔라 그런지 몇 걸음에도 숨이 찼다. 하기야 펼쳐지는 요 능선이 오름 자락인 걸 보면 그럴 법도 하다.

주변은 돌무지들로 큰 암반들 틈에서 썩다 만 고목이 뒹굴기도 하고, 덩굴식물은 옆에 선 나무의 높은 가지 끝을 붙잡고 생을 이어가고 있었다. 더러 건드리기만 해도 부스스 소리로 생이 다했음을 알리는 소리 위로 몇 걸음을 옮겼더니 희한하게 생긴 나무가 자리하고 있었다.

저보다 조금 더 자란 나무를 의지해 전혀 다른 나무가 온몸을 기댄 채, 처음부터 하나인 듯 하늘을 향해 건장함을 자랑하고 있었다. 전혀 다른 종種 두 개체가 서로 엉켜 온전히 하나의 거목으로 자라고 있는 모습. 오랜 세월 맞닿아 뻗으며 자리를 내줬는지 애초부터 하나인 것처럼 공생하고 있다.

지난 어느 해던가. 한 일간지에 '이혼율 전국 1위… 가사과 신설'이란 기사를 읽었던 기억이 있다. 보도 내용을 보며 순간 의아했다. 사랑은 사람의 눈을 멀게 하고, 결혼은 눈을 뜨게 한다는 말도 있다. 하지만 살다 보면 이상과 현실의 온도 차가 극명함을 이곳에 사는 우리만 잘 몰라 1위라는 별

유쾌하지 못한 기사를 접하고 있는 걸까 궁금함이 일었다.

요즘 젊은 세대들에게서 결혼도 본인 필요에 따라 선택하는 것이지, 필수가 아니라는 말을 종종 듣는다. 그러고 보니 주변에서 그런 삶을 살아가는 젊은이도 심심치 않게 볼 수 있다. 한 세대가 바뀌고 있을 뿐인데, 결혼을 안 하면 안 될 것처럼 절대적 힘으로 강요받던 우리 세대와는 확연히 다름을 보며 격세지감을 느낀다.

가정 분쟁에 대하여 신속하고 효율적인 대응을 위해 신설되는 부서라고 기사는 쓰고 있었다. 분쟁에 따른 결과를 신속히 해결해 줄 수 없으니 새로운 부서를 만들 필요가 있다는 것이다. 그만큼 서로 안 맞아 이혼 신청을 많이 하고 있다는 다른 표현이기도 하다.

결혼도 당사자가 행복한 삶을 꾸려가기 위한 하나의 방편이고 수단은 맞다. 본인이 잘 생각하고 판단하여 그에 맞는 것을 취사선택한다는 데야 타인의 인생을 대신 살아 줄 것도 아니고, 그 부분에 할 말은 없다. 아무리 좋은 일에도 각각의 호불호가 있기 마련이니 신중해야 하는 것 또한 당연하다.

사랑의 구성요소에 대하여 다양한 형태를 이론적으로 설명한 미국의 심리학자인 로버트 스턴버그는 '사랑의 삼각형 이론'에 대한 글을 썼다. 그 내용을 보며 사랑에 대하여 생각의 깊이를 새롭게 하게 된다.

사랑은 열정, 친밀성, 책임감 이 세 가지 요소가 적절하게 배분되었을 때 지속성을 갖게 된다는 것이다. 그러기 위해서는 서로 부단한 노력을 해야 좋은 관계를 유지할 수 있다고 그는 말하고 있다. 가만히 생각해 보면 그 세 가지 요소 중, 어느 것 하나 쉽거나 편한 것은 없다. 결혼도 아까 본 종種이 다른 두 나무처럼 전혀 다른 환경에서 관계 얽힘이다.

이미 관계된 상태라면 서로가 조금씩 내어 줄 것은 내어 주고, 모자란 것은 채워가며 살아야 하리라. 전혀 다른 두 개를 하나로 만들어 내는 데는 크게 눈에 나지 않더라도, 나름의 양보와 자기 노력이 담보되고 있기에 가능한 것이다. 공생을 위한 양보에서 오는 자기 낮춤이 결국은 상생을 위한 디딤돌이 되는 셈이다.

스턴버그의 이론처럼 열정도 그렇고 책임감과 친밀성 또한 각자 부단한 자기 노력을 요구하고 있다. 책임감이란 것은 말의 무게처럼 쉽거나 삶에서 거저 가질 수 있는 것이 아니다. 하다못해 바닥에 떨어진 물건 하나를 줍는 사소한 일에도 허리를 굽히는 수고로움이 있어야 하는 것처럼 말이다. 헐값에 얻는 것은 그만큼 가치도 적다. 그래서 늘 가볍고, 가볍기에 흔들리는 것이다.

사랑에 늘 허기진다고 생각하며 메마른 마음을 쥐어짜 아무 데나 펼쳐 놓을 일이 아니다. 사랑을 얻기 위한 자기 노력이, 혹은 자기희생의 크기를 먼저 셈해야 하는 게 순서가 아닌가 한다. 항상 책임과 의무의 크기를, 그리고 마음의 기울기를 살펴봐야 할 일이다. 자기 노력 없이 얻은 것들은 진정한 가치의 순도가 낮다. 그래서 작은 바람에도 쉬 흔들리는 것이다.

한여름 땡볕에 굳건하게 선 나무. 짙고 너른 그늘을 드리웠다. 남실바람에 나뭇잎들이 청량감 앞세워 길손을 유혹하는 싱그러운 한낮의 여유가 좋다.

유예에 대한 단상

매

주

아침마다 SNS로 배달되는 글이 있다. 도착을 알리는 알림음으로 하루를 연다. 오늘은 〈'유예'가 밥 먹듯 이뤄지는 한국 사회〉란 글제로 아침 시간 바삐 달려온 글이 호기심을 자극했다. 한국 사회에서는 그 시기(나이)에 맞게 치러야 하는 고민이나 갈등, 혹은 경험들 대부분을 '유예'하며 산다는 내용의 글이었다. 문득 내 얘기 같단 생각이 들었다.

우리가 흔히 쓰는 유예란 말의 유猶는 원숭이처럼 생겼고, 예豫는 코끼리처럼 생겼는데 둘 다 의심도 많고, 겁 또한 어찌나 많은지 유는 작은 소리 하나에도 놀라 나무 위로 기어오른다고 한다. 겁에 질린 나머지 아무 소리 없어도 내려오지 못한 채, 매달려 있거나 내려왔다가 다시 올라가기를 반복한다는 것이다.

예 또한 앞으로 한 걸음도 나서지 못하고 슬슬 눈치만 살피느라 어떤 행동도 못 한다고 한다. 유예猶豫는 이렇게 유와 예를 합친 말로, 그들이 하는 모습을 보고 있노라면 성질 급한 사람은 그야말로 복장 터질 지경이라는 게다.

나 역시 이참에 뭔가를 해봐야 하나 생각하다 막상 결정하려면 '꼭 이 시점에서?' 혹은 '이 상황에서 면피하려는 모양새로 비치지 않을까?' 하며 자신을 넘어 가당찮게 타인의 사고영역까지 침범하다 결국 '다음에'란 말로 미룰 때가 더러 있다. 유예하는 것이다.

유예하는 것들, 돌이켜 보면 그게 정신적이든 물질적이든, 그때 딱 그 시점에서 행동으로 옮겼어야 했던 것들이다. 되돌릴 수 없는 시간과 그때의 감정을 이유도 안 되는 이유로 미룬 값은 후회와 아쉬움이란 말로 사는 내내 빚진 것처럼 살아가기도 한다.

이렇듯 미루다 보면 그날이 그날인 것 같고 아무 일 없는 것처럼 보일 수도 있다. 하지만 어제의 바람이 오늘 그 바람이 아니듯, 오늘 햇살 또한 내일의 그 햇살일 수 없다. 유예를 시킨 탓에 더 큰 노력과 시간이 담보되기도 하고, 어느 시점에선 아예 그 일을 해야 할 명분마저 사라져 버리는 난감한 경우도 더러 경험한다.

몇 해 전, 가까운 지인이 많이 힘들어했었다. 그 상황을 알기에 뭔가 도움이 되었으면 좋겠다고 생각한 적이 있다. 생각일 뿐 어떤 행동을 취하기엔 가진 게 적다는 이유를, 내준 만큼 없어져 버릴 것에 대한 저울질로 나중에 해야지 미뤘었다. 그러던 어느 날 가족들과 저녁 먹을 때 말끝에 그 이야기를 했다. 말을 들은 아들 녀석이 '무엇이든지 하고 싶을 때 해야 가장 후회가 적다.'라며 말을 잇더니 '나중엔 주고 싶어도 상대방 상황이 나아져 줄 이유가 없어질 수도 있고, 지금보다 내 상황이 더 안 좋아져 그 일을 못 할 수도 있으니 내킬 때 하는 게 최상이다. 베푼다는 의미이면 더욱 그렇다.'라고 시원하면서도 뼈 있는 말이 오갔던 기억이 있다.

생각을 유예하고 행동이 유예됨으로써 우리는 삶에서 얼마나 많은 부분을 잊거나 접어둔 채 아쉬워하며 사는 걸까. 인터넷에 떠도는 말에, 세상에는 세 가지 중요한 '금'이 있다고 한다. 물질을 대표하는 황금과, 음식을 할 때 없어서는 안 되는 소금, 그리고 시간을 상징하는 지금이라는 시간이다.

이 세 가지 중에 황금과 소금보다 지금이라는 시간에 대해서는 너그럽게도 다음이란 말로 유예하면서도 별 불편 못 느끼고 살아가는지도 모른다. 언젠가 해야 할 일이면 지금이 가장 적기라는 말이 있다. 일이거나 머뭇거림이라면 지금, 이 순간이 그 일을 행하는 가장 유효적절한 때가 아닌가 생각한다. 유예하는 삶, 우리가 살면서 흔히 보는 누군가의 모습, 혹은 너무 익숙해져 잘 모르는 내 모습은 아닌지 자문해 본다.

추억 덜기

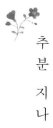

추
분
지
나

달포여. 절기의 흐름이 어쩌나 정직한
지 모른다. 요 며칠 새 아침저녁 기온이 하루하루가 다른, 부
드러운 곡선을 그리며 꺾이고 있다. 거리를 걷는 이들 옷의 색
감도 계절과 닮았다. 가을이 오가는 길목. 어떤 옷을 입어야
할지 망설이느라 옷장 앞에 서는 시간이 가장 긴 때가 요즘
이 아닌가 한다. 밤낮의 기온 차로 이것저것 꺼내 입어 보고
아닌 것 같아 다시 벗어 놓다 보니 방안도 날씨만큼이나 혼
란스러운 게 어지럽다.

살림이란 것이 항상 정리한다 해도, 시간이 지나면 아예 손
길이 닿지도 않은 것처럼 느껴지기 마련인가. 어느 한 해 게
으름을 피우거나, 할 일을 미룬 적이 없는 것 같은데 늘 손이
필요로 하니 말이다. 집안 이것저것을 정리하다 마침 아들

손을 빌려야 할 때였다. "이것은… 엄마 씁니까?"하고 가리킨다. 공연히 한 소리 들을까 싶어 눈치 보여 '응'하고 대답했다. 일 년에 몇 번이나 쓰는지를 재차 물어 왔다. 두어 번이라고 들려도 되고, 아니면 더 좋은 크기로 어정쩡하게 대답하고는 말을 아꼈다.

　사실 그것을 써 본 적이 없다. 아니 아예 쓸 줄을 모른다. 그렇다고 필요한 사람에게 주거나, 내다 버리지는 더더욱 못하겠다. 이 무슨 억지인지 스스로 설명이 안 되어 그것을 내어 준 자리에 대한 이유가 궁색할 뿐이다. 굳이 이유를 댄다면 그렇게 하고 싶다는 정도다. 쓸 줄을 모르니 쓰는 것을 본 적 없는 아들 눈높이에서 본다면 무용지물이 맞다. 장식품도 아니고 무뎌진 세월에 색은 칙칙하게 빛이 바래어, 공연히 자리만 차지하니 그 마음 충분히 이해된다.

　반세기 지나 아득한 시간 위로 추억 한 자락 거두지 못함이 '간직'이란 이름의 애착에 한 겹을 덧댄 셈이다. 모든 물자가 귀하던 시절, 손재봉틀을 처음 갖게 된 어머니는 무척 좋아하셨다. 새것도 아니고 외지인이 이사하면서 짐이 많아 싸게 처분하겠다는 말이 어머니 귀에 닿은 것이다. 장만하고 나서 하도 좋아 어머니께선 그걸 아예 끼고 살았다고 해도 과언이 아니다. 심지어 '지지빠이가 소소한 것은 제 손으로 기워 입을 수 있어야 한다.'라고 반복하며 배우라는 것을, 반항하듯 거부했던 것이 이즈음에서 후회될 줄이야 어찌 알았을까.

모처럼 마련한 손재봉틀 앞에서 어머니께선 당신의 그걸 갖게 되어 기쁜 마음을 이것저것 마름질하며 시간을 온통 누볐던 것은 아니었을까. 어느 하루, 낡은 당신 통치마 닳아진 쪽으로 잘라낸 뒤 이렇게 저렇게 잇고 덧대어 작게 내 치마를 만들어 주신 적이 있었다. 온통 자잘한 국화꽃이 천지이던 치마가 어쩌나 곱던지 치마를 펼쳐 앉고 국화꽃을 세다가 잠이 들었던 기억이 있다.

요즘이야 효용가치로만 본다면 세탁소에 돈 얼마만 주면 훨씬 깔끔하게 만들어 낸다. 쓸 줄도 모르지, 쓸 일도 없는 물건을 이렇게 오래도록 갖고 있으니 말이다. 가끔 기억한다는 것은 참 무섭다는 생각이 든다. 소소한 물건에 내재 된 그때의 느낌과 정서를 털어내지 못함으로, 이런 것을 몇십 년씩 껴안고 살아가니 말이다. 필요성과 쓰임으로만 말하면 열 번을 버려도 될 일이다.

그래도 '어머니!'하고 불러보면 손때에 절어 달달거리는 손재봉틀 소리 앞에서 돋보기안경을 코에 걸쳤다가 한 손으로 안경 코를 올리며 바라보던 기억 속 그윽한 눈빛. 그런 아련함이 녹아들어 오롯이 그런 것을 간직하고픈 마음, 그것 때문인 게다. 따뜻하게 스며든 기억 하나에 입가론 웃음 가득한데, 눈에선 시간으로 감정을 촘촘히 누벼 두었던지, 오래된 추억 하나가 펄럭이며 이내 마음이 젖어온다.

담아 둔 감정을 이제 서서히 꺼내는 연습이 필요할 때인가 보다. 다음 어느 기회에 행여 아들이 한 번 더 묻는다면, 기꺼이 그러자고 대답하는 연습을 해 둘 생각이다. 내 안 추억의 곳간에 크고 작은 생각들을 담아 두기만, 담는 연습만 열심히 했었다. 더 늦기 전에 서서히 덜어내고 또 정리하는 작업을 서둘러야겠다. 물건만이 아니라 마음의 짐도 중요하기에.

바람의 길목

외

진

곳

경사진 오르막길. 가속페달을 밟아 속도를 붙이지 않으면 뒤로 밀릴 것만 같은 불안감에 세게 그리고 한참 밟았다. 공간을 찾아 주차한 뒤, 이어지는 노인시설인 이곳 진입로 따라 입구까지 아까만큼 급경사는 아니나 계속 오르막이다. 오십여 미터의 긴 진입로의 경사도는 조금만 빨리 걸어도 크게 들릴 것 같은 생각에 급한 일이 아니면 쉬엄쉬엄 발걸음을 옮긴다.

오래전 일이다. 출근 시간에 늘 만나는 얼굴. 굵고 세차게 비나 눈만 내리지 않으면 오로지 마당 쓰는 일이 일상의 전부인 듯, 한 할아버지는 매일 긴 빗자루로 너른 마당을 쓴다. 바람 없는 날은 밑동이 아름 두엇으로도 모자라게 큰 나무에서 떨어진 이파리 몇 잎쯤은 가볍게 나뒹굴 법도 한데 그것마저 허락되지 않아 항상 깨끗하다. 깔끔한 성격의 그 어른을 닮았다.

이곳 노인시설의 현관문은 여느 집처럼 번호를 누르게 되어 있다. 들어오면서 번호를 누르고 밀기만 하면 될 것이나 번호판을 누르고 나서 다시 잠금을 해제하고 들어간 후, 또 번호를 입력해야만 현관으로 들어설 수 있다. 혹시 모를 치매 어른들이 방향감각 없이 나섰다가 길 잃을 것을 우려한 이중 안전장치다.

기다란 복도로 이어지는 현관은 행여 미끄러지기라도 하면 어쩌나 싶어 낙상사고를 대비하는 조심스러움에 요철로 된 커다란 깔판이 깔려 있다. 그 옆으론 노안으로 눈이 침침하여 잘 안 보이는 어른들의 시각장애로 인하여 혹시 모를 사고를 염려한 유도장치인 선형 점자블록이 깔려 있다. 이어지는 벽면에는 노인시설인 만큼 다리 근력이 다 떨어진 상태다 보니, 당신의 다리이면서도 무거워 발을 들지 못하고 끌듯이 다니는 어른들이 많다.

허리께쯤엔 이동하는 데 짚고 의지하며 걸을 수 있게 출입문 부분을 제외하고 모든 벽면에 안전장치의 하나인 기다란 손잡이로 쓰이는 원형 목봉이 부착되어 있다. 잠시 기우뚱하면 균형 감각이 무뎌진 상태라 쓰러질지 모르는 조심스러움에 설치해 놓은 안전장치의 하나다. 이미 뼈가 노화돼 넘어지기도 쉬울 뿐 아니라, 다쳤을 때는 후유증이 만만찮다. 노인 생활에서 낙상사고는 경우에 따라선 치명적일 수가 있다.

그뿐인가. 긴 복도를 들어서다가 위층으로 이동하려면 승강기 앞에 노란색 점형 점자블록이 우선 눈에 띈다. 흔히 점자블록에는 막대 모양의 선으로 표시된 선형블록과 점으로 이루어진 점형 블록이 있다. 점형 블록은 위치를 감지하도록 하는 동시에 진행 방향을 알려주는 역할을 하고, 선형 블록은 블록이 놓여 있는 방향으로 가라는 의미를 담고 있다고 한다.

일반 승강기는 오르고자 하는 위치의 층수를 누르면 되지만, 이곳 노인시설은 승강기용 카드를 승강기 앞면에 대어야만 작동이 된다. 카드가 승강기 열쇠인 셈이다. 이 또한 노인성 치매가 많은 노인을 위한 생활시설이라서 생각 없이 마구잡이로 오르내리다 발생할 수 있는 사고를 사전에 방지하기 위함이다. 일반 승강기처럼 누르기만 하면 작동이 될 때 일어날 수 있는 안전사고에 대한 대책인 셈이다.

보통 사람이면 하찮고 아무것도 아니라 생각되는 것들도 상황에 따라서는 있어서 더 불편한, 노인시설이라는 특수성이 여러 가지 안전장치를 요구하고 있다. 그만큼 나이가 들면 신체 기능이 저하되어 곳곳에 사소한 것도 모두 위험 요소로 작용할 수 있음을 뜻한다.

보통 승강기는 좁고 넓음이 차이는 있겠으나 이곳 승강기는 공간이 대체로 넓은 편이다. 사람이 이동도 이동이지만 고령이다 보니, 침상에 눕혀 옮기는 것만 아니라 위급한 상황이 발생할 때를 대비하여 시간을 벌어야 할 때도 있다. 119가 출동하면 환자를 옮겨 이송하는 데 걸림이 없어야 하기 때문이다.

주로 생활하는 거실은 여느 집의 그것과 거의 비슷하다. 탁자와 소파, 벽면에 커다란 TV, 큼지막하게 시간을 표시하는 전자시계, 매월 초 프로그램 시간에 생활자들이 만든 커다란 숫자판처럼 보이는 달력, 좀 많아 보이지만 천장에 붙어서 생활공간을 밝히는 LED 등, 몇 개의 액자 정도다. 생활실이라 말하는 곳은 넓기도 하거니와 시력이 저하되어서 그런지 모든 게 큼직큼직하고 굵직굵직하다.

방 안에 있는 서랍장이며 가구의 모서리는 부딪혀도 다치지 않게 모서리용 투명 덮개를 덧씌운다. 침대며 서랍장 등 모든 모서리 부분은 아예 둥그렇게 제작 시판되는 모양이다. 어디에도 각진 곳이 없다. 모난 부분은 닳고 둥글지 못하면 일상이 힘들다는 걸 이 나이를 사는 동안 체득한 이곳 어른들과 닮았다.

그뿐 아니다. 벽면에 붙은 콘센트 박스도 플러그만 꽂으면 쓸 수 있게 보통은 그대로 놔두는데, 이곳엔 쓰지 않는 콘센트 박스엔 그에 맞는 동전만 한 크기의 뚜껑을 닫게 되어 있다. 그 작은 구멍에 전기가 통하는 뭔가를 집어넣었을 때 발생할 수 있는 사고를 예방하기 위해서다. 누가 그런 조그만 구멍까지 일없이 헤집을까 생각하겠지만 보편적인 사고로는 이해가 안 되는 부분들이 많고, 그것들은 모두 위험 요소로 작용이 된다.

창문은 어떨까. 침상에 앉아 손이 닿는 부분의 큰 유리창은 여닫지는 못하고 밖을 내다보거나, 따뜻하게 햇살이 투과되는 정도의 쓰임이다. 어지간하게 밀었을 때 깨지지 않게 모두 강화유리로 되어 있다. 그 위로 미닫이로 된 창이 있는데 이중창으로 창문 하나는 반투명이고 바깥쪽은 일반 투명 유리로 되어 있다. 보온과 치매 등의 상태라서 혹시 몰라 힘을 주어 두드리거나 밀었을 때 깨어짐을 방지하기 위함이다. 인지능력이 현저히 떨어지다 보니 깨진 유리가 위험 요소로 작용한다는 것 자체를 인지하지 못해 더 조심스럽다.

보행이며 거동에 불편은 있으나 인지할 수 있는 어른들은 비상시, 혹은 필요시 쓸 수 있도록 손이 쉬 닿는 부분에 비상벨이 있다. 벨 소리가 나면 직원이 근처에 있다가 어른들 상태를 얼른 확인이 되게 한 것이다. 또한 방바닥 발 딛는 부분엔 정신이 혼미하여 침대 위에 있음에도 방바닥에 앉아 있던 것으로 잘못 알고 내려오기도 한다. 정작 본인은 생각지 못한 행동에 위험천만한 일이 일어날 수 있다. 보행이나 인지가 어려움에도 불구하고 침상 밖으로 예기치 않게 나오려고 할 때가 더러 있다.

잠깐 균형을 잃거나 헛디뎠을 땐 낙상사고로 이어진다. 발이 닿으면 바로 신호음이 작동되어 소리로 낙상 위험을 알리는 낙상 매트가 깔려 있다. 일상에 손이 가고 몸이 닿는 모든 게 안전을 최우선으로 만들어지고 또 꾸미기도 했다.

공간 여기저기엔 분말용과 화재 난 곳으로 던지기만 하면 되는 투척용 액상 소화기가 놓여 있고, 천장 곳곳엔 감시용 카메라가 있어서 24시간 생활실 상황을 녹화도 한다. 완벽해 보이는 이런 공간에 지나치게 안전을 강조하다 보니 내부에서 일어나는 비상 상황에 어떻게 대처해야 할지 난감할 때도 있다.

한 걸음 움직이는 것도 스스로 할 수 없는 많은 어른과 함께 비상시에 어떻게 대처하란 말인가. 복잡한 이 모든 안전장치는 하나하나 해결하고 또, 빠른 시간에 안전하지 못한 상황에서 벗어날 수 있도록 어떻게 이들을 대피시키라는 말인지 이해 불가다. 빛의 속도로 움직인다고 해도 어려운 상황에서 안전을 담보하며 그 위험한 상황에서 헤어날지 잠시 혼란스러웠다. 깨끗하게 비질한다고 해도 한 번의 바람에 모든 수고가 속수무책으로 변할 수도 있으니 말이다.

아까 들어오면서 본 할아버지의 비질. 너무 깨끗해서 어느 방향이 바람의 길목인지, 혹은 누구나 다 읽을 수 있는 계절을 아무것도 없어 읽어 낼 수 없는 것처럼 말이다. 예측이 어려운 안전사고도 사고이며 예측이 가능한 안전사고 또한 사고다. 대상이 사람이고 보호해야 할 대상이라 더욱 난감하다.

이에 생각이 미치자, 이곳 노인시설에서의 15년 경력도 무색하게 머리가 아찔해 온다. 대상이 사람이고 보호를 요구하는 취약계층이라 더 그렇다. 오늘도 어제처럼, 내일도 오늘처럼 평안을 기도만 해도 되는지 머릿속이 분주해진다. 생각의 깊이처럼 하루해도 지쳤던지 통유리 밖으로 두꺼운 어둠이 묵직하게 흐르고 있다.

풍광
그 사잇길에서

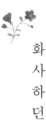

화
사
하
던

꽃자리마다 초록색 이파리들은 그 자리를 위풍당당하게 단장하느라 사뭇 분주하다. 몸피 키운 이파리들은 나날이 싱그러움을 더한다. 눈 닿은 곳, 초록은 깊이를 재촉하고 거리는 계절만큼이나 활기차다.

지척이 천 리라 했던가. 몇 번을 벼르다 접어두었던 올레 두어 코스를 작정하고 걸어보기로 했다. 걸으며 마주한 자연은 계절 앞에서 저마다의 모습으로 한껏 뽐내고 있다. 종종 만나는 올레꾼들도 역방향으로 걸어 곧, 엇갈릴 걸음이지만 가볍게 나누는 인사에 낯익은 듯 정겨움이 묻어난다. 좋다, 참 좋다. 이렇게 나서면 될 일이었다.

해안도로를 낀 올레길은 이곳에서 나고 자라 익숙한 풍광들이지만 볼 때마다 새롭다. 바다의 물빛도, 제 몸피만큼씩 출렁이는 파도도, 내리쬐는 햇빛에 윤슬마저도 어제 본 바다와 오늘 대하는 모습이 확연히 다르다. 각양각색으로 살아 출렁이고 있다. 어디를 봐도 살아 숨 쉬는 날것의 힘, 그 생동감이 좋다. 거기서 느끼는 감정인들 어디 하나일까.

지난달이었나 보다. 제주 올레가 세계 10대 해안 트레일(걷기 여행) 코스에 선정됐다는 기사를 읽었다. 영국 아웃도어 전문 매거진 액티브 트래블러가 선정한 세계 10대 해안 걷기 여행 코스에, 아시아에서는 유일하게 제주올레가 이름을 올렸다는 내용이었다. 반갑고 뿌듯했다. 그 전문지에선 제주는 한국에서 보물섬으로 불리며 '왕관의 보석' 같은 존재라는 설명도 빠뜨리지 않았다.

화산섬이라는 특별함이 갖는 검은 현무암과 해안선이 건네는 색감도 그지없이 곱다. 해안선 따라 걷는 올레 코스는 잔잔히 이는 바람에 파도는 오가느라 출렁이며 바위에 부서져 내지르는 소리가 귓전에 곱게 닿는다.

들판과 농경지를 에돌며 소로길에 접어들자 '배고픈 다리'라는 곳의 입간판과 마주 섰다. 배고플 때 반듯이 누우면 배가 푹 꺼진 것 같은 형상이라 하여 붙여진 이름인 이곳. 한라산에서부터 시작하여 물은 흘러내리다 바다로 이어지기 바로 전, 천미천의 꼬리 부분에 다리가 위치 해 있어 이곳을 넘으며 바다와 한 몸이 된다고 간세의 몸통에 친절한 설명도 있었다. 발을 조금만 휘적거려도 물이 발등으로 곧 기어오를 듯 찰랑인다.

이어 넓게 펼쳐진 백사장, 보기만 해도 속이 탁 트인다. 아이처럼 걸었다. 때 이른 백사장엔 모자로 얼굴을 덮고 벌렁 누워 있는 사람, 모래판이 떠날 듯 신나게 뛰는 아이들, 반려견과 경주라도 하듯 냅다 뛰는 이, 낚싯대를 드리운 사람, 끼리끼리 어깨를 맞대고 모래 위를 걷는 이 등 다양한 사람들이 모여 각각의 모습을 연출하고 있다.

그런데 잠깐, 내 발 사이로 뭔가 바쁘게 움직이는 것들이 있다. 모두 잽싸다. 모래판에서 숱하게 놀던 달랑게들이 울림을 감지하여 손톱만 한 구멍으로 기어가느라 바쁜 게다. 주변엔 그것들이 놀던 자취로 동글동글하게 경단처럼 모래 흔적이 잔뜩 있다. 그들이 집 짓느라 파낸 것이다. 그마저도 귀엽다.

고개 들어 한라산을 바라보면 삼백 예순여 남은 개의 오름 중 몇몇 오름 풍광이 눈으로 가득 안겨 와 바라만 봐도 설렌다. 이런 설렘에 보태어 들꽃 가득한 5월의 들판을 걷는 올레길은 느림의 미학과, 걸음마다 건강을 담뿍 챙길 것 같은 생각 때문일까. 이미 많은 이들이 아끼며 즐겨 찾는 명소가 되었다.

삶에 지친 심신을 안고 찾아 나선 올레길, 외부의 강한 조임에서 풀려난 것 같은 자유로움이 걸음마다 배었다. 내일 걸어갈 길에서 새로움이 또 다른 벅참으로 다가올 것이란 기대로 마음은 사뭇 분주하다. 곱다, 참 좋다. 천혜의 이런 풍광을 아끼고 지켜 모두가 힐링에 도움 되게 오래 보전되길 소망해 본다.

날것이 전하는 메시지,
무대에 올리다

제
주
시
에
서

　　가장 가까운 테우해변이 있는 곳. 온통 파아란 하늘 위로 둥실 띄워 놓은 구름은 보따리 보따리마다 벗들을 불러 풀어 놓고 계절의 한낮을 그렇게 만끽하고 있었다. 그곳을 가로질러 바다를 배경으로 높게 서 있는 이호동 목마 등대. 가만히 서 있기만 해도 시어 몇 개가 가슴을 파고들 것만 같고, 등대지기라는 노랫가락이 입안에서 슬며시 흘러나올 듯한 풍경이다. 예술이라는 단어가 물살에 술술 풀리며 물길 따라 흐를 듯한 곳에서 '찾아가는 예술 바람난장' 야외 공연은 막을 올렸다.

　　이호마을은 이 형상의 탐라순력도에 '백개, 가물개'로 기록되어 있다고 한다. 4개의 자연마을이 해안을 에돌며 형성되어 있고, 민속유적으로 본향당과 이호동 남당이라 부르는 포

제단이 아직도 남아있다는 곳이다. 거기에서 '바람난장'은 또 하나의 예술이라는 이름에 열정을 덧칠해 놓았다. 절기가 뒤 물러 있다고는 하나 아직도 한낮의 햇살은 정수리 위로 내리 꽂히며 따가웠다.

햇살을 토해내는 하늘에 바다는 화답이라도 하는 듯 물결 마다 윤슬을 온통 뿌려놓았다. 그 위로 청아한 목소리를 가 진 사회자가 '예술이 흐르는 길 바람난장'이라는 멘트로 시 작을 알린다. 저 목소리! 언제 들어도 가슴이 젖어 드는 음색 이다. 잠시 후 '바람난장' 대표께서 햇살은 따가워도 바람이 순해진 걸 보니 가을의 초입인 것 같다며 이호 목마 등대에 왔으니 한 시인의 '등대'라는 시를 낭송하겠다며 특유의 목소 리로 선보였다.

> '…/등대의 눈을 가져본 사람은 닳고 닳은 비석처럼 서 있는/저 등대의 마음을 절절하게 알고 있으니/ 귀가 멀수 록 사랑은 가까워지고/눈이 어두울수록 마음은 환하게 밝아진다는 것을/그리고 작아지면 작아질수록 생각은 점 점 더 깊어진다는 것을/그래서 등대는 언젠가 소복이 눈 덮인 물살 위로 삐걱거리며/돌아올 어쩌면 영영 돌아오지 못할 늙은 옛사랑을 위해 이 밤도/졸음에 겨워 가물거리 는 눈을 비비고 비비며/기다림을 배우고 있는 것이다. //

나의 늙은 옛사랑도 이렇게 눈으로도, 귀로도 오는 것이 아닌, 마음으로 다가올 때까지 시간을 숙성시켜 기다려야 온전히 얻을 수 있었다는 말이었던가 하고 되새김질해 보았다. 잠시 이곳을 찾은 관광객들이 두런두런 공연하는 곳으로 모여들었다.

성악가로 활동하는 한 회원이 이태리 가곡인 '오 솔레 미오 O sole mio'와 가수 송창식 님의 '우리는'을 불렀다. 저 나이에 저런 고음과 풍부한 성량을 가진 목소리를 어떻게 낼까 하고 노래에 젬병인 사람으로서는 여간 부러운 게 아니다. 부러운 시선을 노래 부르는 이를 향해 계속 쏘아댔는데 그런 마음을 알기나 했을까. 한참을 넋 놓고 들었다. 아주 오래전 TV에서 루치아노 파바로티의 공연 '오 솔레 미오O sole mio'를 방영해 줘 들은 적이 있다. 그 곡이 1900년 이전에 작곡된 것이라는데 지금까지도 아낌을 받는 것을 보며 명곡은 이래서 명곡이구나 하는 생각이 들었다.

마침 아이들을 데리고 나온 관광객들이 공연을 한참 동안 듣다가 이내 휴대폰을 꺼내 사진을 찍는 모습이 보였다. 우연히 마주친 눈빛에 엄지척을 보낸다. 이어지는 '우리는'을 들으며 우리는 '우리는'을 따라 부르는데 어느새 합창이 되어버렸다.

'…/빛이 없는 어둠 속에서도/ 아주 작은 몸짓 하나로도/ 소리 없는 침묵으로도 우리는// '우리'가 될 수 있는 관계. 오래 들어 좋고, 편안해서 좋은 노래다. 길을 걷다 따라 부르던 행인도 관객이 되고, 관객이 행인이 되는가 싶더니, 행인이 무대에 설 수 있는 공연자와 청자 우리는 하나였다.

이어지는 공연은 단아하게 차려입은 낭송가가 한 시인의 시〈그래도 그립다〉가 낭송되었다.

"...
보 ·고 · 싶 ·다
바람에 저려진 토막말
문장을 낮게 진설해 놓으면
저녁이 느리게 찾아오는

이 섬에서는
당신을 떠나보내는 일
차마 못 하겠네//

아프다 읽는 것만으로도. 저 시인은 얼마나 깊고, 긴 아픔의 흔적을 다독이느라 저런 말을 토설해 놓고 있는 걸까. 바람의 모서리에서도, 어쩌면 조각난 햇살 언저리에서도 저 시인은 문득 그리움이라 팽팽하게 당겨진 단어를 앞에 놓고 '이 섬에서는 당신을 떠나보내는 일 차마 못 하겠네'라는 말로 아파하며 스스로 달게 받는 고통을 안고 살아가는지도 모를 일이다.

계절의 막바지에 서 있어서일까. 햇살은 발악이라도 하듯 그 세를 넓히고 있다. 소품처럼 태양 빛을 차단하느라 양산을 쥔 손에도 무게가 실렸다. 빗겨 서면 따갑다. 그래도 무대에 설 때는 사뭇 진지하고 준비한 작품들을 발표하느라 모두는 발산하는 에너지로 출렁거렸다. 팬플루트 연주가로 활동하는 한 분은 아랍 전통의상처럼 된 옷을 입고 무대에서 연주를 시작했다. 파란 하늘과 빨간색 목마 등대며 쪽빛 바다 위에 가득 펼쳐진 윤슬이 신비감을 더했다. 게다가 연주가의 의상이 이것들과 어우러지며 흔치 않은 색상의 조화를 이루었다.

준비한 연주곡은 우리 귀에 익숙한 '사람이 꽃보다 아름다워'와 베르디의 오페라 나부코 중 '히브리 노예들의 합창'이었다. 이 곡은 나부코의 침공으로 예루살렘이 무너지면서 히브리인들은 바빌론에 포로로 끌려오게 된다. 히브리인들이 유프라테스 강가에 앉아 고국을 생각하며 부르는 노래가 그 유명한 '히브리 노예들의 합창'이다.

당시 이탈리아는 오스트리아의 식민지였던 터라, 이 노래를 통하여 자신들의 암울한 현실을 떠올리게 되었다고 한다. 이후 '고난 속에서도 기회가 온다'라는 뜻을 가진 이 곡은 이탈리아에서 독립운동을 상징하는 노래가 되었다는 설명이 있다. 연주하는 동안 손놀림이며 선율 따라 몸놀림이 사뭇 진지했다. 악기 소리에 오가는 행인들 발길을 온통 유혹하고 있다. 들어오면서 본 구름도 끼리끼리 나직이 키를 낮추고 있다. 이들의 발길도 팬플룻 고운 음이 당겼음일까.

이어진 순서는 허우대도 좋고 옷도 멋지게 입은 멋쟁이 한 분이 색소폰으로 '우연히'와 '해변의 여인' 연주를 시작했다. 다른 악기도 그렇지만 남성들의 색소폰 연주는 늘 보는 이의 마음을 흔들어 놓는다. 아랍 의상처럼 공연한 몇몇 분은 파라솔을 들고 해변에 서 있던 여인들은 '해변의 여인'처럼 노래하는 동안 일없이 왔다 갔다 하는 동작마저 소품이 되어 해변을 거니는 모습에서 다른 출연자와 관객들의 웃음을 쏟게 했다. 물론 그 공연을 바라보던 관객도 데리고 온 아이와 무대를 중심으로 한 바퀴 빙 도는 모습으로 공연에 동참했다.

등대 앞에서 등대가 빠질 수 없었다. '등대지기'를 부르기 시작했다. 너무 익숙해 좋은, 거룩하고 아름다운 사랑의 등대 노래를. 시작은 한 사람이 했는데 모두가 한목소리로 합창하고 있었다. 모름지기 좋은 것은 언제든 꺼낼 수 있게 모든 이의 마음으로 저장되는가 보다.

마지막까지 흥에 겨워 열심히 지켜보던 관객들과 함께 사진 촬영을 하기 전에 '바람난장' 팀 전원이 돌아가면서 시 한 구절씩 읊는 대목이 있었다. 각자의 음색을 시어에 담아 낭송하는 것을 보며 같은 구절인데도 가슴으로 전해지는 의미는 사뭇 달랐다. 평범한가 하면, 의미심장하고, 그런가 하면 여리여리한 게 애잔하고, 또 기다림을 꾹꾹 눌러 담은 듯 애절하여 목소리마다 들리는 색깔이 달랐다.

그것은 마치 바람에 일렁이는 잔물결 하나하나의 물비늘처럼 날 것이 주는 생동감 그 자체였다. 바다와 하늘이 온통 푸른색으로 흥건하게 젖은 모습을 뒤로 하고 나오는데 눈길이 그 풍경을 놓지 못한 미련으로 가득하다. '바람난장'은 또 다른 날을 기약하고 있다.

분주했던
시간

온

통

　초록인 게 하도 고와 싱그러움을 핑계 삼아 집을 나섰다. 고움에 취해 그랬던지 휴대폰을 깜빡하고 오는 바람에 저만치 갔다가 되돌아가 갖고 나왔다. 사회 활동이 그리 많지 않은 데다 유명 인사도 아닌 탓에, 하루에 한두 통, 어떤 날은 한 번도 전화 안 올 때도 있다. 특별히 연락할 곳은 없으나, 안 갖고 나오면 뭔가 불안해지는 것이 내 몸과 하나 된 지 이미 오래다.

　통화만이 아니다. 다양한 기능을 요긴하게 쓰는 일이 빈번해졌다. 은행에 일 보러 갔던 게 언제인지 모를 만큼 일상생활에 스마트폰은 편리함을 안겨주고, 실시간으로 소식이나 필요한 자료를 주고받기도 한다. 심지어 낯선 곳에서 화장실을 가야 할 때의 그 난감함까지 스마트하다는 스마트폰은, 공용화장실의 위치를 스마트하게 찾아주고 있으니, 다른 무엇보다 가깝게 지낼 수밖에 없다. 그 편리성과 중요성을 어찌 말로 다 함일까.

외출하고 돌아오는 길에 찬거리를 산 후 주차하였다. 장보고 온 물건들을 꺼내다 하나가 바닥에 떨어졌다. 그 바람에 얼른 줍고 일어서는데 뒷바퀴 옆에 휴대폰이 떨어져 있었다. 몇 센티 차이로 아슬아슬하게 바퀴에서 빗겨 있다. 순간하마터면 박살 날 뻔했는데 다행이라 생각했다.

집에 들어와 물건들을 대충 정리하고 주워 온 휴대폰에 생각이 닿자, 케이스를 열어 보았다. 신분증의 얼굴만 보고는 전혀 알 길 없어 혹시 명함이라도 있나 하고 살폈다. 이 사소한 일을 하는데도 '남의 것'이라는 생각이 머릿속을 먼저 헤집으면서 손까지 떨리는 것이 평소 모르고 지냈던 새가슴임을 확인시켜 준다. 보통 사람들이 그러하듯 몇 개의 이러저러한 카드가 나란히 꽂혀 있다. 주인 찾겠다고 수소문할 일도 아니고, 외부 사람이 여기 다니러 왔다가 떨어뜨렸나 생각하다 말았다.

늘 필요한 것이라 애타게 찾고 있겠단 생각에 주워 온 사람이 더 걱정되었다. 얼마 후 벨이 울려 받으러 가는데 그만 끊겼다. 파출소에라도 갖다줘야 하나 싶은 생각도 잠깐 들었으나 그보다 왜 하필 거기 있었을까. 내심 주워서 공연히 번잡하단 생각이 스멀거리며 먼저 기어 나왔다. 또 아까 '혹시 아는 사람인지도 모른다'라는 생각에 뒤적거린 일이 떠 오르자, 머리까지 혼란스러웠다.

벨이 또 울려 이번엔 뛰어가 받았다. 휴대폰 주인이라며 많이 걱정하던 차에 연락되어 다행이라 말하고 나서, '아까는 왜 전화 안 받았느냐'고 묻는다. 순간, 별 뜻 없이 말이야 했겠지만, 일부러 안 받은 것도 아니고 받아야 하는 게 내 의무였나 싶은 생각이 들어 기분이 묘해져서 혼자 고개를 갸우뚱했다.

지인과의 관계는 물론 일상의 많은 부분을 이 작은 물건에 의지하고, 해결하다 보니 잃어버리면 여간 불편이 아니다. 한편 필요한 것들도 배달받아 쓰는 세상에 주워서 번거롭고 성가시단 생각이 똬리를 틀었다. 쓰임을 잘 알고 있는 터라 주워도 걱정인 데다, 경우에 따라선 불필요한 오해까지 덤으로 떠안아야 한다는 생각까지 밀려들어 내내 심기가 불편했다.

찾으러 온다고 하여 기다렸다가 휴대폰을 건네며 연락처 될 만한 게 있나 해서 열어 보았으니 잘 확인하도록 주문했다. 휴대폰 주인은 괜찮다며 의미 없이 살펴보는데 혹시 모른단 생각에 뭐 없어진 게 있는지 여기서 재확인하라고 거듭 말했다. 물에 빠진 사람 건져주니 내 보따리 내놓으라고 하더라는 옛말도 짧은 시간에 잽싸게 머릿속을 휘저으며 낮은 촉수로 돌아다녔다.

모르는 것이 사람 일이라서 별것 아닌 것에 발 걸려 넘어지거나 공연한 오해를 거두고자 함이다. 휴대폰 주인은 폼 떠나 애쓴 시간, 그 어간의 새로운 소식을 알고자 함인지 기기에서 눈을 못 떼고 한참을 쳐다보고 나서야 고맙다며 자리를 떴다.

휴대폰 하나에 '우연히'와 '공연히'라는 생각이 바쁘게 감정선을 건드리며 머리도 몸도 분주한 시간을 보냈다. 잃어버려 애타고, 주워 난감하니 이런 애물이 또 있을까. 요즘처럼 고맙다는 말 듣기도 어려운 세상에 작은 일 하나가 고맙게 느껴졌다니 다 접어두고 그나마 다행이라 위안 삼았다.

서너 시간, 살면서 딱 한 번 마주한 휴대폰 습득으로 정신 없이 바빴던 오후였다. 주워서, 주웠기에 불편했던 진실 앞에서 스스로가 옹졸해 보였고 또, 무거운 짐 털어낸 것 같아 심신이 다 후련하다. 안 그랬으면 '저 산의 초록은 왜 저리도 곱더란 말이냐.'며 이 5월, 고운 저 초록 엉뚱한 곳으로 대책 없는 감정을 토해낼 뻔했으니 말이다.

빗물 떨군 곳엔 녹색 잎은 녹색인 대로,
파란 꽃잎은 파란색인 대로
그지없이 싱그럽다.
화사한 꽃잎들 곱게 펼쳤던 헛꽃은
하늘 향했던 싱싱함을 하나하나 거두며
아래로 뒤집히더니 서서히 이울며 시들어 갔다.
가장 화려했던 모습 안으로 헛꽃의 삶처럼
종족의 번식과 안녕을 찾고자 함은
우주를 안고 사는 모든 생명체의
고귀한 이치인가.

3
차롱에 담긴 것들

소통

초
록,

　　계절을 희롱하느라 바쁘다. 밀리는
자동차 행렬, 더딘 흐름에 짜증이 옴 붙었다. 대로를 낀 구
간 자체도 통행이 번잡한 곳이거니와 밀리는 시간대라 더 그
랬다. 신호대기 중이었다. 차창 앞으로 한 덩이 구름처럼 뭔
가 크게 방향을 트는 모습이 보였다. 움직이는 방향 따라 시
선으로 쫓는데 멀리 보이는 그것은 구름이 아니라 새들이 떼
지어 비행하는 모습이었다.

　순간, 펄벅의 작품 중 〈대지〉에 묘사된 메뚜기가 떼 지어
오르던 모습이 떠올랐다. 넓은 대지 위에 추수를 앞둔 농부
들이 땀의 대가를 셈하고 있을 때, 거대한 구름처럼 몰려드
는 검은 집단. 메뚜기 떼가 삽시에 대지를 덮고, 서서서삭 하
는 소리와 함께 땀의 흔적을 여지없이 휩쓸어 내던 그 부분.

같이 차에 타고 있던 아들도 보았는지 '참 많다, 예?' 하는 말로 그 모습을 표현한다. 저 장면 꼭 펄벅이 쓴 〈대지〉의 한 장면을 읽는 것 같지 않으냐고 방금 떠오른 생각을 물었는데 멀뚱거리다 들어본 적도 없는 것처럼 한다. 생뚱맞은 그 모습이 더 이상하여 같은 질문을 반복했다. 소설의 내용이야 모른다손 치더라도 작가를 모르다니 질문한 내가 더 황당해 다시 물었더니 쓰벅은 알지만 펄벅은 모르겠다고 한다.

쓰벅? 펄벅? 순간 벅벅거리다 쓰벅은 스타벅스라는 유명 커피점의 줄임말로 요즘 젊은이들 사이에 많이 사용하고 있다는 것을 짐작 삼아 얼른 낚아챘다. 맨붕이라 말하는 신조어가 이럴 때 쓰는 말일 게다. 어떻게 그런 유명 작가를 모르냐고 아들의 상식을 가늠하며 당연한 듯 말을 했더니, 차마 어미를 상대로 하고픈 말은 아끼는 듯 웃긴다는 표정으로 되묻는다.

"그럼, 엄마 팀쿡이 누구게요?"라며 그때만 해도 전혀 들어보지도 못한 이름을 들이댔다. 아까 내가 지은 표정과 다르지 않은 표정을 아들도 짓고 있었다. 순간, 하고자 하는 말의 주객은 전도되고, 요점은 왜곡된 채 짧은 시간 새 떼의 흔적을 찾아 차창만 바라보았다. 이내 대화는 끊어졌다. 말이 안 통하는데 감정인들 어찌 통하기를 바랄까. 아들이 빠른 손놀림으로 펄벅을 검색했듯 나도 따라 같은 행동을 취했다.

저녁에 가족끼리 식사 후 차를 마시며 '팀쿡'을 아느냐고 물었더니 다 알고 나만 모르고 있었다. 그들이 알고 있는 상식이 일반적인 상식이 아니듯, 내가 알고 있는 것 또한 상식일 것이라 착각하고 있었을까. 이렇게 밥상머리에서 나누는 대화도 일반적이 아닌 특별함일까.

싱그러운 바람에 같이 흔들리고 싶은 날이다. 초록이 계절에 겨워 그러했듯.

고사리, 그 생

한
창

제
철

이

다.

비 오고 나면 훨씬 윤이지겠다는 말에 주변 고사리밭이라는 곳을 둘러보고 돌아왔었다. 그리고 보니 올핸 여느 해와 달리 고사리를 부른다는 고사리 장마도 없었다. 아홉 번을 꺾어도 다하지 않는 질긴 생의 의미를 가져 제사상에 꼭 오르는 산나물이라 한다. 그 의미에 닿고 싶음일까.

찔레꽃이 하야니 흐드러지게 필 때가 고사리도 한창이란 말을 들은 적도 있고, 우스갯소리로 사람 하나에 고사리 하나란 말도 있다. 아닌 게 아니라 고사리 꺾으러 타고 온 차량으로 새벽부터 길 가장자리로 즐비하게 주차해 있는 모습을 보니 많은 사람이 나선 것이 맞다.

어둑새벽에 출발하여 도착한 장소엔 어둠이 채 걷히지 않아 사물 분간이 어려웠다. 새벽이기도 하지만 낮과 밤의 기온 차로 싸하니 추웠다. 차에서 기다리다 어렴풋이 보일 때쯤 고사리를 찾아 꺾기 시작했다. 들판이 넓다지만 사람 손 안 탔던 곳 찾는다는 것은 녹록하지 않다. 가시덤불 헤치며 발을 어렵사리 옮길 때도 있고, 이운 억새에 몸이 휘둘리고, 솔가지에 긁히며 몇 걸음을 옮겨서야 하나둘 찾아 꺾을 때도 있다.

고사리 꺾을 때마다 삶도 이와 비슷하지 않을까 생각해 본다. 지천에 아무렇게나 난 것 같지만, 몸을 굽히지 않고 아래로 내려다보면 '나 꺾어 가라'고 하는 고사리는 백 고사리라 말하는 실낱같이 가늘어 하잘것없어 보이는 고사리 외엔 못 본 것 같다. 일단 자세를 낮추고 고사리와 눈높이를 맞출 준비가 되어 다가설 때 하나씩 모습을 보여준다. 아무리 제 잘난 맛에 산다지만 상대방의 눈높이를 알고, 그에 맞추는 성의라도 보여야 상대의 마음으로 한 발짝 다가설 수 있는 관계처럼 말이다.

작년 고사리 이울어 퇴색한 자리를 둘러보았다. 찾아도 안 보여 뒤돌아 가는데 억새 사이로 살짝 순이 보였다. 몸 낮춰 잡풀을 헤집으니 통통한 것들이 곳곳에 숨겼던 몸을 내보인다. 숙여 팔을 뻗으면 가시에 긁히고 옷이 걸려, 보이는 걸 꺾는 일이지만 쉽지 않다. 실한 것들을 꺾을 때면 어쩌나 기분이 좋은지 아기 손을 보면서 고사리손, 고사리손 하는 것이 여기서 나온 말인 것 같다.

가끔 운이 좋아 고사리밭에 들 때는 굽지도 않고 앉아서 꺾어야 할 만큼 널려 있다. 손은 부지런히 움직이면서 매의 눈으로 다음 꺾을 것을 보느라 몸과 마음이 분주하다. 뭔가 크게 횡재한 느낌이다. 그 주변에서만 생각지 않게 몇 줌을 꺾었다. 행여 다른 사람이라도 가까이 오지 않을까 하는 조바심에 풀 섶 바람의 기척에도 마음은 콩닥콩닥 조바심치고 바삐 꺾느라 손도 마음도 분주했다. 배낭에 담을 시간마저 아까워 꺾어 두었다가 한꺼번에 넣기도 한다.

이런 행운은 잠시, 그리고 어쩌다 한 번이다. 시간을 이처럼 요긴하게 아껴 쓸 줄은 몰랐고, 이렇게 잽싸게 환경에 적응하는 능력 가진 줄을 예전에 몰랐구나 싶어 새삼 스스로가 대단하다는 착각에 빠지며 흐뭇해진다. 이런 즐거움이 때 되면 자꾸 고사리밭으로 발과 마음이 기우는지도 모른다. 더러 바쁘면 사서 쓰거나 먹을 수 있지만 그건 단순히 노동의 가치를 돈으로 환산하여 맞바꾼 것이고, 찾고 꺾으며 맛보는 즐거움을 어찌 돈으로 계산이 되기나 하랴.

또 가시덤불을 헤집고 들어갈 땐 안 보였던 것이 웬걸, 뒤 물러 나오면서 보면 아까 뒤적이며 꺾은 자리임에도 뜻밖에 통통한 고사리와 마주할 때가 있다. 어느 때엔 소나무와 억새가 뒤엉켜 덮인 곳에 분명히 고사리를 보고 그걸 꺾으러 들어간다. 무성한 덤불 때문에 못 들어가 에돌아 간 그 자리에서 아무리 봐도 못 찾아 뭔가에 홀린 듯이 아예 안 보일 때도 한다.

누가 말해줘서 갔다면 마음 상할 만큼 야속해 눈을 의심도 한다. 가시에 옷이 걸려 찢기고, 쓰고 간 모자가 나뭇가지에 걸리는가 하면, 짊어진 배낭이 가시덤불에 갇혀 오도, 가지도 못할 때도 있다. 그것도 있는 걸 분명히 보고 들어간 것인데 아무리 보아도 없으니 말이다. 더러 일상이 눅눅한 게 별 흥미도, 의미도 없이 흘러가다 어느 한 귀퉁이에서 발 걸려 넘어지면서 그때부턴 생각지 않은 삶으로 이어질 때가 있다. 가장 지름길이라 생각한 곳에서 생각 없이 갇히는 꼴이다.

난감하다. 한 발을 더 딛지 못해 이젠 거꾸로, 내디뎌 들어온 만큼 다시 뒤물러 서야만 갇혔던 덤불에서 겨우 빠져나올 수 있다. 그러다 보면 바지가 찔레꽃 가시에 걸려 찢기에 십상이다. 간신히 위기를 벗어났다고 생각하는 곳에 뜬금없이 복병이 자리해 삶을 온통 패대기치고 싶을 때처럼, 엎친 데 덮친 꼴이다. 찢기고 생채기를 덜어내기 위해선 이럴 땐 아깝지만 뒤 물러서야만 한다. 온 길 되돌아가야 할 때도 있다. 아까 분명히 보고 들어왔으나 그 눈을 의심하듯 말이다. 애써 살아온 시간이 억울할 때가 어디 한두 번일까.

아무 일 없이 흐르는 것 같지만 삶에 어느 하나 만만한 것이 없다는 것을 이즈음에서는 안다. 수시로 건너다니는 곳을 몇 번 확인 후 건너온 곳이건만 살짝 균형을 잃으면 뒤뚱거리다 곤란에 빠져 허우적대기도 한다. 삶을 아예 내동댕이쳐야 할 듯 나락으로 떨어질 때도 있다.

누구나 평범하게 일상을 잘 꾸려 나가는 것처럼 보여도 각자 몫의 아픔이나 힘듦이 있다. 야산에 숱하게 자라는 고사리의 그 생. 제멋대로 난 것 같지만 자연은 얼마나 정직한지 허투루 주는 법이 없다. 자세 낮추어 고개 숙인 후, 손 한번 내밀어야 온전히 가질 수 있게 했다. 삶을 정직하고 순리에 맞게 살라는 가르침인가. 우리의 삶도 그와 크게 다르지 않다는 생각이 들어 고사리를 꺾을 때면 생각이 무겁다.

차롱에
담긴 것들

장

터

로

향하는 길모퉁이를 돌아서자, 담벼락을 끼고 감자밭 하얀 꽃들이 초록과 어우러지며 바쁘게 계절을 밟고 있었다. 입구로 향하는 자동차 행렬은 앞차 꽁무니 붙잡고 느릿느릿 움직인다. 차의 속도나, 인도 따라 걷는 행인들 걸음이나 속도감은 엇비슷하다. 모처럼 찾은 오일장 날이다. 계절 무색하게 따가운 햇볕에 손차양으로 인파에 떠밀리듯 걸었다.

어쩌다 찾은 걸음에 '아직도 많은 사람이 오일장을 찾는구나.'라는 생각에 혼자만 다른 궤도를 돌다가 온 사람처럼 느껴졌다. 사람이 낼 수 있는 모든 소리와 모습을 다 모아 놓은 것처럼 시장 입구로 들어서자, 사람 냄새 가득한 게 후끈하다. 먹거리 주변으로 접어드니 시장기인지, 재미인지 서서 먹거나 이동하면서 끼리끼리 맛나게 장터 음식 먹는 사람들로 북적였다. 타인을 전혀 의식하지 않아도 되는 편안함이 좋아 보여 같이 대열에 끼어 음식을 샀다. 받아 든 음식을 먹으며 느긋이 걸어보는 것도 색다른 즐거움이다.

수십 년 전, 대소사를 맡게 되면서부터 어머니께서는 당신이 아끼며 쓰시던 차롱을 건네주셨다. 크고 작은 집안 행사마다 쓰고 난 후, 층층이 뚜껑을 닫고 올려놓을 수 있게 손끝 야무진 이가 만든 죽제품인 차롱. 보관 시에도 차례로 담아 넣으면 공간을 최소화할 수 있게 만든 네모난 차롱이다. 음식 장만 후 가짓수 별로 층층이 올려놓고 그것을 바라보고 있노라면 음식을 만든 이의 손매까지 덩달아 정갈해 보여 마음마저 흐뭇했었다.

어머니 손을 돕기만 하다 첫 제사를 직접 모셔야 할 즈음, 찹쌀을 어느 정도 물 불려 두는지, 불 조절은 어떻게 해야 하는지 등 모두 배우고 또, 익혀야 할 것들이었다. 어머니의 설명과 손동작 하나하나 듣고 익히며 머릿속에 촘촘하게 새겨 놓았었다. 옆에서 보기만 하다가 막상 준비하려니 모든 게 새롭고 긴가민가하며, 자신이 없었던 때가 생각의 허리를 잡는다. 차롱도 마디마디 이런 어색한 시간을 끌어안고 있었나 보다.

처음 쓸 때는 익숙지 않아서인지 손에 닿는 감촉이 거칠고 투박했다. 그때만 해도 색색이 고운 플라스틱 제품들이 막

유행처럼 번질 때였으니 더 그랬다. 대나무를 자잘하게 쪼개어 촘촘히 엮어 만든 차롱은 잘못 만지면 손가락이나 손바닥이 더러 찔리거나 베일 때가 있었다. 거칠고 날 섰던 것도 이렇게 두 여인의 같이한 세월과 손길에 많이 순해졌다.

어머니 당신 손에서 내게로 옮겨오는 동안 세대가 바뀌고 이어지며 함께한 시간의 깊이에서 느끼는 순함이리라. 일이 있을 때마다 꺼내 써서 이젠 손에 익고 편안해져 아끼는 세간붙이 중 하나가 되었다. 차롱착이라 부르는 뚜껑은 푸성귀를 씻어 담거나, 재료를 건져 놓으면 물 빠짐이 어찌나 좋은지 모른다. 또 가볍고 쉬 말라 쓸 때마다 여간 편리한 게 아니다.

늘 가까이 놓고 쓰던 중 어느 해던가. 음식 준비로 휴대용 버너에서 전을 지진 후 한 김 식힐 때였다. 기름기 묻은 부분에 순간 불이 옮겨붙은 것이다. 엉겁결에 불은 껐으나 씨줄과 날줄로 엮인 모서리 부분이며, 바우대 부분이 그을리며 검게 타버렸다. 그곳을 시작으로 서서히 풀려갔다. 모양과 쓰임을 단단히 잡아주던, 바우대 부분이 한 올 한 올 풀리며 탄탄하던 차롱의 모양새가 점점 제구실하는 것도 성글어 갔다.

볼 때마다 속상하고 아쉬운 마음이 커 몇 번이나 하나 장만해야지 하면서도 쉬 나서지 못해 차일피일 미루던 차에 오일장으로 나선 것이다. 장터 한 모퉁이 죽제품 파는 곳 서너 군데를 찾아 두리번거릴 때였다. 주억거리는 모습에 가게 주인이 찾고 있는 물건이 무엇인지를 물어 왔다. 설명하자 '그런 차롱을 걷던 이가 한 사람 한 사람 다 돌아가서 이젠 사기 어려울 것'이란 말을 전한다.

언젠가 어머니께서 '도련 맨촌에서 만든 차롱은 눈감고도 산다는 말이 있을 정도로 손끝 야무진 이가 어찌나 곱게 만드는지 모른다. 한때는 그걸 사려고 사람들이 줄을 설 정도였다'라는 말까지 그 숱하게 들은 이야기 중에 섞여 나풀거렸다.

오일장에서 기웃거리며 찾고자 애쓴 것이 음식을 담고 보관하는 기능만을 가진 차롱이 아니라, 씨줄과 날줄에 배어든 손때처럼 오랜 시간 삶을 같이한 세월의 더께인지도 모른다. 구하지 못한 안타까움에 조바심을 안고 되새김질하며 서성이는데 오래전 손매 야무졌던 어머니의 모습이 자꾸 어른거린다. 문득 제대로 관리하지 못한 죄송함이 그 생각과 함께 버무려진다. 돌아오며 빈손인 것이 멋쩍어 왔던 길 다시 밟는데, 계절이고 섰던 하루해도 가쁜 숨 몰아쉬느라 그도 분주한데 하늘 곁자리로 모였던 구름만 나붓나붓이 흩어져 머리 위를 맴돈다.

돈 들고 나서면 구하리라고 생각했던 물건. 편하고 좋은 게 넘치도록 대체재가 많음에도 얼른 마음이 내키지 않는 것은 담아낸 음식보다 어머니와 함께한 세월이 담겨서일 게다. 아까 돌아 나오며 본 감자밭 흰 꽃들, 바람결 붙잡고 모가지를 길게 뺀 꽃들이 이랑과 이랑을 기웃대며 계절을 희롱하느라 바쁘다. 햇살 사이로 올려다본 하늘 저편, 설핏 십여 년 전에 생을 달리하신 어머니의 모습을 대하는 듯 죄스러움이 더해진다.

어머니께서 살아생전 차롱 수명이 다했던지 모서리 한 부분이 해지면서 올이 풀리자, 그 부분에 삼베 조각을 덧대어 꿰매 쓰셨던 것을 본 기억이 있다. 아쉬운 대로 그렇게라도 다듬어 써야 할까. 계절에 순응하느라 많은 것들이 저 감자 꽃처럼 분주한데, 구하지 못하여 안타까움만 바람 따라 출렁인다. 언제든 나서기만 하면 살 수 있을 것이란 야무졌던 생각만이 중심을 잃은 채 무시로 헐겁다.

녹슨 무쇠솥만이
붉은 울음을

엊

그

제

만

　　해도 날씨가 바싹 춥더니 웬걸, 모처럼 나들이가 예정돼 있다는 것을 어찌 알았을까. 하늘은 눈치 빠르게도 화창한 날씨를 한껏 안겨준다. 모든 행사에 날씨만 좋아도 반은 성공한 것이라 하지 않던가. 시간에 맞추어 약속된 장소를 향했다. 낯익은 회원들 얼굴이 반갑다.

　　무오법정사에서 추사 김정희 적거지를 돌아 서귀포 이중섭 거리 다녀오는 게 오늘의 일정이란다. 먼저 항일운동 발상지인 무오법정사를 답사하기 위해 대기해 있는 버스에 탑승하고 서귀포로 향했다. 이곳의 항쟁은 기미 3·1운동보다 5개월이나 먼저 일어난 제주도 내 최초이고 최대의 항일운동이며, 1910년대 종교계가 일으킨 전국 최대 규모의 무장 항일운동이라고 한다. 그 본거지를 찾아가는 길이다.

이동 후, 주차장에서 내려 걷기 시작했다. 고지내川를 가로질러 법정악이라는 능선을 따라 한참 올라갔다. 악岳이라는 말이 어디서 나온 말인가 궁금해 확인했더니 '큰 산'을 뜻하는 글자라 한다. 그렇게 보면 법정악도 성판악, 사라악처럼 큰 산에 위치해서 그렇다고 하는 말인가 생각했다. 아닌 게 아니라 천천히 움직였으나 오르는 동안 등줄기로 땀이 흐른다. 나중에 안 사실이지만 해발 680미터 정도의 높이라는 것이다. 오를 때는 '엄청 힘든 곳에서 항일운동을 시작했구나' 할 정도였는데 같이 걸음을 하신 연세 많은 여러 선생님은 힘들었을 것 같다.

걷는 동안 고지내에서 본 커다란 바위와 돌들이 구르고 부딪히며 오느라 얼굴 모양이 하나같이 동글동글 착해 보인다. 하천을 따라 오르고 에돌기를 반복하며 가로질러서 올라간 그곳. 말이 항일유적지라 하니 그런가 하고 생각만 했지, 하찮고 보잘것없어 보였다. 물론 그 당시 사찰의 모양이야 갖추었을 테지만 항일운동 진원지라 하여 항쟁 이후, 항일지사들 체포와 동시에, 일경에 의해 전소되었다는 것이다. 유적지는 산중에 암자의 흔적 정도였다. 그런 곳에서 엄청난 일을 계획하고 수행하였으니 그 당시 사정으로 미루어 볼 때 가히 죽음을 불사한 일이 아닐 수 없다.

곶자왈 안에 작은 집터 정도의 크기나 될까. 돌담으로 건물이 있었던 자리를 표시함인지 야트막하게 경계를 돌로 엉성하게 두른 게 전부였다. 질곡의 역사와 세월의 무게에 무너져 내린 흔적만 돌담에 얌전히 얹어진 이끼에서나 볼 수 있었을까. 돌담 한 어귀로 그 당시에 썼을 것 같으나, 형태마저 온전치 않은 무쇠솥이 지치고 힘든 세월을 말하는 듯 녹슬어 붉게 울음을 토해내고 있었다. 깊게 깔린 퇴적물들 속에 단단하던 상수리나무 열매가 세월에 못 이겨 손가락으로 집는데 버석거리며 사그라져 그때의 상황을 말 없는 말로 전하고 있었다.

조금 아래로 내려오자, 돌멩이로 작게 에둘러 놓은 곳이 있었다. 그곳이 바로 식수로 사용했던 샘물이 있던 곳이란다. 그날도 물은 자왈에 바람이 일면 주변 나뭇잎이 떨구고 뒹굴며 퇴적되고, 다시 떨어지면 쌓이기를 반복하며 자연의 순환을 묵묵히 받아내고 있었다. 그 속에서 일상은 또 그렇게 여전함인지 물그림자는 하늘을 고스란히 담아내고 있다. 이 샘물이 있기에 법정사라는 이름을 갖게 되었다는 설명도 듣게 되었다.

법정사 승려들과 신도, 선도 교도, 민간인 등 400여 명이 집단으로 무장하여 2일 동안 조직적으로 일본에 항거한 항일운동의 발상지. 이 일을 계기로 민족 항일의식을 전국적으로 확산시켜 나가는 선구적 역할을 하여 그 의미가 매우 크다고 한다. 또한 '왜놈이 우리 조선을 병합하고, 병합 후에도 관리는 물론 상인 등에 이르기까지 우리 동포를 학대하고 있어, 이후 국권을 회복하게 될 것'이라며 목적 수행할 것을 다짐하며 거사를 준비하고 행동으로 옮겼다는 곳.

공격 1차 목표는 서귀포 순사 주재소라 하였지만 어려워져 중문 순사 주재소를 습격하게 되었다고 한다. 통신을 끊기 위해 전선과 전신주를 절단하여 무너뜨리기도 하는데 그 과정에서 서귀포 순사 주재소 순사들에 의해 총격 후 퇴각하면서 흩어지게 되었다는 설명이다. 이후 그들이 겪어야 할 고초는 우리가 미루어 짐작이나 할 수 있을까.

내려오는 길, 한참을 걸어 나오니 한라산 둘레 길과 연결된 곳으로 맞닿으며 길은 하나로 이어지고 있었다. 그곳 높은 쪽으로 기와를 올린 건물이 하나 자리하고 있었다. 언뜻 보아도 지은 지 오래되지 않은 건물이었다. 가까이 가 보니 기념시설물인 '의열사'라는 곳이었다. 무오년 항쟁 당시 참여했던 400인의 위패와 함께 66인의 영정이 봉안된 곳이라 설명하고 있다. 먼저 도착한 우리 일행은 그분들의 목숨을 바쳐 지킨 땅에서 호사하며 살게 된 빚 진 마음에, 그 높은 뜻에 조금이나마 다가서고파 향을 사르고 예를 갖추어 머리를 깊이 숙였다. 그런 희생이 담보되었기에 우리는 지금 자존과 자긍심을 지키며 살 수 있는 것이 아닌가.

법정사에서 도로까지 이슥히 걸었다. 오가는 동안 주전부리할 것이 없어 입이 궁금하던 차, 점심을 먹으러 간단다. 금강산도 식후경이더라고 하마 오호~ 하며 쾌재라도 부를 뻔했다. 시장이 찬이었다. 근래 들어, 그렇게 맛 좋은 점심은 오랜만이었다. 그뿐인가. 오래전, 노인시설에 적을 둔 일이 있었는데, 나눔을 실천하는 고마운 분으로 존함만 기억하고 있던 터, 문학회에 들어와 만나게 되어 내심 기뻤다. 그런데 오늘 점심을 그 선생님께서 쏜단다. 물론 나는 알고 그분은 전혀 기억하지 못하겠지만 말이다. 입맛에 기분까지 보태져 최상의 밥맛이다.

오가는 차 안에서 도서관도 아니고 너무 조용하여 심심했었는데 일행 중 가까이 앉아 편안해진 몇몇 선생님들과의 농담 따먹기도 제법 귀를 즐겁게 했다. 추사 김정희 적거지를 돌아 서귀포에 닿자 후드득 비가 차창을 때리더니 서서히 개이기 시작했다. 서귀포에서 합류한 회원들과 인사를 나눈 후 차창 밖으로 펼쳐지는 계절을 보았다. 5·16도로 위, 아름드리나무 사이에서 서성이던 계절은 수척한 계절 밀어내더니 그 자리에 잽싸게 연둣빛 봄의 냄새를 가지마다 걸쳐놓았다. 이 비가 끝나면 온기를 불러들이며 산은 온통 봄볕에 취하고 이내 절기에 휘어질 것이다.

둥글다,
둥근 것들

태
풍
이

휘젓고 간 며칠 후에도 섬은 크게 휘청
거렸다. 뿌리내리며 계절을 탐하던 밭작물은 폭우에 속수무
책으로 근원도 알 수 없게 쓸려 내려갔다. 범람하는 물로 하
수구는 역류하며 솟구치는 동안 더 거칠어졌다. 물살은 아예
물길이라 생각했는지 동네 낮은 곳을 모두 점령했다. 여기저
기서 동원된 인력들은 본래의 자리를 되찾느라 분주하게 몸
을 움직인다. 이런 모습들을 화면으로 보여주며 소식을 실어
나르는 티브이 속 진행자의 말도 덩달아 바빠진다.

올레길로 이어져 내려다보이는 계곡은 건천임에도 정신없
이 쏟아부은 빗물에 폭이 넓어지다 이내 좁아지고, 깊어지는
가 하면 얕은 모습으로 제 길 찾아가느라 대책 없이 부지런
떤다. 큰물 지던 어느 언저리에는 크고 작은 돌멩이들로 가

득하다. 심지어 가장자리엔 체로 잘 골라 놓은 듯 검고 고운 모래들이 하천 따라 길게 이어졌다. 집채만 한 바위들과 이어진 바위 사이를 물살에 휘둘리며 긴 시간 건너오느라 돌멩이들은 크기만 다를 뿐 한 얼굴이다.

둥글다. 근원은 알 수 없지만 여기까지 오면서 물줄기가 크면 큰 대로, 물살이 약하면 약한 대로 그 크기와 무게만큼씩 부딪히며 구르다 멈춘 자리에 눈이 갔다. 본디 모습들이 어디 하나일까만, 구르며 오는 동안 휘둘리느라 내어 줄 것은 내어 주며 더는 다치거나 손해나지 않는 방법을 저들도 체득한 것일까.

식사 후, 설거지하며 거실에 있던 막내한테 전부터 궁금한 것을 물어본다고 생각하면서 잊고 있었다. 문득 생각이 나서 묻고, 답을 듣는데 물소리 때문인지 잘 안 들렸다. 재차 대답은 했으나 또 놓쳐 되묻자, 짜증 섞인 말의 꼬리 부분만 들렸다. '대단할 걸 물어보는 것도 아닐 테고, 좀 제대로 말해 주는 게 그리 힘드냐?'고 말했다.

못 알아듣는 사람의 특성이 그렇듯, 필요 이상으로 소리가 크게 전달된 모양이다. 순간 발끈하는 것 같아 한 소리 더 보탰다. "너도 나중에 엄마 나이 돼 봐" 톡 잘린 말의 어감 때문인가. 감정을 숨겼다지만 벼르듯이 들렸나 보다.

그도 잠시 '엄마는 내 나이도 되어보고, 지금 엄마 나이도 되었잖느냐'며 저한테는 까마득한 시간 속 감정까지 강요한다고 생각을 한 모양이다. 이미 내 나이를 경험한 엄마의 그 감정은 대체 뭐냐는, 다분히 항의성 짙은 목소리가 귓전에 닿았다. 아뿔싸! 순간 입을 닫았다. 옳은 행동도 아니지만, 틀리지도 않은 대답을 들으며 옳고 그름에 따른 분별보다 서운함이 먼저 자리했다. 불편한 심사는 남은 그릇을 요란하게 씻는 걸로 마무리했다.

그 나이 내 모습도 저랬을까. 오래된 기억들이 줄을 이으며 아프게 스쳤다. 사소한 일로 시시비비를 가리느라 입씨름하며 마음 다치고 힘들어할 바엔 차라리 입 닫는 것이 훨씬 편안할 것 같았다. 말을 아꼈다. 지난 언젠가도 비슷한 기억이 있다.

해야 할 말도 이젠 점점 조심스러워진다. 이렇게 치대이며 아프게 위축되다 보면 결국 태풍 속 물살에 휘둘리며 구르다 각진 부분은 죄다 깎이겠지. 때론 건디며 오는 동안 마모되어 냇가에 구르는 돌처럼 머문 곳에서는 마음도 이렇게 둥글어지는 것일까.

노랫말이 좋아 늘 듣고 따라 부르던 대중가요 가사가 생각난다. 어느 대목 '늙어가는 것이 아니라 익어가는 것'이라던 한 소절을 곱게만 느꼈었다. 문득 이쯤에서 생각해 보니 그렇게 생각하고 싶고 또, 믿고 싶은 것은 아니었나 하는 생각이 깊이로 잦아든다.

생각이 복잡해졌다. 딱히 짚어내지는 못하지만, 반짝이던 감각들은 저마다 세월의 어느 모서리에서 하나씩 퇴색해 가고 있음을 체감한다. 정연하던 언어의 대항력도 이미 그 빛을 잃어가고, 나름 지식이라 생각했던 것들은 세월 속에서 어느새 상식이란 이름으로 개명을 서두르고 있다. 힘들게 닦으며 체득한 것들은 보낸 세월을 못 이겨 털갈이하느라 시간을 재촉하고 있다. 그 와중에 가당찮게 서운한 생각들만 무성하게 뻗다가 제풀에 이울고 만다. 그런 모습마저 감추고픈 것은 이내 늙음을 익어간다고 했듯, 둥글어진다고 에둘러서라도 우기고 싶은 것은 아닐까.

땡볕을 온몸으로 대적하며 견뎌 내고, 모진 비바람에 우뚝 선 채 계절 당기며 결실을 보느라 온전히 자신의 몫을 다하는 둥근 것들의 생도 그러할까. 새삼 둥근 것들이 위대해 보인다. 세상의 모든 둥글다는 이름을 가진 것들이 색깔 다른 친근함으로 줄 다투며 바쁘게 다가온다. 깊은 동류의식을 느꼈다.

마른 꽃,
늘림의 소리

자
분
자
분

얘기라도 할 듯 앙증맞다. 작은 액자 속에 넣지 않았다면 마른 꽃은 향이라도 폴폴 날릴 것만 같고, 그 향기 위로 나비 두엇 사뿐 앉을 듯 곱다. 크고 작은 꽃잎들은 액자 속에서 뇐 듯도 하고, 등 맞대어 서 있기도 하며 허리 굽힌 듯 얌전한 자세도 있다. 풀꽃들은 제 색과 얼굴처럼 제각각이지만 모양 하나하나가 서로 어우러져 조화롭다.

마른 풀꽃들은 적당히 퇴색된 채 네모난 액자 속에 앉은 모습이 다소곳하다. 액자를 닦은 후, 다시 놓였던 자리로 갖다 놓으며 꽃술 언저리 부분 유리 위를 가볍게 눌러봤다. 더 눌릴 일도 없지만, 약간 튀어나온 가운데 꽃받침 부분이 행여 유리와 맞닿으면 꽃잎 몇쯤은 바스락 소리로 통증을 호소할 것 같아서다.

노인시설인 이곳 생활자들 프로그램 시간에 희망자들끼리 어울려 만든 압화로 된 액자다. 완성된 작품은 서랍장 위에 그들의 가족사진과 함께 나란하게 놓았다. 별것 아닌 것 같은데도 생활하면서 달리 신경 쓸 일이 없어서일까. 시설 생활이라는 데서 오는 늘 무료함이 이런 소소한 것도 별것으로 생각하게 되는 모양이다.

똑바로 놓아둔 것을 서로 당신 침상과 가까운 쪽으로, 혹은 당신 방향으로 놓이기를 원하여 각자 오가며 각도를 살짝살짝 틀어 놓기 일쑤다. 같이 프로그램에 참여하도록 아무리 유도해도 참여하지 않다가 완성품을 보면 욕심이 나는지 심심찮게 보는 이곳 생활시설의 어른들 모습이다.

어르신들은 가끔 필요에 따라 한 사람이 방 하나를 쓰기도 하지만, 대개는 한 방에 둘이나 어쩌다 셋이 같이 생활한다. 각각 다른 환경에서 살다가 시설에 입소하여 공동생활을 하게 되면서 서로 알게 된 관계들이다. 특별한 주문이나 이유가 없으면 방 배정을 개개인의 특성을 파악하여 서로에게 배정한다. 신체적 특성이나, 성격적 특성을 고려하여, 이렇게 저렇게 배정한다 해도 같이 생활하다 보면 알게 모르게 부딪히는 일이 더러 있다.

이를테면 화장실을 스스로 이용할 수 있는 분과 그렇지 못한 분, 유난히 화장실을 오래 쓰는 사람, 쓰고 나서 물을 안 내린 채 그대로 나오는 것이 습관이 되어 있는 사람, 화장지 등 뒷마무리가 깔끔하지 못하여 다음 사람이 쓰려면 꼭 한 소리를 듣는 어른, 필요 이상으로 깨끗하여 외려 그 청결함이 성격적 결함으로 연결되는 어른 등. 화장실 하나 사용함에도 각자 특성대로 다양한 양상을 보인다.

나이가 듦으로 인하여 육체적 불편함은 차치해 두고라도 판단력이며 이해력, 기억력도 떨어져 늘 하던 일도 때때로 잊기 일쑤다. 어디 그뿐인가. 두 사람이 생활하면서 한 사람은 밤은 밤답게 컴컴해야만 된다며 불빛은 물론, 달빛에도 신경 쓰인다며 커튼을 쳐야 한다고 고집을 세운다. 그에 반해 너무 컴컴하면 발 걸려 넘어질지도 모른다는 불안한 마음에 작은 전등이라도 꼭 켜야만 편안하다는 이도 있다. 때론 문이 닫혀 있으면 갑갑하다며 주먹만큼이라도 공기 통하게 살짝 열어 두어야 한다고 주장하는가 하면, 한방을 쓰는 다른 분은 '나이 드니 뼛속까지 찬바람 드는데 뭘 여느냐?'고 언성을 높이기도 한다.

평균 실내 온도가 어르신들 생활하기에 최적화되어 한겨울에도 따뜻하게 유지되건만 극구 닫기를 원하는 분 등 참 다양하다. 누군가 우스갯소리처럼 말해서 주워들은 말이라 그 진위는 알 수 없지만 '백성'이란 말을 처음 쓴 이가 세종대왕이라 한다. 백에 백 어느 한 사람 같은 성격이 없다고 하여서 그렇게 붙였다는 말을 들었다. 듣고 보니 그럴듯하다.

오랫동안 서로 다른 공간에서 각자의 성격을 갖고 개성대로 살아 온 데다 다른 누구의 제지를 받을 일이 없었던 이들이다. 전혀 다른 공간에서 생활하다가 공동생활을 하게 된 어색함도 있겠지만, 서로 맞추며 산다는 게 쉬운 일처럼 보여도 그게 아니다. 때론 상대에게 맞추려는 노력보다 자기주장을 더 강하게 고집할 때도 있다. 별일 아님에도 불구하고 필요 이상으로 목소리를 돋우며 기선을 제압하려는 듯 목청껏 소리 지르기도 한다. 평범하게 산다는 것이 당연하고 쉬워 보여도 녹록하지 않다는 것을 이곳 어르신들을 보며 알게 되는 것이다.

상대가 나한테 맞추어 주기를 각자가 원하고 있는 것 자체가 이미 배려나 타협이라는 말과는 거리감이 있는 것이다. 무료한 시간을 조금이나마 덜어내고 잔존능력을 유지하기 위해 마련된 프로그램 시간에 만든 압화를 놓아두는 방향 하나에도 그들은 각자의 신경을 곤두세우고 있으니 말이다.

그 나이가 되는 동안 오랜 세월을 살아오면서 서로에게 맞추는 연습도 충분히 되었을 법하고, 사소한 자존심을 걷어내면 훨씬 삶이 수월하다는 것도 몸소 체득하였을 연륜이다. 하지만 몸의 상태만 아이로 돌아가는 것이 아니라 정신세계도 덩달아 같은 방향을 고집하고 있는 것인가.

오후 간식시간만 해도 그랬다. 찐 고구마와 음료가 제공되어 각자의 식기에 알맞게 배분되었다. 마주 보며 식탁에 나란히 앉은 두 어른, 뭔가를 열심히 저울질하는 눈치다. 비슷한 크기의 고구마지만 공산품처럼 기계로 딱딱 찍어낸 물건이 아니다 보니 약간씩의 들고 남이 있다. 서로 쥐고 있는 것과 비교하며 먹지도 않고 한참을 쳐다보기만 하는 그들의 마음속 셈법. 그 셈법을 거슬러 가다 보면 푸르고 윤기 돌던 시절이 그들에게 있기나 했나 싶다.

프랑스 작가인 베르나르 베르베르는 우리나라에도 많이 알려진 작가다. 그의 소설 '웃음'에서 인생의 구간별 자랑거리를 꼽아 발표한 적이 있다. '태어나 2세 때부터 똥오줌을 가리는 게 자랑거리다. 3세 때는 이가 있는 게 자랑거리, 12세 때는 친구들이 있다는 게, 18세 때는 자동차를 운전할 수 있다는 것이, 20세 때는 섹스를 할 수 있다는 것이, 35세 때는 돈이 많은 게 자랑거리다."라고.

그런데 더 살아가면서 자랑거리가 뒤집힌다는 것이다. '60세 때는 섹스를 할 수 있다는 게 자랑거리, 70세 때는 자동차를 운전할 수 있다는 게 자랑거리, 75세 때는 친구들이 남아 있다는 게 자랑거리, 80세 때는 이가 몇 개 남아 있다는 게, 85세 때는 똥오줌을 가릴 수 있다는 게 자랑거리'라고 작가는 썼다. 물론 시대가 바뀌며 장수하다 보니 수치가 조금씩 다르겠으나 그 글을 읽으며 웃었다. 그런데 이곳 생활자의 모습을 지켜보면서 그 말이 크게 엇나가지 않고 있다는 것을 느끼는 순간 웃음의 농도도 엷어졌다.

상대방이 더 큰 걸 가졌을 것 같은 생각으로 몇 번을 눈대중으로 가늠한다. 옆 사람도 비슷한 눈치다. 먹을 것이 넘쳐나서 골라 먹어야 하는 삶을 살면서도 오래도록 그들의 정신세계를 지배해 온 궁핍했던 세월의 너비 때문일까. 꽃만으로도 고운데 압화처럼 곱게 만들어 놓은 꽃의 호사가 부담스러웠나 보다.

마른 꽃처럼 퇴색해 가는 시간 속에서 다소 불편한 육신이야 어찌할 수 없겠다. 사소한 것들을 놓고 눈대중으로 비교하며 벌어지는 그들만의 소소한 셈법에서 오는 불편이나 거둘 수 있으면 좋겠다고 생각하다 말았다. 언젠가 맞이할 나의 노후도 그것과 크게 다르지 않으리라는 생각에서 온전히 자유롭지 못해서다. 잠깐씩 돌려놓는 액자의 위치 바뀜이 그들 눌림의 소리로 다가오는 것 같아 생각이 버겁다.

이런 사람을

새
로
운

한 해가 열렸다. 새것, 새로움의 의미가 특징 지을만한 어떤 것도 아닌 채로 지난다 해도, 그것은 다가올 시간에 대한 희망이 담겨있다는 자체만으로도 늘 설레게 한다. 그 설렘은 삶에서 희망이라는 활력소가 되어 일상에서 소소하게 부딪히며 불편하거나 마음 상하는 일을 진정시키기도 한다. 그뿐만 아니라 때론 상흔을 보호해 줄 때도 있다.

이제 조금만 더 참고 기다리면 뭔가 좋은 일이 생기리라는 기대는 삶에 강한 긍정의 힘으로 작동하며, 새로움에 대한 의미를 다시 확인하게 되는 기회 부여인 셈이다. 그렇게 새로운 것은 별 의미 없이 지난다 해도 그것의 가치를 생각하며 기다려지는 것인지도 모른다. 그런 긍정의 힘은 또 다른 부정인 것과 대치되면서 힘든 시간을 이겨낼 수 있도록 강한 의지와 함께 정신적 안정과 정서적 지지에도 큰 영향을 주기도 한다.

오래전 이야기다. 지금이야 아이를 너무 안 낳아서 사회를 넘어 국가 문제로 대두되고 있다. 한 세대 전만 해도 '둘만 낳아 잘 기르자'라는 말과 표어가 사방팔방에 붙어 나풀거리던 시절이 있었다. 아이가 셋만 되어도 셋째 아이부터는 의료보험 적용도 안 되는 등, 불이익을 받던 때였으니 지금 생각하면 웃픈 일이 아닐 수 없다.

사회적 정서에서 오는 분위기라는 게 참 무섭다. 흐름에 맞춰 그 당시 아이들은 이 집 저 집 구분 없이 두 명이 대세였으니 말이다. 그뿐인가. 지금처럼 자가용이란 것이 흔치 않을 때라 아이 셋을 데리고 버스라도 타려면 주변의 눈치를 봐야 했다. 심지어 미개인처럼 생각이 드는 분위기에 마음 상할 때도 있었다. 많이 낳지 않기에 남아 선호 사상은 더욱 팽배하여 아들은 꼭 낳아야만 할 것 같은 압박감을 은근히 받을 때였다.

한 친구가 딸 둘을 두어 심적 중압감을 느끼고 있었다. 그러던 중 셋째를 임신하면서 그 중압감이 더해져 있었던 게다. 고민 끝에 병원을 다녀와야 하는데 아이를 봐 줄 사람도 딱히 없고, 같이 가 주었으면 하는 눈치였다. 어려운 일도 아니고 같이 따라나섰다. 그런데 진료실로 들어가 얼마 되지 않았는데 갑자기 안에서 호통치듯 큰 소리가 나더니 어쩔 줄 몰라 하며 친구가 금방이라도 울 것 같은 얼굴로 나왔다.

우리 애와 그 친구 딸 둘도 같이 데리고 있던 터라 엄마 얼굴을 보더니 큰 소리 내며 울고, 우리 애들은 덩달아 부조하듯 울어 순간 병원 복도는 생난리였다. 얼른 밖으로 데리고 나와 애들한테는 과자 하나씩 주고는 병원 근처 나무 그늘에 앉아 들은 이야기는 그랬다.

남편이랑 밤새 의논 후 중절이란 말을 꺼냈다고 한다. 그렇게 찾은 병원에서 '산모 몸은 생각지도 않느냐, 그렇게 하면 얼마나 몸이 상하는 줄 아느냐'고 얼레다, 급기야 호되게 한 소리 들은 것이었다. 훌쩍이는 친구 마음 달래느라 '돈 받고 그냥 해주면 될 일을…'하며 어색한 말로 부조하던 기억이 새롭다.

인구절벽이라거나, 출산율 저조라고 하는 지금의 정서로야 웃긴다고 하겠지만 그때의 사회적 분위기로 아들이라는 성별은 단순히 남녀라는 성별의 의미만이 아니다. 엄마의 존재가치를 상승시키고 집안 어른들께도 확실하게 인정받는 기회가 되고도 남던 시절이었다. 이후 친구는 원하던 아들을 낳았다. 참 다행한 일이었다.

삼십여 년이란 시간을 가두고 있던 어느 날, 친구는 해묵은 이야기를 햇살 속에서 조심스럽게 건져 올리며 그때의 시간을 당기듯 말한다. 그때는 부끄러운 마음에다 자존심도 상했다 한다. 그런데 곱씹어 보면 그렇게 당당하게 돈보다 사람의 건강을 우위에 두고 소신껏 말하는 사람도 요즘은 흔치 않은 것 같다며 오래된 기억을 더듬어 풀어놓았다. 들으며 맞장구쳤다.

　새롭다는 것에 기대어 올 한 해, 시간을 같이 나눌 인연들은 친구의 말처럼 실리보다 조금은 대의에 더 가치를 둔 이들과 함께 시간을 나눌 수 있으면 좋겠다. 관계 속에서 맺어지는 사람과 사람 사이, 더불어 같이 살아야 하는 관계망에서 자기 소신과 사명감을 가져있는 이와 함께 하고 싶다. 그러다 그 언젠가 내 친구의 일처럼 흐릿한 기억 속에서라도 잊은 듯 문득 떠 올리며 오래도록 기억되는 사람, 그런 사람 냄새 나는 사람을 만나는 한 해가 되었으면 하고 마음 모아 본다.

예술로 기록하고
일상에 담다

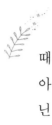

때
아
닌

폭우가 쏟아졌다. 시도 때도 없이 내리고 싶으면 내리고, 걷어내고 싶으면 걷어내는 자연의 조화에 인간은 그저 순한 양처럼 순응할 수밖에 없는가. 하기야 시란 것도, 때란 것도 인간이 정해 놓은 것일 뿐, 만물의 영장이라면서 어떠한 것, 하나에도 거슬리지 못하는 것을 대하며 그 한계를 본다. 코로나19도 그렇다.

추석을 앞두고 연거푸 비 오는 날씨다. 하늘길과 바닷길은 세찬 빗줄기와 강풍에 오가는 발은 까딱없이 묶였다. 날씨가 평온할 때의 섬은 그지없이 고요하고 평화로운데 빗줄기에 바람이라도 들러붙는 날엔 모든 걸 앗아갈 듯 사나움에 섬은 크게 뒤척인다.

비 오는 날씨에다 코로나19 펜데믹으로 연일 거리 두기를 강조하던 차에 지인의 부고 소식을 접했다. 날씨도 날씨지만 코로나19로 조심하느라 서로 눈치를 살피고 있을 때였다.

조문객을 받을 입장도 그렇겠지만, 조문 갈 입장에서도 막상 움직이자니 고민이 되긴 매한가지였다. 다행인지 마침 상주 측으로부터 코로나19로 조문객은 사절하고 있다는 내용과 함께 계좌번호 하나가 전송되었다. 계좌로 성의를 표한다는 것이 대도시는 이미 일반화되었는지 몰라도 지역이 좁은 관계도 있지만 아직은 낯설고 어색하기만 했다.

소도시기도 하고 무엇보다 형식이라 해도 눈도장이나마 찍어야 낯이, 설 것 같은데 문상을 삼가 달라고 하지 않는가. 이후 몇 차례 이러저러한 대소사를 지켜보며 가상공간으로 성의란 게 오가게 되니 나름 깔끔했다. 모든 게 처음은 어색해도 해보니 중요하고 편한 게 맞다. 꼭 가야 할 자리가 아니면 시간도 절약되고, 꽉 찬 도로에서 오가며 느낄 짜증과 도로 위 낭비 요소를 거두어 낼 수 있어 나름 편하다. 이런 방법의 편안함은 당연함으로 일상을 끌어당기고 있다. 어색하거나 낯설었던 것이 오히려 무색했다.

그러던 지난달 집안에 혼사가 있었다. 시간 지나면 코로나도 좀 잦아지려니 하는 기대와 함께 이미 예식 날짜를 한 번 미루었던 터다. 수그러들 기미도 안 보일뿐더러 또 미루었다 다시 날을 잡는 것도 생각처럼 쉽지 않아 그냥 강행하기로 했다. 막상 일을 치르려니 찾아오는 하객들도 그렇고,

혼주인 입장에서 혹시 하객들이라도 코로나19에 감염되는 불상사가 생기면 어쩌나 하고 여간 걱정이 아니었다.

무엇보다 코로나바이러스가 가장 좋아하는 것은 '3밀'이라 하지 않는가. 환기가 안 되는 밀폐된 곳, 많은 사람이 밀집하게 모이는 것, 사람 사이 1m 내의 밀접한 접촉을 차단해야 한다고 했다. 그것을 행동 강령으로 알고 있고, 또 모두가 실천하고 있는 터다.

아직도 별다르지 않지만, 경계를 늦추지 않기 위해 매일매일 코로나19 확진자의 상황을 재난 문자로 받고 있다. 조금만 더 합심하여 견디면 끝이 보이리라고 생각했지, 이렇게 오래 갈 줄이야 누군들 알았을까. 예식 치를 호텔 측에서도 친족 포함 49명까지만, 참석 가능하다고 알려 왔다. 혼주 입장이고 보면 인원은 정해졌고 참석 대상을 손질하느라 이만저만 난처한 것이 아니었다.

혼사 준비하는 과정 중 다른 것보다 명단에 빼야 할 사람과 넣어야 할 사람 정하는 일이 난감했다. 지역이 좁아 더 그렇기도 하겠지만 사람 관계라는 게 얽히고설켜 있다. 동창이 집안 형수인 경우도 있어 이리저리 엮이다 보니 누구한테는 연락하면서 왜 연락 안 했냐고 대놓고 섭섭함을 전하기도 했다.

그런 와중에 시간 내어 찾아준 지인한테 인원 제한으로 잔칫집에서 식사 한 끼 대접 못하는 게 무엇보다 송구스러웠다. 어찌 되건, 하루 보내니 큰 짐도 덜었고 왼 종일 하객들과 인사하느라 사람에 치일 판이었는데, 코로나19를 핑계 삼아 더러 생략할 수 있어 대사의 겉치레 상당 부분을 거두어 낼 수 있어서 다행이다.

언택트, 랜선 만남, 거리 두기, 재택근무, 3밀, 줌 화상회의, 온라인 화상교육 등 코로나19가 만들어 낸 용어들이 이젠 일상의 언어가 되어버렸다. 여기저기 불거지는 불편함이나 손해가 어디 한두 개일까.

작년 친정어머니 기일 때다. 오빠가 전화로 대뜸 몇 시부터 몇 시까지 조카들은 오지 말고 너희만 참석하라고 했었다. '그건 또 무슨 말이야'라며 순간 버럭 했다. 잠시 후 버럭은 감정이고 인원 제한은 필수라서 시키는 대로 움직였다. 토 달았던 걸 후회했다. 작은오빠 내외도 아까 다녀갔고, 우리가 다녀가면 동생 내외가 오기로 했다고 한다. 가정사에서 마저 이런 상황이라 오래 앉으면 폐가 될 것 같아 서둘러 나왔었다.

학습의 효과인가. 올해는 아무 말 하지 않아도 스스로 알아서 작년과 같이 움직일 생각들인 게다. 만나는 시간과 축소된 인원에 비례하여 음식 장만도, 절차도 모두 간소화되는 분위기라 코로나19가 끝난다 해도 이렇게 편하고 간단하다면 마다하지 않고 계속 이어서 갈 것 같다.

이번 추석만 해도 작년 경험치도 있고 가족 모임이 최소화되거나 고향에 안 가기도 하여 넘어진 김에 쉬어 간다고 명절 문화도 바뀌고 있다. 더러 시댁에 가기 싫은 얍삽한 마음이 코로나19와 맞물려 적당히 게으른 며느리, 억지 춘향 노릇 안 해도 될 정당한 구실을 얻은 셈이다. 위드 코로나를 검토한다는 보도를 들었다. 코로나의 완전 종식은 불가하니 백신 접종률에 따라 감기나 독감처럼 일상의 질병으로 생각하자는 취지로 진행한다는 내용이다. 막대한 사회적 손실을 감당하기엔 모두가 지쳐 있어서다.

코로나19로 인하여 일상의 여러 곳에서 오래 지켜왔던 관습에 매인 허례허식이 시대의 변화와 요구에 따라, 자연스레 숨을 기회와 명분이 충분히 주어지고 있는 셈이다. 사회적 관습이라 말하는 기존의 관혼상제에 따른 제약들이나 불편함, 불합리함도 많이 퇴색되고 '자주 만나는 게 가족이다'라는 말이 충분히 설득력도 있고 또, 당위성을 얻게 될 것이다.

지나온 코로나19가 그랬듯 앞으로 맞을 시간도 미증유의 시간이라면 불합리한 제도나 어정쩡한 명분은 이참에 다듬어져야겠다. 산간을 중심으로 1,000 미리 넘게 쏟아진 폭우로 큰물 진 뒤가 아니면 볼 수 없다는 엉또폭포. 그 물줄기가 내는 우렁우렁한 소리와 위용의 모습을 뉴스에서 보니 장관이다. 비는 쏟아지다 이내 지치면 흩뿌리기를 반복하다가 가을장마란 꼬리표를 달고 연일 쏟아졌다. 세차게 흐르는 빗물과 물고랑을 바라본다. 저 물살에 코로나19와 함께 현실과 엇박자 두드리는 일상의 불합리하고, 불편한 관습의 견고한 외형을 유연하게 할 방법을 찾고 싶다면 요원함일까.

자청비를
만나던 날

갑

자

기

비가 오기 시작했다. 쏟아진 비는 연일 토해내던 대지 위 열기를 잠재우며 오랜만에 선선한 느낌을 받았다. 제주세계자연유산센터로 향했다. 몇 번 벼르던 길이었는데 오늘에야 몇몇 지인들과 동행하게 되었다. 오래간만에 내린 비로 차창을 활짝 열어 놓으니 지나는 바깥 풍경이 그야말로 초록의 향연이다.

외진 곳인데도 오가는 차량으로 바쁘다. 도착하여 입장권을 끊는데 지역민은 신분증만 제시하면 무료입장이란다. 당연히 내야 한다고 생각했던 게 공짜라는 말에 뭔가 크게 이익 본 듯한 느낌이 들어 은근히 기분 좋았다. 커다랗고 회색의 둥그스름한 건물은 비가 온 후라 그런지, 건물 외부는 온통 대청소라도 해 놓은 듯 선명한 색을 품었다. 건물 안으로 들어서려는데 가운데 쪽으로 지붕이 뻥 뚫리게 설계된 곳으로 하늘 자체가 지붕인 것처럼 외양부터 특이하다.

순서가 되어 전시실에 도착했다. 벼르고 간 걸음이라 그럴까. 들어서면서부터 넓은 원형 공간을 에두르며 전시해 놓은 작품에 눈을 주었다. 주로 한라산과 성산일출봉을 소재로 일출과 설경을 담은 유화 작품들이었다. 작품이란 것은 작가의 손과 머리에서 사유를 통해, 거기에 감성을 덧칠해 만들어 낸 결과물이라 생각한다. 눈 덮인 한라산 봉우리를 그렸는데 너무 섬세한 탓에 사진인가 했다. 순백에 빛이 더해져 마치 은백색의 한라산 모습이 실경實景인 듯 들어온다. 전시실이라는 공간이 아니었다면 하마 손으로 그 질감을 확인해 보고 싶었다.

로비로 이동하였더니 제주의 비경을 찍은 사진들이 건물 구조에 맞추어 둥그렇게 전시되고 있었다. 늘 보며 지나치는 풍경이건만 사물에 마음의 눈을 맞추는 사람에 따라 이렇게 다른 모습을 연출해 낼 수 있다는 것이 신기하기만 했다. 휴일이라 더 그렇기도 하겠지만 많은 관광객과 도민이 어린아이에서부터 어른들까지 찾아와 이곳저곳을 돌아보며 감상하고 있었다.

자연 동굴을 재현해 놓은 곳에 들어서자, 동굴의 생성 과정부터 현재까지의 모습을 영상으로 보여준다. 용암 분출 모습은 가까이 다가가면 모든 걸 그냥 녹여 버릴 것 같은 분위기로 분출 당시, 현장에라도 서 있는 것 같은 착각을 하게끔 색감과 질감에서부터 위압감을 느끼기에 충분해, 실제 열기인 듯 몸이 오그라들었다.

보면서 잠시 지나왔다고 생각하며 다른 방향으로 이동하려는데 얼마 안 되는 그 짧은 거리에서 길을 잃고 말았다. 미로에 갇힌 듯 출구를 못 찾아 반복하며 그 주변을 뱅글뱅글 돌고 있었다. 이쪽으로 간 일행과도 마주치고, 저쪽으로 움직인 일행과도 마주치자 서로 두리번거리는 모습에서 길을 잃었다는 생각에 순간 더럭 겁이 났다. 잠시 헷갈리는데 이쪽이라며 가리키는 곳으로 가니 몇 발짝 앞에 바로 출구가 있었다. 의도적으로 설정된 미로에서 대하는 혼돈일까. 순간이지만 정말 동굴에 들어와 길을 잃은 듯 아찔한 시간이었다.

이어지는 곳은 4D 영상관이었다. 이곳에선 제주의 설화를 제작하여 상영된다고 했다. 시간에 맞추어 들어가야 볼 수 있다는 말을 이미 들은 터였다. 시간이 좀 남아 동굴을 구경하다 길 잃어 헤매는 바람에 늦었던지 일행 중 한 사람이 빨리 오라며 손짓이다. 입구에서 관람용 안경을 하나씩 나누어 주고 있었다.

제주 설화의 하나인 '대별이와 소별이'가 상영된다고 했다. 주인공인, 초등학생이 엄마가 오래 아파 눕게 되었다. 걱정하던 차에 시러미 열매를 구하면 낫는다는 말을 듣게 된다. 그 말을 듣자마자 한라산으로 시러미를 구하러 가게 된다.

가는 도중에 악신을 만나 거기에 맞서 싸우느라 애쓰고 있었다. 마침, 농업을 관장하는 여신 자청비를 만나 도움을 받으면서 위기를 극복한다는 내용이었다. 작은 희생이 결국은 대의를 위하는 일이 되고 더불어 목적을 이룬다는 내용이었다.

그때만 해도 4D는 생소해 3D와 뭐가 다른지 몰랐다. 좌석에 앉아 스크린을 바라보는데 잠시 후, 스크린에서 바람이 일며 주인공 모자가 날아가는 장면이 있었다. 앉아 있는 의자가 앞으로 나왔다가 들어가며 화면과 같이 바람 앞에 서 있는 것 같은 착각이 들게 같이 흔들리고 있었다.

더 센 바람이 일 때면 화면에서 주인공 몸이 휘청거리는 것과 동시에 이번엔 의자 옆에서 바람이 휙 나왔다. 스크린과 객석에 앉아 관람하는 사람이 같은 공간에 있는 것 같은 느낌을 동시에 받았다. 비가 오는 장면에서는 좌석 어디에서 나오는지 빗물처럼 물이 가볍게 분사되어 나오기도 했다. 동굴 속에 주인공이 들어갔는데 박쥐가 갑자기 나타난 장면에서는 내가 박쥐 동굴에서 하마 박쥐를 만나 마주 서 있는 것 같은 착각으로 몸이 오싹했다.

자주 접하지 않아 생소했으나 짧은 4D 영상물을 보며 우리 일행은 아이처럼 즐거워했다. 이어지는 전시실엔 계절 속의 야생화며, 제주 외 다른 곳에서는 보기 어려운 영상물들이 전시되어 있었다. 이곳에서 나고 자랐으나 그것들을 대하며 '저렇게 고운 것도 있었구나.'라고 속으로 생각하며 낯선 것들과 마주했다. 작품들은 건물 안에서 바깥 풍경을 조망할 수 있게 빙 둘러 전시되어 있었다. 작품도 작품이거니와 그 작품들 사이로 내다보이는 바깥 풍경도 작품인 듯 훌륭했다.

이어 건물 뒤로 이어지는 검은오름이 안개로 싸여 있다가 걷히기를 반복하는 사이 문득 들어서며 본 지붕의 형상과 검은오름 모습이 너무 닮았다. 의식하여 그런 구조로 지은 걸까. 바라보는 처처에 계절과 함께 안개 속에서 금방이라도 아까 영상에서 만났던 농업을 관장했다는 여신인 자청비를 만날 듯 신비롭다.

오래전 자청비가 나눔으로 넉넉한 마음을 실천했다는데 문득 눈요기 후 헐거워진 시간 안으로 이야기가 파고든다. '무릇 농사라고 하는 것은 욕심으로 지어서는 안 되는 것이다. 배고픈 사람에게 밥을 주고 헐벗은 사람에게 옷을 주는 마음으로 농사를 지어라. 그러면 자갈밭에 맨손으로 지은 농사도 마소로 바리바리 실어 낼 만큼 풍년이 들 것이다.' 농업을 관장한다는 신의 모습답다.

이 길, 안개가 걷히는 곳 어디쯤에서 그 신비로움과 넉넉함을 마주할 수 있을 것만 같다.

가능성의
두려움

책

제목부터가 심상치 않았다. 도서관에 가 도서를 검색했다. 없었다. 다시 저자 이름으로 검색했으나 검색이 안 되어 알고 보니 신간이라 아직 비치 못 했다고 한다. 지금 도서 신청하면 책이 입고되는 데 이십일 정도는 족히 걸린다는 설명을 들어 인터넷으로 구매했다. 역시 인터넷 빠름, 빠름이다. 이틀 만에 배송되어 책을 받아 보았다. '이제는 부모를 버려야 산다'라는 제목의 책이었다. 효행은 사람이 가져야 하는 귀한 덕목으로 자리매김하여 이 단어 앞에서는 늘 모자란다는 생각에 부모님을 향한 죄송한 마음뿐인데 버려야 산다고 말하고 있다.

60년을 훌쩍 넘긴 이 나이에서의 효에 대한 교육은 강요에 의한 것이든, 자연스러움에서 우러나온 것이든 그것은 당연하다고 인정하는 세대라 해도 마땅하다. 또 불효가 큰 죄임을 누누이 듣고 자라지 않았던가. 그런데 버려야 된다니 이 무슨 당돌한 생각에 감정의 저항을 유발함일까. 더 솔직히, 이 책의 내용을 빌리지 않더라도 곧 버려질 부모 세대에 돌입한 나이이고 보니 오감이 작동하여 배송된 책을 받고 궁금하면서도 미심쩍어 표지를 다시 읽어 보았다.

'고령화 시대, 새로운 관계의 설정'이라는 글이 눈에 들어왔다. 이제 우리나라도 고령화 시대에서 초고령화 시대로 진입을 예고하는 중이다. 급증하는 노인 문제가 개인과 사회를 넘어 국가의 문제가 되어 버린 것도 사실이다. 노인이라고 뭉뚱그려서 말한 것도 아니고 '부모를 버리다니 이 무슨 망발인가….'하는 생각에 닿자, 역설로 '그럼 부모도 자식을 버려도 되겠네?' 하며 내 감정의 촉은 이런 황당하고 발칙한 등식의 연산 작용을 부채질하기에 충분했다.

사람 관계라는 게 특히 부모와 자식의 관계를 어떤 수식에 대입하거나 수리로 계산할 수 있단 말인가. 이런 관계들을 어떻게 정립하겠단 말인지 책을 열기도 전 표지에서부터 궁금증이 증폭되었다. 가족이란, 촌수와 관계없이 가까이서 자주 만나고 생활하면 가족이라고 정의해 놓은 글을 언젠가 읽은 적이 있다. '정말 그럴까?' 생각했었는데 왠지 맞을 것도 같다. 이런 긍정의 힘이 책을 펴들고 보니 쓸쓸하고 안타까움만 더 커졌다.

이 책에는 가족이라는 관계에서 맹목적인 효를 강요하거나, 강요받는 것이 야속하고 불편해 보여도 서로 합리적인 상생을 요구하는 것이라고 했다. 어차피 자의건 타의건 오래 살아야 아니, 살 수밖에 없는 장수 시대에 부모와 자식은 서로에게 큰 부담이기 때문이다. 부모를 봉양한다는 것은, 의무도 권리도 아닌 각자의 자기 몫을 스스로 감당해야 하는 시대라고 책에선 강하게 말한다. 장수 시대, 아직은 야박해 보이지만, 장수라는 말처럼 아들과 아버지가 같이 늙어가는 상황에서 각자의 몫을 챙겨야만 한다는 각자도생을 응원하고 있었다.

얼마 전, 포털사이트에 한 기사가 눈길을 끌었었다. 암 투병으로 고통스러워하며 '죽어 달라'고 울며 매달리는 아내, 자녀 중 한 명이 장애를 가져 누군가의 손길을 늘 필요로 하는 데다, 설상가상 치매인 어머니를 부양해야 했던 한 가장이 극단적 선택을 시도함으로 사회의 이목은 집중되었다. 기사를 접한 누리꾼들이 그 기사에 댓글로 안타까움을 전하던 글을 읽은 기억이 있다.

지난 달이던가. 동창 어머니 문상을 다녀왔다. 구순 지난 연세의 부모님을 둔 우리 또래 근황들이 엇비슷하게 이어지고 있었다. 그러던 며칠 후, 문상을 다녀왔던 그 동창에게서 연락이 왔다. 양로원에 입소하려면 어떻게 하면 되느냐고. 처음엔 양로원과 요양원 구분이 어려워 잘못 묻는 줄 알고 어디를 찾는 건지 재차 물었다. 같은 질문에 똑같은 대답을 하는 것이었다. 질문이 잘못되었나 싶어 요양원과 양로원의 입소 기준을 아는 대로 설명했다. 내가 잘못 설명하고 있다고 해도 어쨌건 양로원 입소는 어렵다고 대답해 주었다.

난감해하는 눈치다. 어머니 먼저 돌아가시고 홀로 남은 아버지를 모셔야 하는데 모실 상황이 아니라 한다. 아쉬운 대로 요양원에라도 모시려 했으나 요양 등급이 안 나와 그마저도 어렵다는 이야기였다. 요양원이란 말이 생기기 전부터 노인시설에 근무해 왔으나 어떠한 도움도 안 되는 것이 못내 안타까웠던 적이 있다.

홀로 남겨진 망백의 연로함에도 여러 자녀 중 아버지 한 분 모시지 못하는 친구의 상황도 이해는 되었다. 부모는 열 자녀를 거두지만, 열 자녀는 한 부모를 거두지 못한다는 옛말이 떠올라 친구의 고민이 의식의 깊이로 잦아들었다. 삶의 막바지에서 자식 여럿을 둔 우리의 부모님 세대나, 노인이라고 분류해 놓는 연령층 바로 코앞에서 서성이며 주억거려야 하는 또래의 삶이나 어떠한 결정도 어렵고 힘든 것만은 사실이다.

나이 들어 몸이 힘들고 아프면 가족보다 시설이나 다른 길을 통한 타인의 손에 의지하는 일이 더 쉬워진 게 현실이다. 언젠가 노인시설 침상에서 누운 채 한 할머니가 가물거리는 기억으로 계속 누가 당신을 데리러 올 것이라며 기다리고 있었다. 사실인지 아닌지 확인해야 할 일도, 또 그렇게 할 이유도 없다. 언제는 남편 기일이라고 했다가 또 어머니 보러 가야 한다고 한다. 가로, 세로 1~2미터 남짓 크기의 침상 안, 당신이 쓰는 한정된 공간에서 몸은 가두어져 있고 정신은 혼미한 채, 놓아버린 정신 줄 따라 여기저기 옛 기억의 흔적들을 줍느라 방향도 이유도 없이 정신세계만 분주하다.

연로한 분들 일상의 긴 시간 대부분을 그곳에서 지내며 오락가락하는 기억의 파편들을 집었다 놓았다 반복한다. 시간에 대한 의미도, 공간에 대한 감각도 이미 둔해져 무시로 생각만 대책 없이 바쁜 게다. 맞든 아니든 큰 의미도 없고, 들으면서 평소 잘 배워 둔 '공감'을 실천했다. 아니라 한들 어떻고, 맞장구친들 뭐가 달라질까. 이런 내용의 글을 읽을 때마다 '무엇인가 준비해야 하는데…'생각은 끝없이 펼쳐지다가 '무엇을 어떻게'에서 또 생각의 끈은 늘어질 대로 늘어진다.

반복일 뿐이다.

이슥한 밤의 기운은 그 친구와 아버지의 색깔 다른 고독의 깊이처럼 나이 듦에 대한, 그리고 내 앞날의 두려움과도 비례하며 깊어만 간다.

5월의 꽃자리

온
통

초록이다. 계절을 당기느라 흩뿌리듯
내리는 안개비는 초록으로 건네는 색감에 더없는 싱그러움
을 보탠다. 봄꽃, 지천이 계절을 희롱하느라 곳곳이 바쁘다.
5월에 내린 비는 백 가지 꽃을 피운다는 말이 있듯, 처처에
고운 꽃으로 가득하다. 꽃의 향연 속에서 행사를 치르는 데
도 좋아 그런가, 기념일들이 달력 안에 빼곡하다.

출근길, 고정된 주파수 따라 음악이 흐르고 잠시 후, 한
중년으로 짐작되는 여인의 목소리가 들린다. '내가 살면서
가장 잘한 것은 꽃 같은 너를 얻은 것이다.'라고. 방송의 중
간 언저리에서 들어 무슨 내용인지 잘 몰랐다. 이야기의 흐
름으로 보아 지금까지 살면서 가장 자랑하고 싶은 것에 대
하여 질문과 대답인 듯했다. 아마 그 방송을 듣는 사람들 마

음이 누가 묻지 않았고, 또 대답해야 할 상황이 아니라 그렇지 절대 공감하는 내용이 아닌가 생각한다.

서한 사람인 한영韓嬰이 쓴『한시외전韓詩外傳』에 우리가 익히 알고 있는 말이 있다. '나무는 조용히 있고자 하나 바람이 멈추지 않고, 자식이 봉양하고자 하나 부모는 기다려 주지 않는다. (樹欲靜而風不止 子欲養而親不待)'는 옛 가르침과 방금 소개된 방송 내용의 의미가 어버이날에 앞서 새삼 깊이로 잦아든다.

꽃 같은 너. 문득 오래된 기억 하나가 가슴 한 언저리를 꿰차고 있다가 펄럭거렸다. 고등학교 때다. 등교하려고 거울 앞에서 옷매무새를 살피고 있는데 어머니께서 말씀하셨다. '곱다, 네가 젤로 곱다.'라고. 그 시절, 말도 안 되는 어머니의 이 한마디에 짜증 내며 '됐다'라는 말을 남기고 퉁퉁 부은 채, 날 선 감정과 언어로 말도 안 되었던 말에 대한 상황을 분풀이하듯 쏟아 냈었다. 이어 마루 위를 딛는 걸음걸음 쾅쾅 소리로 '나 화가 났음'을 알리며 그 상황을 뒤로했었다. 이후 누구에게도 그런 고운 말을 들은 기억이 없는 것 같다. 들으며 말도 안 되던 말, 말 같지도 않던 그때의 그 말, 그리고 그 음성이 오늘 왜 이다지도 그리워질까.

어·머·니· 이 세 음절처럼 가슴 저미는 단어가 또 있으랴. 사람은 자기가 그 상황에 놓여 있어야만 그때의 심정을 헤아리게 되나 보다. 그날의 감정은 이미 회한으로 남아 스스로

가 미련스럽기 짝이 없게 만드는 것이다. 조건 없는 사랑이 얼마나 힘들고, 또 주기만 하는 사랑을 누가 할 수 있을까. 내리사랑, 부모이기에 가능하리라.

한 노인시설에 근무하던 때의 일이다. 어버이날이면 평소 부족했던 마음에서 하는 것인지는 모르나 가족들이 손자 손녀를 앞세워 부모님을 뵈러 온다. 그날도 한 연고자가 꽃바구니를 들고 어머니를 뵈러 왔다. 몸도, 마음도 엉성한 채 푸석거리는 머리칼과 깊게 팬 주름살, 앉아 있는 것도 불편한지 당신 무게도 감당키 어려워 구부정하게 휠체어 위에 기대어 지나온 세월과 현재의 시간을 힘겹게 받으며 앉아 있었다.

그 모습을 지켜보던 연고자가 복잡하게 스치는 감정 때문인지 하루가 다르게 시간을, 세월을 지탱하는 어머니의 모습에 인간적 아픔이던지 왈칵 쏟아지는 감정에 '어머니, 어머니!'하고 어머니를 눈물로 부른다. 동시에 그 어른은 소리 나는 쪽을 향하여 이미 세월의 깊이를 온몸으로 힘겹게 받힌 채 물끄러미 바라본다.

잠시 후, 전혀 본 적조차 없었던 듯 딸을 알아보지 못하여 누구냐고 되묻는다. 이어 어머니께서는 휠체어 앞에 놓인 아까 들고 온 빨간 카네이션 꽃잎을 뜯어 입으로 가져가는 게 아닌가. 순간, 그 모습에 감정이 복받치며 아들은 차마 못 본 듯 자리를 피했고, 딸의 눈엔 눈물이 그렁그렁 걸렸었다. 그 모습을 지켜보며 마음 한구석이 싸~하게 아려와 같이 울

컥했었다.

혼미해지며 섞어져 버린 정신이 꽃바구니에 있는 꽃의 색깔만 강렬하게 눈으로 들어온 것일까. 먹는 것인지 아닌지 구분조차 어렵게 된 치매로 인하여 무디어진 분별력이 자녀들 눈으로 들어온 것이다. 기꺼이 내어만 주시던 어머니를 그런 모습으로 마주할 줄이야 누구인들 알았으리. 신은 세상에 있는 모든 생명체를 다 보듬기 힘들어 어머니라는 이름을 이 세상에 보냈다는 말이 있지 않던가. 다 내어 주고도 모자란다고 생각되는 그 숭고한 마음 앞에서 눈시울보다 가슴이 먼저 뜨겁게 젖는다

헐거워진 감정 안으로 오래전 멀리 떠나신 어머니가 많이 보고 싶다. 어느 시인의 말처럼 하루만, 아니 한나절만이라도 뵐 수 있었으면. 아니 죄송했다고, 많이 감사했다고 한마디 건넬 시간만이라도 허락되었으면 참 좋겠다. 당연하다고 생각하며 살아온 날들은 모두 감사한 날들이었고, 날 선 언어들로 대항했던 것들은 모두 죄송한 일이었음을 왜 이렇게 보내고 나서야 깊이로 잦아들어 울음을 토하게 하는 것인지.

속죄하는 마음으로 기도해 본다.

내리다 갠 비로 당신 누우신 그곳에도 들꽃 여럿 중 제일 고운 꽃이 피어있겠지요. 당신이 계신 그곳, 백 가지 꽃이 핀다는 이 계절은 온통 꽃자리였으면 좋겠습니다.

그리운 어머니.

향기에 꽂히다

대
도
시
답
다.

     거리마다 삼삼오오 이곳 사람들 모두 가 거리로 쏟아져 나왔나 싶은 생각이 들 정도다. 오가는 사람끼리 어깨 부딪치는 일은 예사고, 잘못하면 발 걸릴 듯 붐빈다. 식사 후 나오면서 본 거리는 포장마차 앞에도, 찻집 앞에도, 꼬치구이 가게에도 온통 늘어서 있는 줄이다.

    이미 먹거릴 산 사람들은 여기저기서 나이나 차림새와 무관하게 긴 대 꼬치를 비스듬히 세워 하늘 향한 입안으로 한 점씩 넣고 있었다. 그 모습이 우습기도 하고 또, 우리 동네에서 쉬 볼 수 없는 낯선 풍경이다. 우리를 알아보는 사람이 없을 것이란 생각에 용기를 얻어 대체 무슨 맛이기에 저러나 궁금했다.

    어떤 맛이기에 길게 줄까지 서며 차례를 기다릴까 하는 생각에 우리도 그 대열에 같이 끼어들었다. 맛이나 한번 보자는 심사다. 한참 기다리는데 주인이 일행이냐고 묻는다. 그렇다고 대답하는데 빙 둘러선 우리 가족이 영업에 방해되나 싶어 미안한 마음에 눈치껏 옆으로 비켜섰다. 아마 그때 상황이 우리 가족은 거의 비슷한 생각이었을 게다.

잠시 후 용기에 음식을 담아 건네며 이쑤시개처럼 생긴 꼬치를 식구 수대로 주는 게 아닌가. 생각과 달리 짧은 시간 일어난 일련의 행동을 보며 우린 잠시 마주 보다가 주인을 향해 고맙다고 허리를 숙였다. 상황이 같으니 약속이나 한 듯 우리 가족은 서로의 행동도 같았다.

야박하고 깍쟁이란 표현으로 서울 인심, 서울 인심 하는 말을 자주 쓴다. 최소한 우리 가족 네 명이 재미 삼아 맛보려 삼천 원짜리 음식을 사 먹던 그날만은 내가 사는 곳의 인심보다 훨씬 나은 것 같았다. 모든 것이 풍족하다 지쳐 넘쳐나는 요즘이다. 그래서일까.

어지간해선 고맙단 말을 할 일도, 들을 일도 거의 없는 일상에서 말만으론 모자라 주인이 베푼 작은 친절에 연신 허리를 굽혀 고마움을 표했다. 열 번을 굽혀도 아깝지 않을 것 같았다. 영문도 모른 채 이 사람 저 사람 고개 숙이는 모습에 주인도 덩달아 고개 숙이며 답례했다.

탈무드에 '모르는 사람에게 베푸는 친절은 천사에게 베푸는 친절과 같다.'라는 말도 있지 않은가. 아는 사람이야 아니까 베풀 수 있고, 대가가 있으니 당연히 친절을 베푸는 것이다. 하지만 생면부지의 사람에게 친절을 베푼다는 것은 단순한 상술이 아닌 진정성이 몸에 배어야 가능한 것이란 생각이다.

'기꽈, 아니꽈' 등 짧은 표현에 따른 언어적 특성도 있고, 바쁜 나머지 오가는 투박하고 강한 억양이 빚는 독특한 어감, 거기서 느끼는 정서라는 것도 있는 법이다. 사용하는 말이 다르니 억양도, 그로 인해 느끼는 감정인들 어찌 같을 수 있으랴. 가격을 묻노라면 어느새 마구잡이식으로 물건을 담아 주는 바람에 어정쩡하게 흥정하던 물건을 받아 들 때의 황당함. 비록 큰돈은 아니나 가성비를 가늠하며 주춤거리는 사이, 사겠다고 결정하기도 전에 이미 물건을 반 억지로 손에 쥐어 줄 때의 난감함이라니.

얼마 되지 않은 돈에 주변 시선이 의식되어 속으로 부글거리면서도 아무렇지도 않은 척 돈과 맞바꾼 물건을 볼 때의 그 불편함 등. 집에 들어오자마자 분풀이하듯 패대기치며 대상도 없는데 감춰 뒀던 독을 피운 적도 있지 않은가. 불쾌한 감정으로 속앓이했던 경험이 있었던 터라 그 후부턴 아예 큰 매장을 찾는다.

면대 면이 아니니 물건을 사는데 친절함도 없지만, 불친절로 마음 상하는 일 또한 없어서다. 소비자 권리라는 거창함이 아니라도 좋다. 내 돈 주면서 불쾌감까지 받아오고 싶지 않은 것 또한 모두 한 마음일 것이다.

많은 사람이 우리 고장을 찾고 있다. 빼어난 자연 풍광에 친절 섞인 사람의 맛과 멋이 더해진다면 그야말로 금상첨화 아닌가. 자연의 가치와 함께 이곳 사람들이 보여주는 작은 친절로 우리 제주를 찾는 많은 이들에게 따뜻함을 건넬 수 있고 그것 자체가 소중한 자산임을 알았으면 한다.

오래전 궁금증으로 사 먹었던 음식의 맛보다 오래 기억되는 것은, 우연히 나선 낯선 곳에서 기다리다가 사 먹은 삼천원짜리 컵 음식에 담긴 작은 친절이 준 사람 향기다. 친절로 마음이 따뜻해지고 사람 냄새 나는 그런 향기 가진 사람들이 많은 세상이면 참 좋겠다.

늙음보단도
더 므습다

ㅎ
늘
님
이

사름덜신디 젤로 펜안 흔 시간을 준뎅 허민 어떵헌 때를 ᄀ르코 셍각헤 보앗다. 늠덜 눈치 안베리곡, 염치도 웃곡, ᄒ지말렌 ᄀ라봐도 못 들은첵 밋밋에, 본능에만 충실헐 때. 뒷상 ᄀ르민 노망날 때광, ᄒ고픈거 이시민 읍사름이 어떵홀 깞에 나곡 키와준 부모덜 ᄁ장 몰라도 상관 웃일 때. 울멍 시르멍 보호본능만 답두리헴시민 뒈여불 물애기 때가 아니카 헷다.

우리 가차운 궨당 중에 94살 나돔서도 혼자 살키엔 우김서눙 허영 살아가는 예펜삼춘이 싯다. 사름 도레ᄒ노렌 큰 ᄆ음 먹언 촌에 보렐 가신디 이문간에 들어사난 놀레 소리가 들려오랏다. 귀 막아 노난 불러도 아무 소리어선 방문을 ᄋ라보앗다. 누원 셍게 '스물 ᄋ답이로구나, 스물 아홉이로구

나…’ ㅎ는 놀레 소리만 낫다. 읍더레 강 툭 거시난, 그때사

“아이고 나 조케 느 오라시냐” ㅎ멍 일어낭 앚았다.

“삼춘 잘 이십디가, 게난 미싱거 헴수가?”

“원 누게 뎅기지도 안허연 말 ㄱ라볼 일이 어시난, 나가 말은 ㅎ여졈싱가 ㅎ연 수를

시어봢져게. ᄋ레 앚이라” 허멍 이불을 둥겨당 덮어주엇다. 들으멍 ᄆ음이 싸ㅎ게 아파오랏다.

노인시설에 오래 근무ㅎ 일이 싯다. 그디 뎅기멍 안 것덜 중에 젤로 귀ㅎ건, 앞잇일을 미릇에 둥겨당 붸려봐겼뎐 허는거다. ㅎ꼼 어려운 말로 삶을 간접체험 허엿뎐말이주. 어룬덜쾅 ᄀᇀ이 살당보난 나歲 들어가멍 주름진 양지나 행동 소곱이서도 순수ㅎ 때가 더러 싯다. 경ㅎ때민 빙세기 웃당도 어뗑사 그 웃임이 고급진디 몰른다.

사름이 아팡허는 몸뚱이랑 내불어덩, 소곱이 곱저진 정신시 가지가 ㅎ꼼씩 뭇겨간뎐햆다. 사물을 붸리멍 알아내는 인지력이렌 ᄀᆮ는 것광, 붸리나 들은 것덜 기억허는 기억력, 경ㅎ곡 졸바른가 그른가 ㅎ는 분별력 이 시가지다.

100세 시대렌 다덜 ᄀᆴ댔다. 기겡이도 오래 써가민 다 헐리나는디 사름 몸이렌 벨허카게. 목심 질게 삼도 다 좋은디 노망이 뭣산디, 되나마나 진진ㅎ 시간을 살젠허민 몸도 정신도 굳작혜사 홀 건디 ᄋ라 어룬덜을 붸려가난 나 들어감도 ㅎ쏠 ᄌ들아졊다. 경ㅎ곡 ᄆ음도 소곱이 시난이주 살당보

난 숫강알추룩 거멍허당도 실플거다.

　오널은 늙어가난 ㅇ영 ㅇ영헌 일덜도 서렌 미릇에 뷔린걸 죽아보카 헀다. 엿말에 애기업개 말도 들엉놔두민 낫녠 흔 두 웃이 당ㅎ여낭 왁왁ㅎ느니, 미릇에 알앙시민 아멩헤도 그 곱곱을 ㅎ꼼 덜룰거 아니카 허연 뷔린거나 들은거, 셍각ㅎ는걸 죽아봤다.

　질만 이시민 그디가 목욕탕이여 화장실이여 허는 셍각도 웃이 그쟈 아무디라도 막 돌아뎅기는 걸 전문용어로 배회렌 불룬다. 흔 어룬은 밥 먹곡 자는 시간만 뻬불민 ㅎ루종일 느량 휘글아 뎅긴다. 경허당 호꼼 ᄀ마니 앚앙신 것도 직원덜이 앚앙이십센 ᄀ라난 말 ᄀ랏다 ᄀ랏다 답두릴 ㅎ난이다.

　정신 섞어진 뜬 어룬은 늠이 앚앙이신 화장실에 일웃이 확 들어가노민, 경 들어간 사름은 아무셍각 어신디, 정신 온전흔 어룬만 더 추물락헐 때가 ㅇ라번 싯다. 뜨시 흔 어룬, 몸 곰아돔서 닦앙 옷입지젠 옷을 츳는 그샐 못 춤앙, 멘들락ㅎ게 벗인 양 벳겟딜로 나가불민 워가라 튀어 돌아강 손심엉 도랑올 때도 싯다. 부치러운 셍각도 웃곡, 옷을 벗엇젠 헌 셍각도 못허영 태초에 몸 기낭이다. 인권이여 미시거여 허는 고급진 말덜이 ㅇ영헐 때엔 다 소용 웃다. 금착허는건 정신 졸바른 사름덜 깝이다.

　밥 시간이 뒈엿다. 어룬덜이 식탁을 가운디 낭 뻥동골락허게 앚앙덜 이신디 저 펜이 흔 어룬이 먹는 걸 잊어부렁 식판만 닥닥 두드렸다. 뜨시 흔 어룬은 질로 지만썩 갈라준 음식을 내불어덩 읍사름 밥을 확흐게 손으로 언주와 먹어분다. 몸 흔펜착이 씰루왓주 정신은 온전흔 사름만 금착흐였다. 어떵헌 일을 앞더레 낭 헤여사헐 일광 허영은 안 뒐 일을 곱갈르는 인지능력이렌 흐게 호꼼썩 뭇기어 가는거다.

　노인시설에 강보민 목욕탕광 화장실만 제흐여덩 그 큰큰흔 건물에 거울이 웃다. 화장실 뎅길마니 정신 이시민 거울이 미싱건중도 알곡, 왓삭 벌러불민 어느 마니 위험헐중도 다 알주마는 노망나민 말은 뜨난다. 거울에 비추와진 지 양지를 빈주렝이 끝이 붸리멍 싸왐실 때도 싯다. 말을 ᄀ라신디 지영 똑 끝이헸덴, 뜨시 질 나무레염젠 거울광 도라정 밧작 드툰다. 경허당 보민 육두문자에 가달올리멍 다락 차불젠도 흔다. 경허난 거울덜을 걸어놓지 안헸다. 안전사고는 미릇에 막는거난 위험흔 것에서 털어정 싯게허나 그걸 어수와 부는게 젤이다.

　으흐루기 저녁이도 붸엣딘 왁왁허고, 집 소곱인 불싸난 훤허연 유리창에 지 굴메가 비촤젓다. 두렁청이 유리창 앞펜착이서 굴메광 드투고 이섯다. 양지 벌겅헤가멍 막 쌉젠 흐는걸 제오제오 멀렷다. 노인시설 유리창은 믄 두터운 강화유리를 썼다. 깝이 빗나긴 허여도 안전이 젤 중헤부난이다. 뜨시 손 가찹게 믄 지가질만 흐딘, 벳살 들엉 듯 듯허게 흐젠 헸주 초담부터 율지 못허게 멘들아 부럿다.

곤나웃이 나歲가 들어가민 ᄒ간거 다 잊어부는 셍이다. 밥 먹어덩도 아니만 먹엇젠 웨울르멍 뎅길 때도 싯곡, 누게가 나 밥 다 가정 도라나부럿덴 울멍시르멍 허는 것덜이 다 노망덜 중 ᄒ가지다. 읍착더레영 암만 뭬려봐도 미싱거 ᄒ나 어신디도 이디저디 버렝이가 기여 뎅겸젠 헛말광 헛손 놀리는 사름도 싯다. 사름마다 상황마다 노망은 다 달르다.

ᄄ시 대소변 욕구가 이실때민 사름덜이 시나 웃시나 활활 옷 벗엉 아무디서나 해결허젠 헐 때도 싯다. 지셍기 창 뎅기는 사름중 노망난 ᄒ 어룬은 성인용 지셍긴 부쳣다 떼엿다 허는디가 막 든 든 허영 손끗뎅이에 심을 줘사만 테여진다. 경헌디 똠을 줄줄 흘치멍 시기지 안ᄒ 부름씨허노렌 틀엉 방둥이 허듯이 똥을 이레저레 넷기기도 헌다. 어떤 어룬은 미신 귀한 보물이엔 셍각헴신디사 침대 소곱이 곱저불 때도 싯다. 경허난 노인시설엔 환기를 느량 잘 헤사 ᄒ다. 왕내도 나는 디 경헌일 ᄁ장시난 어떵헐 방법 웃언 ᄌ르져도 환기는 졸바로 시킬 수벳이 웃인거다.

춤을 아무디나 퉤퉤 밖아 놓는 사름, 식구덜이 촛아와도 누겐지 몰라부는 사름, 먹을 것만 보민 곱지는 사름, 밤만되민 큰소리 내멍 앙앙우는 사름, 벡보 름이고 이불이고 ᄒ간거 손에만 들민 다 틀어놓는 사름, 손콥을 일웃이 호꼼씩 틀어부는 통에 손이 다 헐엉 피 흘치는 사름. 늡덜 다 줌자는디 목 터점직이 놀레 부르는 사름 덜이영. 노망이 뭬와주는

행동광 양상은 춤말이주 홈도흐다. 사름이 성격이나 양지
가 다 뜨난 것추룩 경덜했구나 생각허당 보민 질로 지만썩
다 뜨나다.

노인시설에 들어온 어룬덜은 경해도 기본적인 안전장치는
뒈연이신거다. 노망흐는 부모광, 가족덜이 곹이 살명 문 감
당 헌덴허민 춤 말 버치곡 놀싹헐 일이다. 미싱거보단도 경제
적인 문제가 젤 벤벤헐 수벆이 웃다.

부모가 노인성 질환으로 질게 아팡누민 다덜 즈든다. 금
슬 좋앗던 두 갓도, 우애 막 좋나흔 성제도 호꼼호꼼 금이감
젠 말덜이 나오라간다. 경혜부난 '장병에 효자 웃다' 흔 엿
말이 그른 말이 아니다. 살당 보민 늠광 드투당 속 뒷사지
민 무습고 써운흔 욕으로 '벡ㅂ 름에 똥칠헐 때 ㄲ장 살라'
헌다. 욕흔다 웃이 건강ㅎ지 못 흔 장수는 재앙이렌 흔 말이
맞암직도 ㅎ다.

흔 시상을 살당보민 몸도 데와지곡 뜨시 갈라지곡, 경흔
디 벤벤흔 인생질을 건젠 허민 딱 버침도 헸다. 그 질을 감도
버친디 노망이 습격헌덴 흔 생각만으로도 머리가 다 혀뜩혜
졌다. 나歲 들어가멍 느나웃이 펜안허게 살당 저시상데레 가
고픈건 다 곹은 무음일거다. 늠광 흔디 어울령 사는 공동체
소곱에서 영 숭악흔 일을 당허영 살아 간덴허민 나만 곱곱
흔게 아니고, 읍펜착이 가차운 식구덜ㄲ장 버치게 흔덴ㅎ민
그 생각만으로도 염치 웃인 일이다. 오 ㅎ루기 촛아가난 예

펜 삼춘이 경 살아지는 것만도 어떵사 고마운 일이ㅋ ㅎ여
졌다.

집 웃인 들펭이 걸음 떼듯 느렁테질 ㅎ멍이라도 멘정신으
로 살아진덴만 ㅎ민 좋으켜. 오는중 몰르게 슬쩨기 덤벼들
노망만 생각허민 머리끗이 과쪽ㅎ게 ㅁ습다. ㅇ센 100세 시
대렌 근나웃이 진진ㅎ 세월 허리 딱 굽어듬서 높이 신 인생질
을 올르당, 호꼼 쉬엉 일어사젠 허민 뚝, 뚝 뻬덜이 ㅁ 우는
소릴 ㅎ여도 준딜만 허다. 위협허멍 춫아 들 통증 웃인 노망
이렌 헌 일름의 써운ㅎ 생각을 벳길수만 싯덴허민 말이주.

족은 ㅂ름에 꽂닢덜 산산ㅎ게 털어지는 것추룩, 노인시설
이서 굳이 살앗던 ㅇ라 어룬 양지덜이 순서 웃이 모엿당 헷
사졌다. 벤벤ㅎ 생각의 ㅎ 토막 읍펜착, 멀찌기 바당 우티로
허덜싹ㅎ게 상 이신 용머리. 그 검은 굴메 뒤펜착으로 놀도
벌겅케 카멍, 출락출락ㅎ는 바당물덜에 맥 웃언 털섹이 앚았
다. 저레 털어지는 놀도 동세벡인 벳살 휜ㅎ엿던 것추룩, 이
어룬덜도 ㅎ때사 시상을 ㅁ 일루왐직이ㅎ 청춘이렌ㅎ게 이
서실테주마는…. 섯녁ㅎ늘 알펜착으로 벳살이 실몃이 물덜
에 씨러졌다. 바당물덜에 털어지는 놀도 사름덜 사는 것광
쿳징헤 뷔연 ㅁ음 ㅎ 펜착이가 실착허여지는 ㅎ루다.

늙음보다
더 무섭다

신

이

인간에게 가장 자연스러운, 그리고 편안한 시간을 부여했다면 어떤 때를 이름일까. 남의 눈치도, 만류에도 아랑곳하지 않고 오로지 내가 하고 싶은 대로, 본능에만 충실한 채 행동과 말을 할 수 있는 시간, 치매일 때와 유아기일 때라 말하고 싶다. 모든 욕구를 울음으로 대신하며 하고 싶은 대로 하고, 또 낳고 키운 부모마저 알지 못해도 상관없는, 오로지 보호본능만 자극하는 시기까지가 아닐까 한다.

노인시설에서 오랜 시간 근무하며 체득한 가장 귀한 것은 삶을 미리보기 할 수 있다는 것이다. 어르신들 모두가 너무 익숙해 이젠 우리 부모님인 듯한 느낌이 들 때가 많다. 천진난만한 모습은 아이들의 전유물인 것 같지만, 주름지고 노쇠

한 표정이나 행동 안에서도 같이 생활하다 보면 뜻밖에 순진무구를 엿볼 수 있다. 극과 극은 통한다는 말이 이럴 때 쓰는 것인지도 모른다. 헐렁한 잇몸을 온통 드러내며 밝게 웃는 모습은 마치 너무 익숙한 하회탈을 보는 것처럼 편안하다. 그래서 좋다. 거기엔 어떠한 것도 재단되지 않은 순수가 있기 때문이다.

한 생활자, 식사 시간 외엔 늘 돌아다닌다. 식사 시간 잠시 앉는 것도 직원이 유도하고 또 제지해서 가능한 일이다. 다른 생활자의 방 이곳저곳을 목적도, 이유도 없이 그냥 돌아다닌다. 공간과 통로가 이어지는 곳이기만 하면 그곳이 목욕탕이든, 화장실이든 공간과 시간에 대한 분별도 없다. 그냥 다닐 수 있기에 다니는 것이다. 무작정 돌아다니는 이런 행동들을 배회라고 말한다.

어떤 날은 다른 생활자가 앉아있는 화장실에 불쑥 들어가는 바람에 들어간 사람은 아무 생각 없고, 정신이 온전한 사람만 돌발적인 행동에 당황하게 된다. 다른 한 어른, 목욕 후 닦아드리고 새 옷을 꺼내 입히려고 소매를 접는 사이에 벗은 채 밖으로 나가려는 것이다. 부끄럽다는 생각도, 옷을 벗고 있다는 생각도 없는 태초의 모습 그대로다. 순간 인권이니 뭐니 잘 받은 교육 때문일까. 당황하는 쪽은 역시 정신이 온전한 사람들 몫이다.

식사 시간, 식탁을 중심으로 둥그렇게 둘러앉아 있는데 저쪽 한 어른, 먹는 것도 잊고 식판만 탁탁 치고 있다. 또 각자 배분된 음식을 놔두고 멀쩡하게 있다가 옆 사람의 밥을 얼른 손으로 집어 먹는다. 육체만 불편할 뿐 온전한 정신을 가진 옆 사람은 기습적인 행동에 놀라 눈만 커진다. '네 것과 내 것'에 대한 구분이 없다. 식탐이라기보다 그냥 옆 사람 음식이 내 눈에 들어왔기에 벌어진 행동이다.

어떤 상황 앞에서 해야 하는 일과 하면 안 되는 일에 대하여 분별할 만한 인지능력이 떨어졌기 때문이다. 육신이야 스스로 불편을 느끼고 아프니 다 안다지만, 나이가 들어서 정신적으로 현저히 떨어지는 세 가지 중 하나인 분별력이 상실되었음을 체감하지 못하고 있는 게다.

노인시설에는 목욕탕과 화장실을 빼고는 그 큰 건물에 거울이 없다. 화장실을 스스로 이용할 정도의 온전한 정신이면 거울의 쓰임이나 깨어졌을 때 위험함을 알기에 그것은 위험요소가 아니다. 하지만 치매 어른인 경우, 문제는 사뭇 달라진다. 거울에 비친 자기의 모습을 보거나, 유리창에 투영된 자기의 모습을 타인이라 생각하여 거울과 마주하여 싸우는 **경우가 왕**왕 있기 때문이다.

어느 야간당직 때 일이었다. 한 어르신이 밖은 어둡고, 안이 밝다 보니 유리창에 반사된 당신 모습을 보며 말을 건넨다. 혼잣말이라는 생각도 없다. 이어 유리창에 비친 자신을 향하여 웃다가 이내 성내는가 하면, 당신을 따라 한다며 삿

대질과 함께 싸움이 시작된다. 결국은 육두문자에 이어 손으로 치려 하거나 발로 차려고 할 때도 있다. 노인시설의 유리창은 그래서 두께가 있는 강화유리거나, 쉽게 손이 닿는 곳은 채광이 필요할 뿐, 아예 열지 못하게 만들었다. 다칠 수 있는 위험 요소를 제거하자는 것이다.

금방 식사해도 밥을 안 먹었다고 떼쓰며 소리치거나, 누가 내 물건을 다 훔쳐 갔다는 말은 흔히 접하는 치매 증상 중 하나다. 아무것도 없는데 벌레가 기어 다닌다며 허공을 향해 헛손질할 때도 있다. 한밤중, 침상에 누워 창가를 가리키며 누가 밖에 왔다며 '저기 보라'고 손가락으로 가리킬 때는 같이 있는 사람까지 오싹해질 때도 있다.

어디 그뿐인가. 대소변 욕구가 있을 때는 사람이 있건 없건 아무 데서나 옷 벗고 욕구를 해결하려 든다. 또 기저귀를 사용하는 어른 중에는 성인용 기저귀는 접착 부분이 강력함에도 불구, 한 어르신, 땀을 뻘뻘 흘리며 애써 뜯어낸 후 공놀이하듯 대변을 꺼내 사방팔방 던지기도 한다.

어떤 이는 소중한 보물이라도 되는 양 침대 밑에 그걸 숨겨 놓기도 한다. 그래서 노인시설엔 수시 환기가 절대 필요한 이유다. 계속 침을 퉤퉤 뱉는 이, 먹는 것만 보면 숨겨 놓는 이, 밤마다 엉엉 우는 어른, 벽이든 뭐든 손닿는 것은 두드리거나 손톱으로 야금야금 뜯어내는 어른, 남들 자는 시간에 노래를 목청껏 부르는 어른 등. 치매가 보이는 행동은 참으로 다양하다.

사람도 성격이나 모습이 각각이 듯 치매로 표출되는 행동이나 반응도 다 다르다. 노인시설에 입소한 어른들은 그나마 기본적인 안전장치가 되어 있는 셈이다. 이렇듯, 치매를 앓고 있는 부모를 돌봐야 할 상황일 때, 오롯이 그 가족들이 감당한다는 것은 참 힘든 일이다. 더욱이 경제적인 문제까지 해결해야 할 때의 그 중압감은 말해 뭘 할까. 그래서 부모가 치매나 노인성 질환으로 오래 아프면 부부라는, 형제라는 돈독한 관계마저 금이 가 '장병에 효자 없다.'라는 말이 예부터 나온 것인지도 모른다.

우리나라도 작년 기준 65세 이상 노인인구 약 8백 7십여만 명 중에 추정 치매 환자가 평균 10.25퍼센트라는 보고가 있다. 10명 중 1명 이상이 치매다. 나이가 많을수록 수치도 높아지는 것은 당연하다. 무서운 욕으로 '벽에 똥칠할 때까지 살라'는 말이 있다. 치매는 벌을 받아서 생긴 일도, 원하는 일도 더더욱 아닌 것을 다 안다.

세월 둘러메고 낡고 구부러진 길을 걷는 것도 버거운데 치매로부터의 습격은 생각만 해도 어질어질하다. 지극히 자연스러운 현상임을 알고 편안하고 자유롭게 살아가고 싶지만, 타인과 더불어 살아가야 하는 공동체 속에서의 생활은 이런 모든 것을 거부한다. 달팽이 걸음마 떼듯 느려도 좋다. 대책 없이 다가올지도 모르는 팽팽한 두려움을 덜어낼 수만 있다면 말이다. 사람이 사람으로서 사람다운 삶을, 내 의지에 따라 사람답게 살고 싶다면 꿈같은 말일까.

100세 시대다. 굽은 언덕길에서 잠시 쉬었다가 일어서려면 뚝, 뚝 소리로 뼈들이 울음 운다 해도 견딜 만하겠다. 위협하듯 찾아들 통증 없는 습격의 두려움에서 헤어날 수만 있다면 말이다. 엷은 바람에 꽃잎 흩어지듯 노인시설에서 마주했던 여러 얼굴들이 순서 없이 모였다 흩어진다. 두텁고 무거운 생각의 토막 사이, 멀리 우뚝 선 용두암, 그 검은 형상 뒤로 노을도 빗겨 타며 출렁하더니 바닷속으로 하루가 맥없이 주저앉고 있다.

4

문양 찾기

들녘이 전하는
이야기

계
절
의

들녘에 서 있으면 바람이 먼저 일어나 아는 체 인사한다. 들판 낮은 등성이 따라 발을 떼기 시작하자, 바람은 풀잎 흔들어 대며 묵은 잠 깨우느라 장난질이다. 이내 발을 옮기는 동안 살갗에 와 닿는 바람의 냄새가 그지없이 선선하다. 높이가 나보다 두어 뼘 정도 더 올라선 억새는 억새대로, 온통 바람과 맞서있다.

억새는 바람이 가까이 다가서자 이내 반대편을 향해 바람 타느라 뒤척인다. 그럴 때마다 언뜻언뜻 햇살이 놀다간 자리엔 아직은 채 만개하지 않은 핏빛들이 계절에 너울대며 온몸으로 호들갑이다.

그 반대쪽으로 굽어 돌면 바람을 등지고 걷는 길 따라 이어지는 등성이로 이 넓은 곳 어디에도 거친 바람 피해 몸 하나 기댈 곳이 없다. 눌러 쓴 벙거지가 후딱 날아갈 듯 들썩이고 어느새, 바람결에 삐져나와 내닫는 머리칼은 손가락 빗질로 제자리 찾느라 분주하다. 들녘 풀 섶 사이사이로 꽃들은 제철 겨워 나들이로 한창 바쁘다. 분홍인지, 연보라라 해야 할지, 자잘하고 길게 꽃대 세운 방향 따라 핀 이삭여뀌는 계절이 익어갈수록 붉어지다 아예 빨갛다. 손만 갖다 대면 붉음이 방울방울 떨어질 것 같다.

새색시라는 꽃말을 가졌다고도 했고 또 그렇게 보아 그럴까. 파르르 떠는 여리여리한 꽃분홍색을 가득 품은 이질풀은 약이 귀하던 시절 이질에 효과가 있어서 그렇게 이름이 붙었다고 한다. 또 조금 비켜서니 손톱만큼씩 자잘하게 다닥다닥 붙었다가 작은 바람에도 소스라치듯 후르르 달아날 것 같은 망초. 꽃은 온통 저들 몫인 양, 있는 그대로인 제 얼굴로 여기저기 초록 위에 들꽃이란 이름을 달고 너른 들판 위를 색색이 덧칠해 놓았다. 한쪽으로 넓은산꼬리풀이란 이름을 달고 작은 키에 하늘 향해 꼿꼿이 허리 세운 하얀 꽃들을 튀긴 팝콘이라도 쏟아부은 듯 와자하다.

이어지는 들판 위 숱한 걸음들, 디뎠던 자국 따라 다져진 오솔길을 걷노라니 그리 높지 않은 경사도지만 거리감 때문인지 숨이 차다. 속으로 하나둘 셋 넷 숫자를 넣어가며 호흡을 나름 조절하느라 애써 보지만, 오르막 경사도 따라 점점 소리도 지쳐간다. 거친 숨소리에다 등줄기로 흐르는 땀을 의식하며 숨 몰아쉬는데 이제 오름의 정상과 닿은 제일 높은 곳에 이르렀다. 널따란 들판 위에 이층으로 된 구조물인 전망대가 있었다.

새로 지었는지 목조구조물 옆으로 다가가자, 바람 따라 페인트 냄새도 같이 흔들리고 있었다. 들녘에 바람이란 바람은 온통 거기를 먼저 통과하며 인사하고 나서 마치 다른 곳으로 바삐 내달릴 것처럼 바람코지답다. 잠시 머무는 동안 바람살에 머리칼을 연신 손가락 빗질하느라 바빴고, 마실 나온 햇살에 눈이 부셔 닿는 곳으로 손차양하고 보느라 눈이 분주했다.

내려다보니 올랐던 길은 아득히 이어지며 동네 모습들이 오래전 산수 시간에 배웠던 전개도를 펼쳐 놓은 듯 눈앞으로 다가왔다. 시야만 탁 트인 게 아니라 마음까지 뻥 뚫릴 것처럼 멀리 동네와 맞닿아 이어진 바다가 한눈에 들어온다. 오를 때의 힘들다는 생각은 거침없이 펼쳐진 풍광들로 피로가 삽시에 날아가는 것 같았다. 이곳에 서서 우러르며 올려다보는 곳은 오직 하나, 한라산뿐이고 바라보는 곳은 발아래로 옹기종기 모였다.

'이 맛에 오르는구나.' 오를 때마다 느끼는 기분이지만, 매번 거친 숨소리와 걸음의 무게가 힘들지만, 또 걷고 싶은 것은 내 세상인 듯 들녘의 건네는 이 상쾌한 유혹 때문이다. 경주하듯 시간 다툼이라도 해야 하는 사람처럼 바삐 걷느라 놓쳤던 것들이 느긋이 마음 낮춰 풀어 놓았더니 아까 보이지 않던 것들이 줄 다투며 재빠르게 눈으로 들어왔다.

제주의 들녘은 오르내리며 딛는 걸음마다 느끼는 맛과 멋이 다르다. 하물며 보고 느끼는 감정인들. 자잘한 꽃들이 바위와 돌 틈 사이로 나앉아 해말간 얼굴로 인사하지만 아까 본 그 꽃들이 아니다.

문득 고은 시인의 '그 꽃'이라는 시가 생각났다. '올라갈 때 못 본 꽃/ 내려올 때 보았네 /그 꽃' 속으로 시를 가만가만 읊조렸다. 들꽃에 말 걸듯 다가서니 어느새 꽃은 나에게 나직이 익숙지 않은 말을 걸어오고, 게으른 바람 한 줄기 꽃잎들 속살거리는 소리를 몰래 듣다가 자리를 뜬다.

계절에 겨워 울긋불긋 단풍이 든다는데 울긋과 불긋 사이, 그 많은 자연의 색감과 마주하게 된다. 알록달록하다는 이름처럼 각기 다른 모양에 이어 전혀 다른 색감과도 만나게 되는 것이다. 거기에 햇살이라도 한 줄기 보태면 명암은 파르르 떠는 이파리 따라 고운 빛들이 눈으로, 마음으로 마구 달려든다. 어느 작가가 단풍 드는 모습을 노릇노릇이라 곱게 표현했듯, 계절 위에 서 있는 나도 노릇이 계절에 겨워 익는 듯했다.

다음 어느 날에도 딛는 걸음에는 오늘 마주했던 이 들녘의 표정은 감추고 다시 낯선 듯 이내 익숙한 모습으로 다가올 것이다.

그림에서
숨은 글 찾다

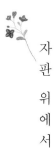

자
판

위

에

서

생각은 한참을 맴돌았다. 그것들은 머물고, 흩어지나 싶으면 서성이기를 반복한다. 그때 후텁지근하고 밋밋한 바람이 겨우 바람의 모습을 갖춘 채, 몇 올 머리칼을 흔들어 놓는다. 네댓 줄 쓰고서 이내 막히고 마는 문장들과 계속 복작댔다. 자판 위에서 손과 감정이 버벅거릴 때마다 지는 게임인가 하는 생각만이 그 글, 문장의 끝 언저리에 멈추어 선다. 모니터의 하얀 바탕은 더딘 입력에 시위라도 하듯 멀뚱거리며 길게 쏘아본다. 머리도 눈도 같이 하얘진다.

하기야 지는지 마는지도 불분명한 경계의 혼돈이다. 이렇게 막힐 때는 덮어야 하는 줄 알면서 이 무슨 감정의 고집인가. 덮지도, 그렇다고 더는 잇지도 못한 채 시간과의 대책 없는 싸움을 이어간다. 바람이란 이름으로 다녀간 자리, 몇 올의 흐트러진 머리칼을 또 쓸었다. 덥다. 글이 막혀 더운 것인지 더위의 진위가 헷갈린다.

채 정리되지 않은 생각들만 오락가락하다 중압감으로 다가와, 더는 진행 시키기 어렵다는 생각을 꿰고 있을 때였다. 써야 한다는 부담에 따른 강박적 감정과 막힘의 대치가 팽팽하던 차, 책꽂이에 꽂힌 책 한 권을 빼 들게 했다. 부옇고 침침하던 눈 안으로 책은 반짝하고 들어왔다.

곱다. 초록 바탕에 온통 꽃 천지인 책 표지가 계절과 닮았다. 아까의 날 섰던 감정을 순하게 걸러준다. 책 표지에도 절기가 넘친다. 기다랗게 서 있는 해바라기꽃 무리와 대조를 보이며 그 주변과 아래쪽으로 자잘하고 선명한 색상의 꽃들로 왁자하다. 꽃이 크면 큰 대로, 작으면 작은 대로 그것들은 녹색 바탕에 별처럼 피어 저마다 자기 존재를 알리고 있다.

〈키스〉라는 그림으로 유명한 구스타프 클림트의 작품을 표지화로 써, 예술로 분류된 작품집이었다. 표지화가 시선을 당기는 바람에 미처 못 봤을까. 책 제목이 없어 살펴봤더니 책등에만 길게 제목이 서 있었다. 표지를 이렇게도 하는구나 싶은 생소함과 호기심으로 내용을 훑었다. 소개된 작품 중에는 익숙한 그림들도 더러 섞여 있어 반갑고 나름 흥미를 더했다. 미술치료를 공부한 작가가 화가들 작품을 소개하며, 작품설명과 작가의 생각을 덧대가며 이야기를 끌어가고 있었다.

  몇 장을 넘겼더니 정감 가는 미술작품이 눈을 잡아끈다. 한 소년이 접시에 비눗물을 들고, 기다란 대롱에 적셔 비눗방울을 부는 모습이다. 학창 시절 교과서에 〈피리 부는 소년〉이란 제목으로 작품이 소개되어 잘 알려진 프랑스 작가 에두아르 마네의 작품인 〈비눗방울 부는 소년〉이었다. 작품에 소개된 소년은 윗옷 세 개의 단추 중에 가운데는 아예 끼우지도 않은 채다. 아무렇게나 편하게 입고 있는 개구쟁이 모습으로, 양쪽 주머니 중 왼쪽 주머니에는 적당히 구겨 담은 종이도 숨은그림찾기처럼 그림 속에 숨어 있었다. 마치 어린 날, 오빠 모습 같아 보여 정겨움이 밀려왔다.

  요즘이야 여러 가지 모양과 모형의 비눗방울 놀이기구가 많아 한꺼번에 수십, 아니 수백 개의 비눗방울을 만들어 날리는 모습도 종종 본다. 하지만 유년 시절 한 번 비눗물을 적셔 불면 한 개의 비눗방울이 만들어지는 게 고작이지만, 얼마나 재미있는 놀이였던가. 보릿대를 잘라 감자 비누라고 부르는 거무스름한 색의 비누를 녹여 만든 비눗물을 조심스럽게 적셔서 불면 만들어지던 그 비눗방울. 햇살 한 줄기라도 당겨와 비눗방울에 닿으면 알록달록 고운 무지개가 놀던 자리였다.

  그림 한 점이 어릴 적 즐겨 놀았던 녹슬고 낡은 추억 하나를 급히 소환한다. 그때 비눗방울은 비누의 질 때문이었을까. 지금과 달리 부는 동안에도 이내 꺼지고 마는 그런 놀이였지만, 또래 아이들끼리 삼삼오오 모여 웃고 떠들며 즐기느라 동네가 깨질 것 같던 놀이가 아니던가. 그 작품이 1세기하고도 반세기 전에 프랑스 작가가 그린 작품이고 보면, 동심의 세계는 동서양이라는 시공을 초월하며 아우르나 보다.

작가는 여기서 '볼도 빵빵하게 부풀리지 않고 입술에도 별로 힘이 안 들어가 있는 것 같지요. 그냥 편안하게 후 - 하고 부는 것 같습니다.'라며 '커지면 커지는 대로, 터지면 터지는 대로, 비눗방울이 자아내는 모든 우연의 효과를 좋아할 뿐입니다. 스트레스를 받는 분들에게 오히려 뭘 하려고 하지 말라고 조언합니다. 결과가 좋아야 하고 너무 잘하려는 강박관념이 우리를 힘들게 할 때도 있습니다.'라고 전하고 있다.

문득, 아까 하려던 동작들이 글을 쓰겠다는, 써야만 한다는 강박적 사고가 글을 쓰는 데 필요한 연결고리들을 은연중 멀리 밀어낸 것은 아니었을까 생각해 봤다. 비눗방울을 잘 만들어봐야겠다거나, 크게 만들고 싶다는 생각이야 어린 마음에 당연히 욕심낼 수 있다. 하지만 그런 소소한 것조차, 마음먹은 대로 잘 안된다는 것도 이미 오래전에 놀이를 통해 알고 있지 않은가.

비눗물을 많이 묻혀 불어도 보고, 입바람을 세게 넣어 불기도 하고, 다시 힘을 빼 부드럽게 집어넣는 등 나름 여러 가지 방법들을 시도했었다. 하지만 작가의 말처럼 우연처럼 만들어질 뿐, 생각처럼 되기는 힘들다. 하물며 생각을 정리하여 적확한 어휘를 찾고 문장의 호흡을 확인하고, 다시 단락을 다독이며 구성한 후 참신한 글을 온전히 만들어 내는 일임에야.

그랬다. 써야 한다는 것과 쓰고 싶다는 생각, 그리고 그 호흡의 접점에서 쓰인다는 것은 별개의 의미가 아닌가. 비눗방울 놀이 때처럼 크게 만들겠다는 생각에 입바람을 빵빵하게 집어넣고 불어본 적이 있다. 그 비눗방울이 힘의 크기 따라 커질 줄 알고 수 없이 불어댄 기억이 문득 단락을 이루기도 전 문장에서부터 호흡이 끊겨 잇지 못하고 있다는 생각과 맞닿았다.

생각을 거두며 모니터에서 시선을 떼 멀리 던졌다. 온통 음영 짙고 품 넓은 나무가 넉넉하게 눈앞에 버티고 섰다. 순간 '저거였구나' 하는 마음에 꽉 막혀 갑갑한 생각과 눈의 피로를 거두는 효과가 있다는 녹색. 눈 안에 가득 담아 볼 요량으로 핑계 삼아 나섰다. 바람은 제멋 겨워 앞 머리칼을 아무렇게나 헝클어 놓는다. 제멋대로인 그마저 편안해 보여 바람이 넘긴 것을 또 쓸어 넘겼다. 잠깐, 바람이 희롱하는 언저리께로 반듯한 햇살, 정수리 위를 장난치듯 하더니 생각들을 부른다.

부자 되세요

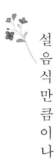

설
음
식
만
큼
이
나

　연휴도 푸졌다. 이맘때면 지인들께 세배 드리러 다닐 텐데 올해도 코로나19로 여지없이 발이 묶였다. 새해 인사를 전화로 안부 묻듯 더러 오가는 상황이다 보니, 인사하는 사람이나 받는 사람 모두가 가벼워 보이긴 매한가지다.

　언젠가부터 세배 후 오가던 덕담 중 길어진 수명 탓도 있지만, '오래오래 사세요'라는 말보다 '부자 되세요'라거나 '건강하세요'가 어감도 좋고 받아들이는 데도 편안해 보여 자연스럽게 되었다. 처음 '부자 되세요'란 말을 들었을 때는 어색하고 어딘지 헐겁게 느껴졌으나, 이젠 이 인사가 보편적이고 듣기에도 썩 괜찮은 인사가 되었다. 황금만능주의는 아니라 하더라도 돈이면 어지간한 것은 다 해결되는 시대를 살다 보니 언어도 시대의 흐름 따라 같이 변하는 것이 당연한지도 모른다.

부자가 되려면 얼마를 가져야 하는 걸까. 내 한 몸 뉠 자리만 있으면 족하다는 사람도 있겠고, 제주도를 다 갖는다 해도 성에 안 찰 사람도 있을 것이다. 부자 되기는 또 얼마나 힘든 일인지, 모두가 갈망해 보지만 다수가 고만고만한 자리에서 맴돈다. 돈에 대한 명언도 많고 그걸 얻기 위해 별별 짓거리를 마다하지 않는 사람은 또 얼마나 많은가.

영끌, 비트코인, 주식, 펀드, 재테크, 리츠, 환차익… 등. 이름도 생소하고 들으면서 생경했으나 돈을 부풀리려는 수단들인 것은 모두 맞다. 얼마 전에는 또 리셀이라 하여 MZ 세대들이 한정판인 명품 의류며 신발을 특별한 행사 때 사서, 다시 되팔아 차익을 얻기 위한 일들이라는 게다. 그것을 사기 위해 백화점 개장 시간에 맞춰 기다렸다가 문을 열자마자 매장으로 들어갔다가 나오느라 역주행하는 바람에 큰 혼란이 있었다는 보도를 방송에서 접했다.

그뿐인가. 하루는 아이 방에 들어갔다가 이상한 것을 목격했다. 네모난 상자 속에 크지도 않은 손바닥 크기 정도의 식물 앞에 전등을 켜 놓고 언뜻 보기에 불을 쬐어주듯 하고 있었다. 하도 이상해서 물었더니 어렵게 주문한 식물인데, 이파리 하나가 새로 나와서 30만 원을 번 것이나 매한가지라며 좋아했다. 들으며 뭔 흰소린가 하여 애꿎게 혀만 끌끌거리다 방에서 나왔다.

식물이 자라기 위한 최상과 최적의 환경을 만들어 주고 있다는 것이다. 나중에 안 사실이지만 식물 재테크라 하여 젊은 층에서 많이 하고 있단다. 돈이 얼마나 좋은 것인지는 익히 알고 있고, 그것을 얻기 위해 방법이 다를 뿐, 거기에 토달며 트집 잡고 싶은 생각은 전혀 없다. 무엇을 택하든 선택과 그에 따른 책임은 본인 몫이니 말이다.

모두 부자를 꿈꾸고 있다. 하지만 돈이란 벌기도 힘들고, 벌어 놓은 것에 보태기도 힘들고, 보탠 것을 유지하기는 더 힘들다는 말이 있다. 그런 큰돈이 없어 놔서 이런 말이 크게 와닿지는 않지만, 어려운 것임에는 틀림없는 듯하다. 옛날 말에 부자 삼 대 못 간다는 말도 아마 '어려운 일'이라는 반증일 것이다.

지난달 '사상 처음, 국내 최초로 국보 두 점이 미술품 경매에 나왔다'라는 보도를 접했다. '보물도 아니고 국보라니…' 하는 생각에 속도감 있게 검색해 봤다. 무엇보다 존경하는 고 전형필 선생께서 설립한 간송미술관 소장품이라지 않는가. 한국 최초의 사립미술관으로 일제 강점기 때 전 재산을 들여 일본에 유출되는 문화재를 사들여 미술관을 짓고, 전시하며 잘 보존했다는 그 간송미술관. 이제 그곳의 재정난으로 인하여 국보 중 불상 2점이 경매로 붙여진다는 것이다. 안타까웠다. 간송미술관은 몇 번을 별러도 이상하게 연이 닿질 않아 못 가봐서 늘 아쉬움이 크던 터에 책으로 간송 전형필 선생을 접했었다.

간송 선생은 24살 때 조선 40여 명의 거부에 들 정도로 큰 유산을 받았다고 한다. 그는 젊음과 재산을 조선의 문화 예술사에 관한 연구나 관심이 거의 없던 시절, 서화나 도자기를 중심으로 사 모았다고 한다. 그러다 선생께서 당시 기와집 몇 채 값을 주고 불상 하나를 사고, 다시 다른 물건들도 수집해 왔다는 것이다. 불상이 일본 수집가들에게 인기가 많아 국외로 유출되는 것을 보며 안타까운 마음에 시작한 일이라 한다.

돈이 많으니 이 일이 가능한 것은 맞지만, 돈이 많다고 누구나 다는 또한 아니다. 무엇보다 거금을 줘 모은 수집품 하나하나에 얽힌 이야기를 읽으며, 이런 분이 진정 애국자구나 생각했었다. 영조 때 한 유명 수장가가 '평생 눈에 갖다 바친 것을 이제는 입에 갖다 바칠 수밖에 없다'라고 하며 애써 수집한 것을 내다 팔 때의 심정을 예로 들며, 간송 선생의 스승이신 위창 오세창 선생께서 생전에 당부한 말이 소개된 글을 읽은 기억이 있다.

'수장가는 모으는 일보다 지키는 일이 더 힘들고 어려운 게야. 힘들게 수장한 물건을 절대 다시 내놓지 않아도 될 만큼만 모으게. 만약 그렇지 않으면 자네 스스로 또는 자손들에 의해 뿔뿔이 흩어지고 말 것이니, 내 말을 명심하고 또 명심하게'라고 말이다. 스승의 가르침에 의미가 실로 크다.

돈이다. 돈이 문제였다. 안타까운 마음에 이럴 때 부자라면, 부자였으면 생각했다. 무릇 '부를 얻는 데는 일정한 직업이 없고, 재물에는 일정한 주인이 없다'라고 하는 말도 있는데 그 소식을 접하며 안타까움은 컸다. 턱도 없는 큰돈 앞에 행여 요행수라도 통할지 복권이라도 사러 나서 볼까. 혹여 국립박물관에라도 기증하게 되면 이름, 석 자 위에 그 귀한 물건과 함께 거기 깃든 정신이라도 마주할 수 있을지도 모를 테고.

스밈

 잘

마르지 않는다. 어제, 그제 정도의 바람과 햇볕이면 충분히 말랐으리라고 생각했다. 요 며칠 전, 지인으로부터 지공예로 된 쟁반 한 세트를 얻어왔다. 진갈색 바탕에 빨간색 커다란 연꽃 한 송이가 활짝 핀 모양에, 아침 햇빛 한 줄기만 보태면 방그레 웃을 것 같은 봉오리 진 연꽃을 나란하게 위, 아래 배치하여 장식해 놓은 것이다.

고와서 감탄하는 내 모습을 보며 '그 정도는 아무나 만들 수 있다.'라며 겸양의 말을 건넸지만, 테두리며 손잡이가 여간 고급스러운 게 아니다. 색감도 색감이려니와 어떻게 한지로 이런 멋진 쟁반을 만들 수 있는지 손매 야물지 못한 이 눈으로는 그저 좋고, 그런 재주가 부러울 따름이다.

잘 쓰던 다른 쟁반은 모두 제쳐두고 예뻐서 자꾸 쓰기 시작했다. 그러다 보니 웬걸 행주질이며 뜨거운 물을 붓다 흘리든지 했던 자국인가. 쟁반 바닥 부분이 들떠 있었다. 종이로 만든 물건이라 사용하는 데 이런 맹점이 있구나 싶었다. 마른행주로 눅눅해진 곳을 종이가 일어나지 않도록 가볍게 톡톡 찍듯이 닦아 말려 볼 생각이었는데 생각처럼 되질 않았다.

어렸을 때 방바닥에 장판지를 새로 들이는 날이면 어머니께선 며칠이고 마르기를 기다렸다. 그러는 동안 방바닥이 더럽지 않게 우리를 까치발로 다니게 하거나, 빙 돌아서 다니도록 했다. 유기름을 바르고 그것이 마르면 또 덧칠하기를 반복하며 방바닥 장판지를 들이는 데 신경 쓰며 여간 공들이는 게 아니었다. 유기름을 덧발라 말리면 장판이 더 질기고 때 타는 것도 덜하다고 들었던 기억이 났다. 유기름이 무엇으로 만든 것인지 그때는 몰랐지만, 냄새도 고약했다. 무엇보다 까치발로 다녀야 하는 걸 잊고 그냥 덤벙덤벙 디뎌 방바닥에 얼룩이 져, 야단을 맞았던 기억이 새롭다.

'맞다, 식용유라도 바르면 되겠구나?' 남들이 모르는 대단한 것이라도 혼자 알아낸 양, 식용유를 바닥에 발라 보았다. 기름이라 윤기가 났다. 뜨지 않고 질기게 만들어 볼 욕심으로 멀쩡한 부분까지 이리저리 돌리며 발랐다. 바른 후, 그것을 이틀이나 통풍이 잘되는 베란다에 엎어 놓았다. 바람이 잘 드는 곳에서 위치를 바꾸며 수시로 뒤집어 놓기를 반복했다. 다 마르면 한 번 더 덧칠해 볼 참으로 기다렸다.

설거지를 마치고 이것저것 주섬주섬 정리하였다. 식구가 없어도 집안일이라는 게 소소하게나마 늘 손길을 요구한다. 식도와 과도를 나란히 꽂아 놓고 잠시 도마에 눈이 갔다. 손잡이가 없어서일까. 늘 도마 앞면이 싱크대 벽을 향해 놓는데, 반대로 뒷면이 벽을 향해 있었다. 아주 하찮고 소소한 것이지만 늘 쓰는 사람만 쓴 후, 넣는 자리에 두는 것이라 크게 불편할 일이야 없지만 뭔가 어색했다. '이럴 리가 없는데 ….' 의아했다. 순간 '아 - 어제 며느리가 다녀갔지?'

새 식구가 오면서 며느린 며느리대로 사소한 것에도 신경 쓰며 놓았을 터이지만 도마의 앞면과 뒷면에 차이를 두는 시어미의 하찮은, 부엌살림에서의 원칙을 어찌 알까. 무엇보다 소소한 것이라 일러 주지도 않았기에 눈치로 알아차리는 데도 한계가 있지 않은가.

작년 명절 때였다. 옥돔미역국을 끓이려고 익혀 놓은 생선 가시를 바르도록 내어 준 적이 있다. 한참 후에 끓이려 봤더니 젓가락으로 여태 가시를 바르고 있었다. 두 마리를 다듬는 데 한나절이 지났건만 손에 익지 않은 일이라 그러려니 생각하며 건네받고 서둘러 다듬고 있던 것을 마무리했다.

겨우 학교 공부 마치고 취직 후 새 식구로 들어온 사람이 아닌가. 내 새끼도 별반 다르지 않음이란 생각에서 잘했다는 말로 '그리 잘하지 못함'을 분위기로 알리며 그러려니 위안 삼았던 적이 있다.

한 사람을 선택함으로써 감당해야 하는 전혀 다른 식구들과의 동화, 익숙지 않음을 익숙함으로의 변화, 본 적도, 들은 적도 없었던 새로운 가풍이 건네는 낯섦, 소소하고 하찮은 부엌살림인 도마를 세워 두는 일 하나에도 도마의 어느 쪽을 벽면에 붙여 세워야 하는지를 말 없는 말로 터득하라면 내 욕심일지도 모를 게다.

지공예로 된 쟁반에 바른 기름이 여러 날 말려도 온전히 스미지 않았다. 스미려면 한참을 더 기다려야 될 것 같다. 그 많은 살림 중 하나에 불과한 이런 사소한 것에도 기다려야 되고 또 기다릴 수밖에 없는 것이다. 하물며 내 식구로 온전히 섞이며 살아가야 하는 데야 얼마나 많은 시간과 정, 성이 필요하랴. 기다려야 한다. 스민다는 것은 기다림이다. 전혀 다른 가풍 속에서 하나로 섞이는 자연스러운 동화와 사람과의 융화가 더없이 소중함이다.

스밈, 서둔다고 될 일이 아닌, 시간을 내어 지키며 감싸 안아야 하는 기다림이다.

용천수,
어쑤굴라한 그 물맛

덥
다.

　　　　　너무 더워 차라리 햇볕은 따갑다는 표
현이 더 어울릴듯하다. 이런 날이면 어렸을 때 사철 시원한
용천수가 솟는 동네 물통에 풍덩 뛰어들고 싶다.

　더운 여름날, 풀벌레 소리와 풀 섶이 맨살에 닿아 간질이
는 소로길 따라 어머니와 함께 물통으로 갔다. 오가는 발길
로 물통을 향하는 길은 하도 밟아 반질반질할 정도였다. 커
다란 바위와 돌로 둥그렇게 쌓아 만들어진 내가 살던 동과
양 물통에 들어서면 물은 세 곳으로 구분되어 있었다. 제일
먼저 만나는 입구에는 빨래하는 곳이고, 가운데엔 과일이나
채소 등을 씻는 물통이며, 맨 안쪽에는 시원한 용천수가 늘
솟아 식수로 쓰는 물통이 있었다.

　어느 해 여름, 물통 앞에서 놀다가 고무신에 그만 물이 들

어가 발이 질퍽거리자 헹궈내려고 물 한 바가지 떠서 발에 끼얹다가 어머니께 혼난 적이 있다. 그 씻은 물이 과일과 채소를 씻는 아래쪽 물통으로 흘러갔기 때문이다. 그러고 보니 지금처럼 안내문이 없어도 누구 한 사람, 이 규칙을 어기는 이가 없었던 것 같다. 외지에서 어쩌다 이사를 오거나 해도 흐르는 물줄기 따라 맨 끝에는 빨래를, 가운데에선 채소나 과일을 씻고, 맨 앞이 되는 위쪽에 있는 물은 마시는 물인 것을 다 안다. 누가 뭐라고 하지 않아도 기본적인 공동체 생활을 다 알고, 또 그것에 맞게 알아서 움직이는 것이다.

잠에서 깨어 입을 쩍 벌리며 기지개를 켜는 이른 새벽에도 어머니께선 벌써 몇 차례의 물을 허벅으로 길어 물 항아리를 그득히 채우는 일이 다반사였다. 집안에 행사가 다가오면 항아리 몇 개에 물을 채우는 일도 큰일 중 하나였다. 먹고, 씻는 모든 물은 용천수가 솟는 물통에서 이렇게 길어다 해결했다.

어머니는 빨랫감을 모았다가 대나무로 엮은 질구덕에 담아 등에 지고, 나는 양은 세숫대야에 물마께라 부르는 네모진 나무에 손잡이를 깎아 만든 빨래용 방망이를 넣고, 그 위에 어머니의 흰 코고무신과 내 꽃신을 담아 달랑거리며 마당을 가로질러 물통으로 향했었다. 크고 둥그렇게 돌담으로 쌓아 놓은 입구를 따라 몇 개의 돌계단을 밟고 내려선다. 첫 번째 만나는 물통에서 먼저 와 빨래하고 있는 동네 애순이 어머니, 신자 어머니, 윗동네 영수 어머니, 알동네 경출이 어머니를 만나 서로 인사를 나눈다.

빨래를 하느라 손은 쉼 없이 움직이면서도 한참을 그렇게 이야기하며 웃기도 하고, 때론 '매께라, 아이고 경했구나게?' 하며 안타까워하는 얼굴이 아까와는 사뭇 다른 표정으로 진지해지기도 한다. 물통은 단순히 물을 퍼서 먹고 쓰는 곳만이 아니라, 이렇게 동네의 크고 작은 대소사며 동정을 알리고 또 정보를 교환하고 도타운 정을 나누는 곳이기도 했다.

물허벅을 진 어머니를 따라 나도 같이 짊어지고파 며칠을 졸라댄 덕분에 대바지라 부르기도 하고 애기허벅이라고도 하는 물허벅과 똑같게 생겼는데 크기만 작은 것을 이웃에서 하나 빌려다 주셨다. 내 키에 맞는 그것을 지고 내가 어머니가 된 것같이 마냥 좋아 물 뜨러 따라나섰던 적이 있다. 대바지는 몸체가 작으니, 주둥이도 좁아, 물을 긷다 보면 들어가는 물의 양보다 버려지는 양이 더 많았다. 그 작은 용기에 물을 채운다고 한들 얼마나 되었을까. 떼를 쓰기도 했지만 물 긷고 오가는 길에 길동무도 하고, 말동무도 하고 싶어 마련해 주셨던 것은 아니었을까.

먹는 물통 옆에는 물을 허벅에 길어 담은 후 질빵이라 부르는 긴 끈을 등과 어깨에 맞추어 짊어지기 편리하게 허리께쯤 높이의 네모지게 평평한 돌이 놓여 있었다. 그것을 물팡이라고 부른다. 물팡 위에 질빵으로 위치를 맞춘 후, 물구덕이라 하여 물이 담긴 허벅을 넣으면 그 무게에 밑이 빠지지 않게 받히는 구실을 하는 것이다. 그것에 물구덕보다 조금 넓고 길게 대통을 커다랗게 쪼갠 후 엮어 붙여 놓았다.

움직일 때마다 출렁대며 흘러내린 물을 빠짐이 좋게 아예 구덕과 함께 하나가 되게 엮어 만든 것이다. 물이 담긴 허벅을 물구덕에 넣은 후 짊어지고 오는 것이다. 물 긷는 사람들이 많다 보니 물팡을 사용하려고 차례를 기다리는 일이 허다했으나 그 누구도 빨리하라거나, 늦다는 둥 재촉하는 일이 없다. 용천수의 흐름처럼 자연에 순응하고, 순리에 따르는 법을 자연스럽게 배우는 것이다.

어느 해 달빛이 온통 밝은 날, 우리 집 앞마당에서 올려다본 하늘에 호박만 한 달덩이가 매달려 있는 것을 보았다. 물을 긷고 동네 아주머니와 함께 물통을 에둘러 쌓은 돌담 그림자를 가리개로 의지 삼아, 목욕하고 돌아오는 길이었다. 둥실 뜬 달빛이 온통 물통으로 쏟아지며 반짝이는 윤슬이 흐르는 물속에서 별이 쏟아지듯 물길 따라 곱게 흐르고 있었다. 아까 우리 집 마당에서 본 달이 동과양 물통에도 와 있었다. '어머니! 아까 우리 마당에도 저 달이 있었는데 왜 자꾸 우리만 따라오멘?' 하고 집으로 돌아오는 길에 묻자 '에에, 지지빠이가 좀좀허영 확확 글라'라시며 물음에 대답은 없고 걸음만 재촉하던 기억이 있다.

그때 돌아오는 길에서 왜 자꾸만 우리를 쫓아왔는지 궁금하여 물어보았던 그 커다란 달도 하늘가 어디쯤에서 눈 맞춤을 할 것만 같다. 50년을 훌쩍 넘겨 이순을 넘긴 이 나이쯤에도 물통에서 어머니와 더위를 쫓으려 빨래하고 난 후, 목욕하며 바가지로 용천수를 끼얹을 때마다 '어쑤굴라, 어쑤굴라'하시던 어머니 음성이 그립다.

손가락 하나만 까딱거리면 물이 펑펑 쏟아지는 편리한 세상이다. 이런 세월을 보내면서도 덥다는 말을 나도 모르게 내지르는 날, '어쑤굴라'하던 용천수의 시원한 물맛 위로 기억 속 어머니의 음성이 그때처럼 들릴 듯하다.

내 어릴 적 추억은 고스란한데 보고 싶은 어머니와 추억 속의 물통은 그 자리 어디쯤만 기억될 뿐 어디에도 없다. 물통 그 아래쪽 언저리에 미나리밭이 있었다. 지나칠 때마다 '어깨동무 내 동무 미나리밭에 앉았다'하는 노래를 부르며 폴싹 주저앉았다가 일어서며 보았던 그 많던 미나리밭은 다 어디로 갔을까. 내 유년 용천수에 대한 추억은 50년이 지나도 여전한데, 오늘처럼 더운 날이면 유년의 시간을 되새김질하며 서늘하도록 시원하던 용천수에 발 담그고 앉아 이 더위를 잊고 싶다.

정직한 순환

계
절
이

딛고 선 너덧 평 남짓 1층 베란다 앞, 내려다보이는 그곳에도 봄기운으로 벅차다. 어느 해던가. 동백나무 몇 그루에 이파리들이 제 입성을 못 갖춰 비실거렸다. 겨울이라 날씨에 순응하느라 애써보지만, 그도 힘들었던 모양이다. 잎사귀 뒷면으로 벌레가 잔뜩 들러붙어 이미 다 갉아놨고, 나무들은 그해를 못 이길 듯 수척해갔다. 그런 와중에 힘겨움을 딛고 동백은 계절의 정직한 순환을 마주하고 있는 모습이 대견했다.

매서운 눈발 속에서 꼿꼿이 추위를 초록으로 받아내더니 동백 서너 그루에 선명하게 붉은 꽃들을 피워냈다. 힘겹게 명줄을 지켜낸 나무에 붉게 매단 꽃이 유난히도 곱다. 한참 지난 후 뚝뚝 꽃들을 떨구어 냈다. 꽃 진 자리마저 곱다. 이젠 계절에 순응하며 제 몫, 제 할 일로 자연의 순환을 온전히 마련 중인 게다.

얼마 전, 이 화사한 봄기운 안으로 낯 뜨거운 기사 하나를 접했다. 어느 한 아름다운 가게에서 기부받은 물품 중 절반 이상이 망가져 쓸 수 없거나, 사용기한을 넘긴 물건이라는 게다. 기부받은 의류품들도 늘어지거나 보풀이 너무 심해 재순환이 어려웠다고 한다. 그날 하루 2.5톤을 내다 버렸다는 내용과 함께 분류작업 하느라 인력과 시간, 거기다 폐기 비용까지 부담하게 된다는 내용의 기사였다. 재순환하지 못할 것들을 기부라는 이름으로 받아서 독박 쓴 셈이다.

그 기사를 접하면서 '모두가 함께하는 나눔과 순환의 아름다운 세상 만들기'에 앞장선다는 아름다운 가게에서, 아름답지 못한 일들도 생겨 힘들 수도 있겠구나 싶은 생각이 들었다. 특히 이곳은 자원의 재순환을 통해 세상의 생명을 연장하고자 하는 것이 활동 목적 중 하나라고 들었다. 물품을 기부받고 나눔을 실천하는 곳에서 일어난 어이없는 뉴스에, 들으며 내내 민망했다.

뭔가 좋은 뜻에 함께하려는 마음도 아무나 쉽게 가질 수 있는 것은 아니다. 내가 잘 안 쓰는 물건을 더 필요한 곳으로 나누자는 것인데 아무렴 알면서야 그랬을까. 하지만 나누고자 하는 그 물건을 내가 받는다면 그 마음이 어떨지 한 번쯤은 생각해 볼 일이다. 함께하려는 마음으로 시작한 일이니 주는 사람도, 받는 사람도 더불어 기쁘고 편안해야 한다. 주어서 좋고, 받아 감사한 마음을 갖게 하려면 어떻게 해야 할지 기부의 의미를 조금만 더 깊이 있게 생각해 보았으면 좋겠다. 버리기 아깝다는 단순한 생각만으로 좋은 의미마저 그르칠 수는 없는 것이다.

오래전, 한 복지시설에 몸담고 있던 때의 일이다. 하루는 후원 물품으로 냉동된 생선 몇 박스가 들어왔다. 좀 한가할 때 손봐서 먹을 양만큼씩 나눠 보관해 두려고 직원들의 바쁜 손을 여기저기서 모아 열심히 다듬을 때였다. 양도 양이거니와 냉동되었을 때는 몰랐었다. 물건이 해동되어 갈수록 비린 내도 그렇거니와 역한 냄새가 진동했고 그것은 대기를 타며 사방으로 공기와 손잡고 진동하는 게 아닌가. 바쁜데 시간 쪼개어 손을 보탰던 모두는 황당해 몸을 일으켰다. 한참 동안을 바닥 청소만으로도 힘들었던 기억이 난다. 이런 줄을 알고서야 보냈을까.

요즘은 학교나 사회 각 분야에서 기부며 자원봉사로 나눔이 활성화되고 보편화되고 있다. 노인이나 장애인 혹은 돌봄이 필요한 수요처를 찾아 다양한 방법으로 사회 각계각층에서 나눔을 실천하고 있다는 미담도 종종 접한다. 새삼스럽지도 않은 사회적 분위기다. 내 능력의 범위 내에서 돈이나 물품을 필요한 곳에 나누는 것도, 내가 가진 지식이나 재능을 함께 공유하는 것도 기부다.

기부나 봉사는 아름다운 일들을 실천함으로써 다른 이에게 동참할 수 있게 하는 동기 부여의 계기도 되고, 선행에 따른 선순환의 고리를 다양하게 이어갈 수도 있다. 순수로 시작된 작은 선행이 누군가에게는 오래도록 감동으로 남을 수 있다.

더러 기부는 넉넉해야 하는 것이고, 봉사는 시간이 남아서 하는 일로 아는 경우가 있다. 나눔은 넉넉해서 나누는 것이 아니라, 모자란 중에도 함께하는 것이다. 마찬가지로 봉사도 바쁜 와중에 시간을 쪼개어 함께 할 때, 받는 사람도 주는 사람도 기쁘고 보람된 것이다.

착한 마음으로 시작된 나눔, 따뜻하게 시작한 일은 결과도 따뜻함으로 전해지면 좋겠다. 봄볕이 음지로 바쁘게 들어오고 길 건너 흐드러지게 핀 봄꽃에 동네가 다 환하다. 온정을 펼치는 모든 이의 마음에도 이 봄의 기운처럼 정직한 순환을 통하여 따뜻함이 이어지길 소망해 본다.

코로나19 속
우리는

눈
닿
는

곳,

발 딛는 곳마다 자연은 수많은 것들을 아낌없이 건네고 있다. 산과 들이 온통 초록, 그 안으로 꽃이라는 이름은 고운 색들을 불러들인다. 계절 속으로 발들인 꽃들은 저마다의 색깔과 크기, 모양, 혹은 쓰임으로 다가오고 더러는 향기를 쏟아 내며 오가는 이 발길을 묶어놓기도 한다.

정중앙으로 바라다보이는 한라산은 산자락과 함께, 골과 골로 이어지는 명암이 어찌나 청명한지 그 깊이라도 그려낼 것같이 곱다. 벚꽃 만발한 가로수 길은 집을 나서면 여기에서부터 제주대학 정문까지 긴 거리를 잇고 있다. 양쪽 길 따라 계절로 핀 꽃길은 잘 다듬어진 공원의 한 구간을 아예 옮겨놓은 듯 하늘색과 대비되며 펼쳐지는 풍광들이 그지없이 곱다. 봄바람 머금은 잎 샘 바람에 화들짝 놀라 꽃잎 화르르 떨군 자리엔 가지마다 파룻파룻한 이파리를 내걸며 계절은 한창 물오른 모습을 준비하느라 분주하다.

이렇게 고운 날은 친구라도 불러내어 길동무, 말동무하며 나란한 모습으로 이 봄이 휘어지도록 가득 핀 계절 속, 꽃길을 만끽하면 좋으련만 무슨 조화 속일까. 여느 때 같으면 꽃구경으로 오가는 사람마다 흥으로 넘실댔을 도로다. 느닷없이 찾아온 불청객 코로나19는 꽃으로 화사하게 다가오는 고운 계절마저 야속하고 지루하게 만든다.

어느 날부터 '사회적 거리 두기'란 낯선 말이 짧은 기간 반복하며 수없이 듣다 보니 이젠 일상어가 된 느낌이다. 그뿐일까. 재택근무, 원격근무, 시차 출퇴근제, 점심시간 시차 운용, 화상회의 등 어쩌다 한번 들으나 마나 할 용어들이 일상을 파고들어 직장인들 사이에서 보편화된 근무 형태가 되어버렸다. 모두 코로나19 전파를 차단하고, 사람 사이 비말로 퍼지는 바이러스로 인한 피해를 최소화하기 위한 대안들이라 한다.

어색했던 일들이 당연시되기도 한다. 발열이나 호흡기 증상으로 소소하게 아픈 것은 몸으로 때우며 참고 견뎠었다. 그런데 이젠 조금이라도 그런 기운이 있으면 출근하지 말라고 한다. 근무 중 아파도 참고 견뎌야 했던 것들이 지금은 이상 증상을 보이면 즉시 퇴근해야 하는 것이 코로나19 기본

수칙이다. 나로 인하여 타인에게 전파되는 바람에 해를 끼칠지도 모른다는 생각이 가져온 변화다.

여기저기 모두가 사회적 거리 두기로 바쁘다. 우리 제주만 해도 따라비 오름을 오르려면 밟아야 하는 녹산로로 이어지는 가시리 초입. 얼추 10km 거리가 유채꽃과 벚꽃이 어우러지면서 봄철만 되면 오름의 능선과 조화를 이루어 '한국의 아름다운 길 100선'으로 알려질 만큼 유명한 곳이 아니던가. 그런데 올해는 사회적 거리 두기 차원에서 모여드는 상춘객들로 인하여 코로나19가 전파될 것을 염려하여 그 고운 길마저 방역 대비에 나섰다. 확산 우려로 화사하게 핀 유채 꽃밭을 사람들 발길이 닿기 전 조기에 갈아엎는다는 소식이다. 계절의 아름다움도 코로나19 앞에선 속수무책인 게다.

무엇보다 소상공인 피해가 이만저만이 아니라 한다. 그도 그럴 것이 발이 묶이고 만남이 제한되고 있는데 무엇인들 제대로 돌아갈까. 신학기지만 학교에 못 가 온라인 교육받아야 한다는 학생들, 아이만 두고 출근하자니 걱정이 태산 같아 안절부절하고 있다는 학부모, 언제 열지 모른 채 문 닫게되어 버린 다중시설 이용자, 복지관이나 노인당이 주 놀이터고 쉼터인데 이제 갈 곳이 없어졌다며 볼멘소리하는 부모님 등. 뿐인가. 이러저러한 모임과 행사를 취소하거나 연기하는 바람에 상가마다 텅 비어 있으니 말이다. 무엇보다 사람과 사람 간 2미터 유지 등 일상에서 느끼는 큰 불편들이 하나둘

이 아니다.

모두 지치고 있다. 정부는 사회적 거리 두기 캠페인을 또 2 주 연장 발표했다. 많은 사람이 거리 두기가 곧 해제될 거라는 기대에 부풀었는데 말이다. 많은 분야에서 일상이라는 바퀴가 제대로 굴러가지 못한 채, 비상이 일상이 되고 또, 그 일상이 장기화하다 보니 힘들다는 말이 곳곳에서 쏟아지고 있다. 작은 음식 가게를 운영하는 이웃집 언니는 월세 낼 걱정에 요사이 많이 수척해졌다. 그 모습을 바라보는 것도 힘들다. 더러 위기라는 말도 쓴다. '조금만 더, 조금만 더'라며 버틴 시간이 무색하다.

그래도, 그래도 하는 마음으로 힘을 모아 개개인이 코로나19 생활 수칙을 잘 지켜 안전에 대비할 때, 그 하나하나는 전체가 되고, 나아가 원하는 결과를 속히 얻으리라 본다. 작은 구멍으로 둑 무너진다는 말처럼, 비록 사소해 보이나 서로가 하나라는 연대 의식을 가져야겠다. 이 위기를 극복하자는데 동참하는 적극적인 의지가 절실히 요구되는 것이다. 다 같이 힘든 시간이다. 그날이 그날이라며 무료하던 그 일상들이 새삼 그리워지는 것이다.

문양 찾기

엉
기
며

　　달려드는 바람살이 사납다. 휴일이라
느긋하게 앉아 있는데 지인한테서 연락이 왔다. 나가잔다.
특별히 할 일도 없고 추운데 뭐 하러 나가냐고 반문했더니,
목소리를 더 키우며 집으로 오겠다고 어깃장을 놓는 바람에
대충 준비했다.

　　기온 탓도 있지만 집에만 들앉아 있다가 오랜만에 나선 길
이다. 시골이다, 도시라는 구분조차 아예 없었던 듯, 이동하
면서 본 시골은 여기저기 고급 주택이 들앉아 있다. 덩치 큰
건물들은 서로 키 자랑이라도 할 것처럼 육중한 다리로 하늘
을 쳐 받히고 있어 위압감마저 든다. 계절 진자리, 나오길 잘
했다. 주차 후 넓게 펼쳐진 연못 쪽으로 눈을 주며 걸었다.
커다란 연못 가운데로 팔각정자가 위치 해 있고 주위는 산책

하기 좋게 데크로 빙 둘러놓았다. 마치 물 위를 걷는 것 같은 기분이다.

한때 이 연못 가득히 계절 겨운 푸름과 군데군데 붉고 흰 꽃을 청초하게 피워 온통 싱그러움을 뽐냈을 정경이 선하게 그려졌다. 아침이면 새벽이슬 머금은 채 햇살 따라 봉오리를 살포시 열며 꽃잎 화사하게 펼쳐내던 자리다. 청초함과 화려함을 앞세워 이곳을 찾는 이들의 시선은 얼마나 많이 강탈했을 것이며, 오가는 이의 발걸음인들 오죽 유혹했을까.

계절 이운 자리, 연은 생을 다함인지 퇴락한 줄기는 기다란 제 몸의 무게를 감당키 어려워 긴 허리를 꺾고 굽혀 수면 위로 또 그만한 물그림자를 대칭으로 감싸 안고 있었다. 마치 잠기며 마주한 연자 방이 그대로 물 위에 투영되어 있다. 그 모습은 마치 또 다른 삶처럼 보인다. 삼각형, 다각형 등 각 각의 살아온 삶의 모습으로 저마다의 무게만큼씩 기하학적 무늬를 물 위로 둥둥 띄워 놓고 있다. 넓은 수면 위로 아무렇게나 널려진 것 같지만 힘들고 지쳐 스러진 모양은 고스란히 걸어온 삶의 문양을 깊이로 품었다.

연자를 다 키워 낸 후 쪼그라지고 볼품없는 색깔을 띤 연자방, 물 위에 투영된 모습도 오롯이 하나의 구球를 만들고 있다. 바람이 모이는 곳, 그 한 언저리로 연자방은 생의 다함을 알고 있는 것일까. 싱그럽고 곱던 색감은 이미 퇴색하고 튼실함에 겨워 팽팽하게 연씨를 가득 품었던 자리마다 시간 속의 푸르던 날을 추억한다. 그것은 엷은 바람에도 부서질 듯 비워냈음에도 남은 게 있었던지 한 겹 한 겹 무게를 덜어 내고 있다.

연씨들 건강하게 다 키워 낸 뒤 헐벗어 초라해진 몸뚱이 속 기운은 모두 방전된 채, 물 위로 겹겹이 띠를 이루며 누워 있다. 다 떠나보내 가벼울 대로 가벼워진 연자 방은 제 몸 하나 건사도 힘든지 성난 바람이 홀대하자 매몰차게 내닫는 방향 따라 쫓기며 떠돌고 있었다.

연꽃의 한 생 다함이 마치 사람의 생을 보는 듯 마음자리가 시려오며 우직한 연민과 마주했다. 가장 화려할 때 다 내어 주고, 기꺼이 내어 주고 보면 초라하게 남겨진 눅눅하고 구부러진 길을 찾아 맥없이 흘러가고 있으니 말이다. 심지어 가고 옴이 어디인지조차 모호한 채 그렇게 물 위 작은 바람에도 비틀거리며 다 게워 낸 모습이면서도 보듬어 안을 무엇이 있음인지 온몸을 뒤척인다.

아이들을 품고 키우며 내 삶이라 생각했던 시간은 이제 그들이 자라 제 갈 길 따라 떠나는 것을 본다. 지극히 당연하고 자연스러운 현상이다. 몸의 크기와 비례하여 행동하는 것을 본다. 당연한 일이라 생각하다가도 어떤 날, 오가는 각 세운 말마디 때문일까. 당연하다고 생각한 것들은 절대 당연치 않음이 되어 버렸고, 그러면 안 될 것 같아 내 던진 한 마디는 간섭으로 비치며 아껴 둬야 할 말로 밀봉되는 시간.

'이렇게 한 생을 마주하는구나.'라고 생각하며 작은 바람에 물비늘 가득히 이는 연못을 멀찍이 눈 주어 바라보았다.

　푸르고 싱싱함을 지켜내다 더는 내어 줄 것 없이 다 내어줘 퇴락한 육신은 서로 등을 마주하였다. 튼실하게 연씨가 앉았던 자리마다 성난 바람의 독기로 잔뜩 차지해 있다. 이내 둥지는 성근 모양 따라 바람을 실었다 다시 게워 냄을 반복한다. 그것은 마치 세상 등지는 연습이라도 하는 듯 저마다 엎어진 채다. 더러는 바람 타며 저만치 밀려나 있기도 하고, 어떤 것은 더는 밀리고 싶지 않아서일까. 저항하듯 텅 빈 연자방끼리 서로 의지인 양 기대고 있다.

　사원 꽃자리마다 휘둘리다 지쳐 물먹어 잠긴 것도 있고, 자빠진 것, 뒤 집어진 것 각각의 모습은 그들이 지난한 삶을 온몸으로 이야기하고 있다. 어떤 것은 바람에 실려와 그대로 물 위를 떠돌다 근원 모를 곳을 향해 깊이를 가늠하지 못한 채 고요로 잠기고 있다. 연자방 빈자리는 한없이 가벼워 바람의 채찍에 이리저리 휘둘리며 쫓긴다. 아예 비워내기 위해 살아온 삶처럼 그렇게. 제 한 몸 가뭇없이 사원 자리엔 깊이로 건너왔듯 오래된 삶의 흔적을 또 다른 문양으로 품어 마음이 시리다.

　돌아 나오는데 바람결마다 연자방은 물비늘에 휘적거리기도 하고 흔들림 따라서 파문마저 흔적이라는 이름을 새기고 있다. 한 생으로 펼쳤던 자리엔 깊게 참아낸 시간은 움직임마다 물비늘이 열 지어 흔들린다. 그 흔들림은 마치 각자의 삶의 문양을 그려내는 듯도 하고, 이미 다음 생을 불러들일 준비로 기꺼이 내어 줄 준비라도 마친 듯하다.

거칠게 달려드는 뾰족한 바람의 모서리에 연자방이 닿았다. 눈시울 훑어내며 방향 잃고 떠도는 것이 마치 각각의 세월을 밟으며 써 내려온 이력 만큼씩의 문양이다. 문양들은 각주 많은 삶을 살아온 우리의 모습으로 보여 무겁다.

전등사의
빗소리

가
랑
비
가

오락가락하더니 차창에 닿는 빗방울
은 크기를 점점 키워갔다. 어디든 이동하는데 비 오는 날씨는
참 난감하다. 일행 중 총무를 맡은 이가 얼른 가까운 마트에
서 우비며 우산을 하나씩 사서 건넨다. 흰색 우비를 모두 껴
입은 일행 모습을 보니 단체복처럼 나름 일체성을 주어 그도
괜찮아 보였다. 주차 후 강화도에 있는 전등사로 향하는 길
은 산등성이 따라 흙길이었다. 많은 사람이 오갔음을 알리는
자취일까. 이런 날씨가 아니었으면 디뎠던 곳인 흙길은 수많
은 발길의 흔적으로 아예 반질거렸을 것이란 생각했다.

입구를 따라 걷는데 양옆으로 높은 수령을 자랑하는 거목
들이 서 있었다. 오르노라니 사찰이 보이는 곳 오른쪽에 윤
장대가 자리하고 있었다. 팔각에 팔면으로 이루어진 윤장대

는 불교 경전을 넣은 책장에 축을 달아서 돌릴 수 있도록 만든 것이라 한다. 그것을 한번 돌리면 경전을 한번 읽은 것과 같은 공덕이 있다는 설명이다. 옛날 글 모르는 백성들이 많은 탓에 그들을 위하여 이렇게라도 불경과 가까이할 수 있게 만들어 세웠다고 한다. 학력 인플레가 가져온 폐해일까. 요즘은 더 빨리 공덕을 쌓고 싶은 욕심 때문인지 하도 돌려대는 바람에 파손을 우려해서 아예 돌릴 수 없게 고정해 버렸다고 한다.

전등사는 서기 381년에 창건되었다고 하고 우리나라에 불교가 처음 전해진 것이 서기 372년이라 하니 초창기인 셈이다. 이 전등사는 한국 불교 전래 초기에 세워진 이래, 현존하는 최고의 도량이라 설명하고 있다. 가파른 계단을 올라 전등사 경내로 들어가는 누각인 대조루는, 전등사 불이문 역할을 하는 곳으로 진리는 둘이 아니라는 뜻에서 유래한다고 했다.

법당에 도착하니 마침 예불 시간이었다. 스님의 목탁 소리에 맞추어 삼배를 올렸다. 이어 대웅전에 마련된 수미단을 바라보는데 세월의 주는 깊이일까. 언뜻 보니 양각인 듯했는데 자세히 보니 음각으로 새겨져 있었다. 찬찬히 살폈더니 그모습은 세월이 머물렀던 주름 따라 색감은 아예 지워진 채다. 솜씨 좋은 사람이 꽃과 당초 무늬, 수호신인 듯 도깨비모양들이 새겨져 있었다. 이것은 보내어진 시간을 되새김질하듯 불상을 받치어 놓고 있었다. 비가 더 거칠어졌다. 처마 밑에 잠시 서 있다가 잠시 눈을 준 곳에서 본 나부상裸婦像. 익히 들어서 알고 있었으나 이곳에서 마주하게 되어 놀라움이었다.

옛날 솜씨 좋은 도편수가 있었다. 사찰 대부분이 그렇듯이 첩첩산중에 짓게 되는데 지금처럼 휴대폰은 물론, 장비도 변변치 않은 때라 모든 게 몸으로 이겨내던 때다. 나무를 베고, 건조하고 준비하는 과정이 모두 사람의 몸으로 하던 것이라 그 또한 시간이었을 게다. 도편수는 솜씨가 하도 좋아 인기가 아주 좋았다. 돈도 많이 벌고, 고운 처자를 색시로 맞아 결혼하게 되었다. 건물 하나 짓는데 몇 년이라는 긴 시간이 필요했다. 혼인 한 도편수는 어머니와 색시를 남기고 발을 떼려니 떨어지지 않았으나 뒤로하고 일터인 산속으로 들어가야만 되었다.

몇 년 후, 일을 마치고 색시를 만난다는 설렘은 한달음에 집으로 돌아오게 되었는데 색시가 안 보였다. 사방을 헤매었으나 어디에도 없었다. 그렇게 지치도록 헤매다 돌아온 날은 술에 의지하지 않고서는 가누기가 힘들었을까. 술에 묻히는 시간이 연속이었다. 그의 솜씨를 아끼는 사람들은 그의 손이 꼭 필요하다며 돈은 달라는 대로 주겠노라고 했지만, 그는 묵묵부답이었고 생각지 않게 몸값만 절로 오르게 되었다.

권에 못 이겨 어느 큰 사찰을 축조하는 동안 동료들과도 입을 봉한 채 일만 계속했다. 밤이 되면 시간을 잘라내어 오로지 뭔가를 열심히 만들었는데 그것은 벌거벗은 채 쪼그려 앉은 모습의 나부상이었다. 그 도편수는 자기가 지은 건축물 맨 마지막 대웅전 네 귀, 처마 밑에 그렇게 깎아 만든 나부상을 조각하여 넣은 후 숨기는 것으로 일을 마무리했다고 한다.

남편을 버리고 집 나간 여인한테는 죗값으로 하늘 보는 부끄러움을 알게 하고, 지아비로서 지어미를 지켜내지 못한 부끄러움을 그렇게 표현하였다는 말을 아주 오래전에 들었었다. 그래서 가끔 큰 사찰을 가게 되면 적이 관음적 자세로 처마 밑을 한 번씩 훑는 경우가 있다. 그리고 이곳에서 그 나부상과 마주했다.

사찰 울타리 안쪽을 돌며 오르는데 고풍스러운 담장이 눈에 들어왔다. 담장은 돌과 흙을 이겨 올렸는데, 지형지물을 그대로 이용하고 있어 더 멋스러웠다. 담장 위에 기와를 올리는 것으로 마무리하여 운치가 그만이다. 이곳이 '정족산사고지'라 했다.

조선왕조실록을 보관하던 사고인 장사각과 왕실의 족보를 보관하던 선원보각이 있던 곳이라고, 설명하고 있다. 조선 초기부터 춘추관, 충주, 성주, 전주 등 네 곳에 보관하였다고 한다. 임진왜란 때 다른 곳으로 옮겼다가 다시 마니산 서고를 거쳐 현종 1년 때 이곳으로 옮기고 왕실 족보를 보관하는 선원 보각을 함께 지었고, 실록은 1910년 국권 침탈 이

후 서울로 옮겨졌고 지금은 서울대학교 규장각에서 보존, 관리한다는 설명을 읽었다. 그렇게 귀중한 역사적 자료가 있던 자리였다니 더욱 새롭다.

해우소를 두리번거리며 찾아 들어갔다. 어느 것 하나 예사인 것이 없다. 들어가는 벽면은 흰색 석회로 바탕을 두고 드문드문, 때로는 연이어 기와 옆면을 엎어놓았나 싶었는데 뒤집어 놓았고, 때론 마주 놓아 자연 그대로의 문양을 연출하고 있는 게 보는 이로 하여금 뜻밖의 운치를 선사하고 있었다.

세차게 내리는 비를 피하려고 해우소 옆 건물 처마 아래로 몸을 피했는데 풍경과 함께 들창문을 들어 고정하는 역할을 하는 분합 박쥐 문양 걸쇠가 나란했다. 참 오랜만에 보는 박쥐 문양 걸쇠다. 빗줄기 따라 기와의 골마다 낙수 져 소리하는 자리 따라 물그림자 속으로 동심원을 그리는 동안 걸쇠의 물그림자도 같이 흔들리고 있다.

몇 아름은 됨직한 하늘을 가릴 만큼 큰 느티나무가 수령 400년 세월이라는 꼬리표를 달고 있었다. 그 높이의 끝을 보려고 고개를 드는데 하마 목이 젖혀지면서 꺾이는 줄 알았다. 얼른 자세를 거두며 바라보는데 펼친 나뭇가지마다 초록은 깊이를 더하고 있었다.

잠시 비 그친 자리로 산안개가 자욱했다. 멀리 사찰의 한 부분은 안개에 가려 신비로움을 더하고 있다. 비가 와서 종종걸음으로 재촉하던 마음 때문일까. 올라갈 때 미처 보지 못한 도랑처럼 생긴 폭 좁은 공간을 건너는 위치에 용도를 알 길 없는 작은 다리가 있었다. 양쪽 가장자리에 해태 모양의 암수 한 쌍이 마주 보고 있었다.

얼굴을 들어 엎드린 채 오가는 이를 바라보고 있었다. 이곳을 찾은 사람들 욕심의 크기를 재고 있을까, 아니면 공☆ 속의 사심의 흔적을 찾고 있나, 그도 아니면 지은 복과 죄의 총량을 가늠하고 있을까 생각하다가 그 생각들을 놓았다. 이도 내 몫이 아닌듯해서.

선등사 경내를 머무는 동안 비가 서서히 엷어지면서 해가 비추더니, 어느새 산 그림자 내려와 산사를 등지고 딛는 우리 일행의 발등을 바쁘게 적시고 있었다.

짐 정리

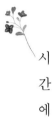

시
간
에

치대며 바쁘게 살았던 생활 습관 탓일까. 아침 시간이라 해서 특별히 바쁠 일도 없을 것 같은데, 괜히 마음이 바쁘다. 비어 있어 바쁘다면 모순된 감정일까. 오랜 바깥 생활 탓에 한가함에 아직은 익숙지 않아 그렇겠지만 한 통의 전화를 받고 마음이 분주해졌다. 통화 후 종종걸음마다 '아니, 왜?'라는 물음표가 의문과 질문 사이를 재깍거리는 시계의 초침처럼 들러붙어 궁금증을 증폭시키는 것이 정신마저 혼란스럽다.

요즘 6070 세대에 걸쳐진 나이를 노후 대책이란 말이 나올 때마다 낀 세대란 말로 많이 이야기되고 있다. 아래로는 캥거루족이라는 신조어가 생산되며 제 갈 길 찾아 떠날 나이인 자녀 중 현실적인 이유로 독립하지 못한 채, 부모 세대의 도움을 받고 있다는 말로 쓰임이다. 또 위로는 어떤가.

고령사회의 진입으로 예전 같으면 이미 한 세대가 바뀌어 내 노후만 걱정하면 될 것이다. 하지만 연장된 평균 수명으로 인하여 부모님 부양도 병행하게 되었다. 위아래로 나름의 몫을 나누다 보니 당연히 준비해야 마땅한 내 앞일을 가리는 데도 삐걱거리며 버겁게 되어 버린 셈이다.

노인시설에 근무할 때였다. 불과 몇 개월 정도의 여명餘命이라고 병원을 퇴원할 때 들었다며 노인시설에 어머니를 입소시키기 위해 동행한 보호자가 전헸다. 숨소리도 거칠었고 몸 상태 또한 얼른 봐도 많이 안 좋아 보였다. 그렇게 한 달쯤 되었을까. 음식물을 넘기기 힘들어 흔히 콧줄이라 말하는 비위관에 의지하여 식사 대용 유동식이 매일 제공되었다.

거기에는 잘 계산된 1일 섭취 필요 열량이며 영양 정도는 물론이고 생활하기에 불편함이 없이 위생, 물리치료, 적정 온도, 습도 등 노인이 필요한 서비스가 몸 상태에 따라 알맞게 제공되었다. 내 손이 못하는 걸 다른 이의 손이 오랫동안 대신하다 보니 누워 생활하든, 스스로든 육신만을 두고 본다면 나름 최적화된 삶을 유지하고 있는 셈이다.

몇 개월 정도의 여명이라던 수명은 그 후로 몇 년이 지났지만, 오히려 입소할 때보다 몸 상태는 더 좋아 보였다. 흔히 요양시설이 생겨 십 년 정도의 수명을 연장해 놨다는 말들을 한다. '장병에 효자 없다'라는 말처럼 경제적·정신적으로 감당해야 하는 부담은 고스란히 가족의 몫이다. 이런 문제들이 가족 간의 관계를 불편하게 만들고 때론 소원하게도 한다. 건강하게 오래 산다면 삶은 축복임이 맞다. 그러나 지극히 당연하게 유지해야 할 일상생활을 타인의 손에 의존해야 하고, 내가 누군지도 모르는 상태라면 문제는 사뭇 달라진다.

아침에 받은 전화로 마음이 무겁다. 친하게 지내는 지인이 작품 활동 차, 외국에 나갔다가 갑자기 쓰러지는 바람에, 그곳 병원에서 뇌졸중이란 진단을 받고 급히 입원했다는 내용이다. 편마비라 한다. 건강은 자신하는 것이 아니라지만 아직은 갓 예순. 얼마나 건장한 체구였던가. 그것도 작품 활동 차 나간 타국에서 그런 변을 당했다니 전혀 생각도 못 한 일이었다. 모를 것이 사람 일이라 하지만 믿기지 않았다.

가까운 곳에서 이런 일을 접하고 보니 적잖이 충격이다. 머릿속이 뒤엉키면서 몇 달 전 받아두었던 소책자를 뒤적거리며 급히 찾아 집어 들었다. 임종 과정에 있을 때 수명연장을 위한 어떠한 의료행위도 하지 않거나 중단하겠다는 의사결정서와 그에 관한 설명서다.

특별한 의미 없이 받아두었던 게다. 혹시 몰라 그런 상황에 노출될 수도 있고, 불의의 상황을 맞을 수도 있겠다는 생각에서 묻었던 책자를 꺼내 들게 된 것이다. 그때만 해도 별생각 없이 받아두긴 했으나 막상 서명하려니 별것 아닌 것처럼 생각한 것이 그도 용기가 필요하여 그냥 놔둔 것이다. 의식이 또렷할 때 스스로 결정하는 게 낫겠다는 생각에 지인의 불상사와 마주하게 된 것이다.

지인의 생각지 않은 일을 당하는 것을 보며 그런 일에서 나 또한 자유로울 수 없다는 판단에 아직은 멀게만 생각되어 미뤘던 일을 쉬이 행동으로 옮기게 하였다. 주변에서 당하는 뜻밖의 사고 소식을 접할 때면 누구든 또, 언제든 그런 위험에 노출될 수 있겠다고 생각하던 차였다. 시간 다툼이라도 하듯 얼른 행동으로 옮겨 서명하고 돌아오니 뭔가 큰일 하나를 정리한 느낌이다.

갑작스럽게 접한 지인의 소식에 정신도 어수선하고 몸도 분주한 하루였다. 생이 다하는 마지막 순간까지 내 의지가 내 삶의 주인이 되었으면 하는 간절한 바람을 가져 본다. 묵직한 짐 하나 정리한 것 같아 별것은 아니나 안전망 하나를 두른 것 같아 마음이 편안하다.

라떼는 말이야

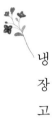

냉
장
고

문을 열었다. 막상 때 되어 상을 보려면 찬은 없는데 용기마다 뭐가 그리 많은지 더러는 뚜껑을 하나하나 열어 내용물을 확인해야 할 때가 있다. 보관한 사람도 그 내용물이 뭔지 몰라 확인해야 할 정도이니 문제인 것은 맞다. 냉동실이라고 뭐 크게 다르지 않다. '찬이 없을 때 써야지, 버리려면 아까운데 나중에 먹어야지, 이걸 버리면 죄지을 것 같은데'하는 구실을 붙여가며 공간만 내주고 있는 셈이다.

지난 추석 때만 해도 그랬다. 차례 음식은 이 집 저 집 종류나 가짓수가 거의 정해져 있다. 적과 전, 나물이며 진설하는 음식만 봐도 지역적 특산물이나 지방마다 특징되는 음식만 조금씩 다를 뿐이다. 음식 장만하고 나서 허리를 펼 때쯤

이면 뻐근한 허리에 손을 갖다 대며 '잘 먹지도 않을 음식을 꼭 이렇게 해야 하나'하는 생각에 군소리를 내뱉으려다 그도 불경스럽다는 생각에 말꼬리를 얼른 삼킨다.

배곯던 시절이나, 먹을 게 차고 넘치는 요즘이나 별다르지 않다. 요즘은 손가락 몇 번 클릭으로 입맛에, 혹은 기호에 맞는 음식이 배달되다 보니 차례 음식은 어쩔 수 없이 한 끼니 정도 먹고는 그만이다.

그날도 그랬다. 멀쩡한 명절 음식 놔두고 새로 반찬을 만든다는 것도 어정쩡하던 차에 '치킨 먹고 싶다'라는 말이 끝남과 동시에 아들 녀석이 핸드폰을 잽싸게 만진다. 이미 주문 완료란다. 말하고 나서 야단맞고 먹을 바엔 아무 말 않고 있다가 먹고 야단맞겠단 심사였을까. 결제와 동시에 좋아서 야단들이다.

잘 먹지도 않는 음식, 아까운 생각에 혼자 먹고 있자니 괜스레 심통이 났다. 먹는 것도 혼자는 참 멋도, 맛도 없다. 훅 버리면 될 것 같은데 그마저 용기 없고 죄스러운 생각의 깊이가 커, 이리저리 굴리다 결국은 상할까 봐 다시 끓여 놓게 된다. 막상 그렇게 해 봐도 먹지 않아 끓이느라 연료만 소비하고 설거지 양만 불려 놓은 채 공연히 부지런 파느라 몸과 마음만 바쁘게 굴렸다.

혼자 아까워하며 먹는데 음식값 보다, 먹은 후 열량 소모시키는 비용이 더 들 것 같은 생각이 스멀거렸다. '맛 좋고 먹고 싶은 것을 먹으면서도 몸 관리에 신경이 써야 하는데, 굳이 안 먹고픈 것까지 먹어야겠느냐.'며 아들 녀석 말 부조하던 일도 생각의 말미로 자리를 튼다. 생각은 아까 배달 음식 주문한 것에 대한 복선처럼 들렸다. 먹는 음식을 두고 애꿎게 이게 무슨 짓인가 싶어 이 그릇 저 그릇에 옮기다 결국 정리 차 과감히 버렸다.

어느 정당에 속한 한 정치인이 추석 언저리쯤에 모처럼 걸음 한 친지들에게 아픈 곳을 긁지 말라는 뜻이었을까. 대로변에 '라떼는 말이야…' 하는 말로 시작된 현수막을 큼지막하게 내걸었다. 덩달아 '나 때는 말이야 …'하며 먹고 살기 어려웠던 시절, 가난이 자랑도 아닌 것을 자랑처럼 포장하여 훈육이랍시고 하는 것 자체가 이젠 웃픈 얘기가 되어버렸다. 어렵사리 고향 찾은 걸음에, 만나는 이들 마음 다치지 않게 하라는 배려 차원의 말일까.

어린 날, 밥알만 흘려도 죄 운운하며 야단맞았던 기억이 퍼뜩 스쳤다. 소득이 천 불에도 못 미쳐 늘 배곯던 어린 시절의 '라떼는 말이야…'를 삼만 불을 훌쩍 제치고 있는 지금, 그 생각을 들이대겠다는 것 자체가 어이가 상실일 수도 있겠다.

아주 오래전부터 명절이나 제 음식은 크게 변함이 없다. 조금 달라졌다면 음식 재료에 일일이 손이 가던 것이 기계화되어 편하게 살 수 있다는 정도다. 내다, 네다 할 것 없이 먹을 것이 넘치는데 명절 음식을 다시 꺼내 놓기도 이젠 조심스러워진다. 명절이나 제사 때마다 좀 줄여 봐야지 늘 생각하다가 생각만 무성할 뿐, 또 제풀에 주저앉기를 반복한다. 명절 음식처럼 견고한 외형에 유연함을 바란다는 것은 그렇게 불경스러운 일일까.

달빛 마중

버
스
에
서

내려 간선도로의 가장자리를 밟으며 이슥히 걸었다. 오전 나절 뿌려 댄 비 때문일까. 햇살의 기운은 꺾이고 가로수 가지의 잎은 더욱 성성하다. 입고 나온 옷이 바람결 따라 살랑거리며 피부에 와 닿는 촉감이 곱다.

이렇게 멀리 걸을 일이면 차를 갖고 올 걸 그랬다고 징징 댔다.

"오랜만에 걷는 것도 운치 있어 좋은데 뭘 그래?" 남편은 가볍게 웃으며 맞받아 냈다. 잠자코 앞서거니 뒤서거니 하며 걷는 걸음 따라 '똑똑, 또각또각…'아스팔트에 닿는 발소리만이 아주 가끔 지나는 자동차 굉음에 소리 질 뿐, 이내 고요다.

해가 설핏 돌아눕는 시간. 우리의 키 높이 열 배는 됨직한

두 그림자가 걸음보다 앞서며 나란하다. 문득 '4개월이 시한일 것'이라던 말. 잊으려 무던히 애쓴 흔적 위로 다시 솟아, 잊고자 뒤척이는데도 온 신경이 거슬리며 감정은 일렁인다.

앞세운 긴 그림자를 보며 이 시간 이런 모습도, 어느 땐가 내가 간절하게 그리게 될 시간일지도 모른다는 두려움이 일자, 살며시 그의 손을 잡아 보았다. 이심전심일까. 그 위로 더 큰 손이 아귀에 힘을 보태며 감싼다.

베란다 앞, 열어 둔 창문에 달빛이 가득 고였다. 키 큰 감나무 넓은 잎, 지들끼리 너풀대는 소리가 창문으로 오래된 기억과 함께 들어선다. '똑똑, 또각또각…' 그때의 그 소리와 함께 온 듯도 하고.

귀를 모았다. 예리성인가. 보고 싶다는 감정만 내팽개쳐진 채, 열린 문 안으로 고즈넉한 달빛만이 색실로 수놓은 이불 위, 이십 년을 훌쩍 넘긴 세월의 깊이를 이고 선 듯 그렇게 내려와 앉는 밤이다.

나도
이혼이나 했으면

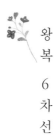

왕
복

6
차
선

　　도로엔 쉼 없이 흐르는 차량 행렬로 꽉 막혔다. 차들이 마치 거대한 컨베이어 벨트 위에서 한 목적지를 향해 어딘가로 가느라 빙빙 도는 것처럼 보였다.

　　많은 차량이 움직임에 엷은 현기증마저 돈다. 팽팽하던 일상이 이즈음에서 바라보니 세월에 느슨해져서일까.

　　도심의 복판에 서면 낯모르는 이들과 같이 떠밀리듯 흘러가고 그 소용돌이 속에서 내가 누군지, 내 삶의 바퀴는 제대로 굴러가고 있는지 의문을 던질 새도 없이 바쁘게 보냈던 시간이다. 타인과 섞이고 복작대며 산다는 것이 공동체라는 거대한 한 축에 기댄 작은 부속품 정도는 될까, 아니 어쩌면 그보다 비중이 훨씬 덜 할 수도 있겠다.

　　옛 어른들이 덧없다거나 일장춘몽이라 표현하는 삶이라는

한 음절. 그 안에 갇혀 왜 그토록 치열하게 살고 있나 생각하니 괜히 살아온 날들이 손해라도 난 듯 느껴진다. 열심히 살아야만 된다는 생각이 지상의 절대적 명제처럼 꾸렸었다. 지난 시간을 굽어보니 친구가 애 터지게 주문했던 말이 이명처럼 웅웅하는 소리로 머릿속이 복잡해 잠시 눈을 감았다. 삶을 전투하듯이 살지 말고 쉬엄쉬엄 살라고 했던 말이 이런 뜻이었나 하고 헐거운 시간, 헐렁한 의문이 고개를 든다.

이어지는 휴일, 커다란 배낭에 살림살이를 잔뜩 챙겨 요즘 젊은 층에서 많이 즐긴다는 혼족 캠핑을 준비하는 아들 모습에 '얼른 결혼이나 하지 원…' 라며 하나 마나 한 말을 혼자 중얼거렸다. 막상 뒷모습에 대고는 조심하고 다니라고 착한 엄마표 말을 건네자 '별일은 당연히 없겠지만 별일 있으면 전화할게요. 아! 119로 할까 아니면 112로?'하고 장난질이다. 그때처럼 경찰에서 연락이 오면 움직이겠으니 직접 연락하지 말라고 한마디 던지며 웃고 말았다.

직접 연락하지 말라 했었다. 그때도. 보호자라는 사람이 자식이 위급 상황에 직접 소식을 안 받고 간접적으로 받겠다고 말도 안 되는 말을 콕콕 집으며 당부했었던 것이 큰아들이 중학생 때다. 이십여 년이 흐른 그 말이 지금도 유효함인지 알고 싶다는 듯 웃음의 끝 언저리에서 확인 작업이다.

부부 공동의 몫을 혼자 감당한다는 뜻으로 요즘 신세대들이 독박이란 단어를 종종 쓰는 예를 본다. 예전과 다르게 가정 경제도 전적으로 가장인, 남편만의 몫이 아니라 부부 공동의 몫이라는 생각에 이어, 맞벌이 상황에서 육아 건, 집안 일이건 공동으로 하자는 뜻에서 쓰이는 신조어다.

내 삶의 한 획을 긋고 난 후 요즘 말로 독박 교육, 독박 일, 독박 훈육, 무한의 독박 책임 등 모든 독박 쓰는 삶을 살게 되었던 게다. 감당하기엔 힘들고 버거워 당시 어린아이들을 불러 앉혀 주문했다. 무슨 일이 생기면 엄마는 우는 일 외엔 잘할 수 있는 것이 별로 없다. 일이 안 생기도록 하는 것이 우선이고, 생긴다면 그것을 수습하고 해결하는 것이 차선이다. 매사를 조심하라고 말하며 설령, 일이 생긴다 해도 꼭 엄마한테 연락하기 전에 신고 먼저 하라고 당부했었다.

연락받은 곳에서 급한 것은 먼저 수습할 터이고, 내게 전달되면 그때 움직이겠다고 못을 박았다. 최소한 전후좌우 구분도 못 하고 울려고 달려간 사람처럼, 보호자라는 이가 대책 없이 울기만 할 자신을 염려해 한 말이었다. 가는 동안 감정 정리며 일에 대처할 시간을 벌자는 나름의 셈법도 깔려 있었다. 어린 마음에도 그때의 말이 아프게 들렸던지 이렇게 성장해서도 기억의 주머니를 털어내는 모습에 마음이 찡하게 아려온다.

다른 이들도 흔히 그러하듯 내 삶 또한 굽이굽이 파란이었다. 두 아이 대학 진학이며, 군대 입대, 결혼 등 백지장도 맞들면 낫다는 말도 있다. 백지장도 아니고 삶 속 몇 안 되는 커다란 문제의 갈림길이다. 상황에 대처하고 해법을 찾기 위해 생각을 맞대어 풀며, 생각을 공유할 사람이 없는 막막함에 얼마나 긴 시간을 치대었던지.

언젠가 스치듯 읽은 글 중에 '이혼은 증오에 뼈가 녹고, 사별은 그리움에 뼈가 녹는다.'라는 글귀에 공감하며 한참을 맨붕이던 적이 있다. 경험으로 최소한 한 가지는 분명했기 때문에 더 강한 긍정을 했었는지도 모른다. 어느 삶이든 뼈가 녹을 정도라 표현한 것으로 미루어 다른 삶의 무게를 모를 뿐이지 만만치 않을 터이다.

그래도 이혼은 두 사람 관계가 어떻든지 자녀 문제는 공동의 문제가 되어 고심하고 같이 아파해 줄 것이 분명하지 않은가. 서로 어정쩡한 눈빛일망정 자녀 앞에 선 부모라는 고귀한 공통분모에 기대어 모든 것을 다 내려놓을 수 있을 것이다. 최소한 문제가 해결될 때까지는 마음 모아 돌파구를 찾으며, 같이 아파하고 보호해야 할 사람이 있다는 것이 얼마나 큰 힘인가.

지금이야 한부모 가정에 대하여 여러 지원도 많으나, 그당시는 학비에서부터 버스비까지, 마음과 몸을 바쁘고 힘들게 움직이지 않으면 감당해 낼 재간이 없었다. 모든 부분이 처절하게 살고 싶지 않다고, 싫다고, 내 삶이 아니라며 회피하고 싶어도 그게 가당키나 한 말인가.

얼마 전 이웃에 혼자인 지인의 자녀가 결혼하게 되었다고 했다. 축하한다는 말과 함께 인사차 준비는 잘되어 가느냐며 말을 건네자 '애 아빠가 알아서 다 한다고 하더라.'는 말에 얼마나 부러웠는지 모른다. 아, 이렇게들 사는 것이었구나. 다행이란 생각에 이어, 죽게 애를 쓰고 있는 자신을 생각하니 이건 또 무슨 심사던가. 이내 약이 올랐다. 정말 약 올랐다. 모든 행복이라는 이름의 범주에 속하는 것들은 불행한 사람의 눈에만 보인다고 하더니 이게 삶이라면 나도 이혼이나 했으면 좋았을 것을.

살며 맞닥뜨려야 하는 그 많은 생각의 갈피나 일의 얽히고 설킨 갈래, 저마다 하나씩 헝클어짐 없이 정리하여 풀건 풀고, 매듭 지워야 할 것은 매듭을 짓고, 또 남겨야 할 건 남기며 살 수 있어 그래, 그래도 얼마나 다행인가 자위해 본다. 누군가의 말처럼 부러워하면 지는 것이라던데 진 것이 맞나? 십 년쯤 더 지나 한가로운 어느 시간 한 언저리 베어 내 다시 오늘을 곱씹어 보면 대답이 달라질까. 다 덮고 내 생에 가장 윤기 흐르는 푸른 날인 오늘을 그냥 즐겨야겠다.

같이
걷는 길

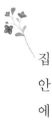

집

안

에

　　대사가 있어 약속된 장소로 이동했다. 여기나 저기나 도로는 온통 자동차 행렬이다. 넓은 호텔 실내외 주차장은 밀려드는 차량으로 오가지 못한 채, 꼼짝없이 발이 붙잡혔다. 인륜지대사란 일은 왜 이렇게 다 한 날에 하여 번잡함을 부르는 건지 찻길이 꼬이니 이어, 감정도 꼬인다. 다시 돌아 나와 한참 떨어진 이면도로에 어렵게 주차하고 아이들과 나란히 걸었다.

　　"제법 어울리는데?" 몇 년 전 새 식구가 된 후, 같이 따라나서며 차려입은 개량 한복이 몸맵시도 맵시려니와 옷맵시가 여간 고운 게 아니다. 구겨졌던 감정이 순간 며느리의 옷매무새 위로 곱게 펴진다. 젊어서 고운 걸까? 옷이 고운 건지 아니, 내 식구라서 그 고움이 더해지고 있는 것이리라. 사뿐사

뿐 걷는 모습 따라 대여섯 폭 정도의 긴 치맛자락도 덩달아 나풀댄다. 그 모습을 바라보노라니 마치 나비인 듯, 꽃인 듯도 하고.

앞서거니 뒤서거니, 걷는 내 걸음도 며느리 앞세운 걸음이라 그런가. 푸른 기운이 더해져 같이 사뿐대는 모양이다. 집안의 대소사를 근 이십 년 넘게 혼자 다녔었다. 더러는 혼자 다니는 길이 지치기도 했고, 고달프기도 했고, 때론 멋쩍기도 했었는데 새 식구가 보탠 발길 따라 같이 걷노라니 마음도 가볍다. 사람 하나 그늘이 이리 클 줄이야.

젊은 날 어머니께서는 집안의 대소사는 물론, 친인척들 사소한 일에도 늘 같이 다니기를 원하셨다. 자동차도 많지 않던 때라 아기 둘을 업고 걸리고 한 손엔 기저귀 가방이며, 옷가지를 싸 들고 버스를 타고 이동하던 때였던가. 마을 정류장에서 내려 소로길 따라 한참 걸어가야 하는 곳, 그때만 해도 도로라는 게 대부분이 시골길처럼 소로였다. 걷는 길은 불편하였으나 불평 한마디, 불만 한 꼭지 내색 없이 그냥 아무렇지도 않은 듯 묻는 말에 대답은 늘 '예'라고만 하며 걸었다.

며느리가 기분이 좋다는 말인지 나쁘다는 말인지 시어머닌 알려고도 않았고, 알아야 할 필요도 없었던 시절. 그렇게 다녀온 날은 '애들 둘씩이나 데리고서 셋째 며느리인 내가 꼭 가야 하는 자리였냐, 왜 나만 갖고 그러냐.'며 죄 없는 남편과 나누는 대화는 모서리마다 날이 섰고 바늘 끝처럼 뾰족했다.

어느 해 가을 초입이었던가. 그날도 어머니와 동행이었다. 한적한 시골 마을에 살고 계시는 시고모님 댁은 이슥하게 멀었다. 버스에서 내려 한참을 걸어 들어갔다. 오래 걷다 보니 업은 아기의 무게도 무게였지만 포대기가 줄줄 밀리며 내려왔다. 커다란 팽나무 늘어진 곳으로 쉼팡이 보이자 잠시 쉬어 가자고 어머니께서 말씀하신다. 어머니 따라 나란히 앉았다.

건들바람이 쪽진 어머니의 동백기름 덜 간 가르마 앞쪽 머리카락을 흔들며 친한 척 인사했다. 손바닥에 침이라도 발라 붙여 볼 양인 듯 몇 차례 가르마 따라 쓰다듬으며 손가락 빗질을 하셨다. "따라 댕기려니 힘들지?"라고 하셨다. 하마 '예' 하고 대답할 뻔했던 것을, 착하게도 혀뿌리가 감정까지 눌러 주었다. 잠시 칭얼대는 아이를 모로 안아 얼른 뒤돌아 앉아 젖을 물렸다.

"아이고 내 새끼 배가 고팠구나. 어서 먹어, 어서."

유순한 손주의 부드러운 머리를 한 손으로 빗질하듯 연신 '내 새끼 많이 먹고 얼른 커야지.' 하시며 대단한 주문이라도 되는 것처럼 반복하셨다.

'따라 댕기려니 힘들지?'라는 말하려고 했던 것은 아닌 듯했는데 기억조차 가물거리는, 그날 어머니의 심중이 갑자기 궁금해진다. 40년 훌쩍 넘은 세월을 보낸 후 며느리였던 내가, 내 며느리 앞세워 가는 길이 이렇게 좋을 줄 내 어찌 알았으리. 그때 어머니 마음도 이 마음이었을까. 이즈음 되어서야 마음자리 몸 자리도 그때 어머니의 모습을 많이 닮았다.

지난 시간을 되새김질하며 마음 한자락에 진심 담아 간절하게 읊조렸다. '어머니 죄송했습니다.'라고. 며느리 앞세운 걸음에 기분 좋은 만큼 부모님을 향한 죄송한 마음의 기울기도 팽팽한 날이다.